EDITORIAL **P** PRESENÇA

Estrada das Palmeiras, 59 · Queluz de Baixo
2745-578 BARCARENA · Tel. 21 4347000 · Fax 21 4346502
Email: info@editpresenca.pt · http://www.editpresenca.pt

título: **TEHANU — O NOME DA ESTRELA**

autor: **Ursula K. Le Guin**

colecção: **Estrela do Mar**   n.º **44**

código: **60130044**   preço:

Essex*Works.*
For a better quality of life

Saffron Walden
Library
01799 523178

SAF

Please return this book on or before the date shown above. To renew go to www.essex.gov.uk/libraries, ring 0845 603 7628 or go to any Essex library.

Essex County Council

30130 144614897

… URSULA K. LE GUIN

TEHANU
O Nome da Estrela

Tradução de
Carlos Grifo Babo

EDITORIAL PRESENÇA

**ESSEX COUNTY
COUNCIL LIBRARY**

FICHA TÉCNICA

Título: *Tehanu*
Autora: *Ursula K. Le Guin*
Copyright © 1990 by Inter-Vivos Trust for the Le Guin Children
Tradução © Editorial Presença, Lisboa, 2002
Tradução: *Carlos Grifo Babo*
Capa: *Lupa Design — Danuta Wojciechowska*
Composição, impressão e acabamento: *Multitipo — Artes Gráficas, Lda.*
1.ª edição, Lisboa, Outubro, 2002
Depósito legal n.º 184 685/02

Reservados todos os direitos
para Portugal à
EDITORIAL PRESENÇA
Estrada das Palmeiras, 59
Queluz de Baixo
2745-578 BARCARENA
Email: info@editpresenca.pt
Internet: http://www.editpresenca.pt

Tehanu

*Só no silêncio a palavra,
só na escuridão a luz,
só na morte a vida:
nítido o voo do falcão
no céu vazio.*

A Criação de Éa

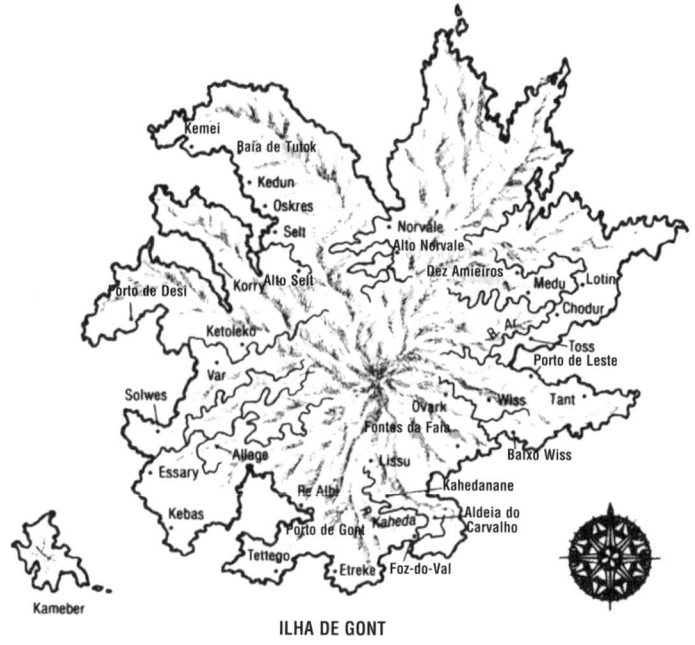

ILHA DE GONT

1
UMA COISA MÁ

Depois da morte do Fazendeiro Pederneira de Vale-do-Meio, a viúva permaneceu na casa da quinta. O filho fora para a vida do mar e a filha casara com um mercador de Foz-do-Val, de modo que vivia sozinha na Quinta do Carvalho. As gentes diziam que ela tinha sido uma espécie de pessoa importante lá na terra estrangeira de onde viera e o certo é que o mago Óguion costumava parar na Quinta do Carvalho para a ver. Se bem que isso não significava grande coisa, dado que Óguion visitava todo o tipo de zés-ninguém.

O nome dela era em língua estrangeira, mas Pederneira chamara-lhe Goha, que é o nome dado a uma pequena aranha tecedeira branca de Gont. O nome ficava-lhe a matar, já que era branca de pele, pequena e uma boa tecelã tanto de lã de cabra como de ovelha. E agora era, pois, a viúva de Pederneira, senhora de um rebanho de carneiros e da respectiva pastagem, mais quatro campos de lavoura, um pomar de pereiras, duas casas pequenas para os rendeiros, a velha casa da quinta, em pedra, debaixo dos carvalhos e o cemitério da família do outro lado da colina, onde jazia Pederneira, terra à sua terra regressada.

— No geral, sempre vivi perto de lápides tumulares — dizia ela à filha.

— Ó mãe, venha para a vila viver connosco — instava Maçã, a filha. Mas a viúva recusava-se a deixar a sua solidão.

— Talvez mais tarde, quando vierem os bebés e precisares de uma ajuda — redarguia ela, olhando com prazer para a sua bela filha de olhos cinzentos. — Mas agora não. Não precisas de mim. E eu gosto de aqui estar.

Depois de Maçã ter voltado para junto do seu jovem marido, a viúva fechou a porta e deixou-se ficar de pé sobre o chão lajeado, na cozinha da casa da quinta. Já estava escuro, mas ela não acendeu a lâmpada, recordando o marido a fazê-lo,

as mãos dele, a faísca, o rosto escuro e atento iluminado pelo brilho crescente. A casa estava silenciosa.
— Costumava viver numa casa silenciosa, sozinha — cogitou. — Voltarei a fazê-lo.
E acendeu a lâmpada.
Ao final de uma tarde, no princípio do tempo quente, a velha amiga da viúva, Cotovia, veio da aldeia, apressando o passo ao longo da vereda poeirenta.
— Goha — chamou ela, ao ver a amiga a arrancar ervas daninhas na courela dos feijões. — Goha, houve uma coisa má. Uma coisa muito má. Podes vir comigo?
— Claro — prontificou-se a viúva. — Mas que coisa má foi essa?
Cotovia susteve a respiração. Era uma mulher de meia-idade, forte e de feições vulgares, cujo nome já não se adaptava ao corpo. Porém, em tempos, fora uma rapariga bonita e esguia, que tomara amizade por Goha, sem dar atenção aos aldeãos que teciam bisbilhotices em volta daquela bruxa karguiana de cara branca que Pederneira trouxera para casa. E amigas tinham ficado desde então.
— Uma criança queimada — informou ela.
— Uma criança de quem?
— De uns vagabundos.
Goha foi fechar a porta de casa e ambas meteram pés à vereda, com Cotovia a falar enquanto caminhavam. Suava e faltava-lhe o fôlego. Minúsculas sementes das ervas altas que ladeavam a vereda agarravam-se-lhe às bochechas e à testa e ela ia-as varrendo com a mão ao mesmo tempo que falava.
— Têm estado acampados durante todo o mês nos prados junto ao rio. Há um homem, que se diz latoeiro mas é um ladrão, e uma mulher que vive com ele. E outro homem, mais novo, que anda à volta deles a maior parte do tempo. Não fazem nada, nenhum deles. É só roubar e mendigar e viver à custa da mulher. Havia rapazes lá do lado da foz que lhes traziam coisas das herdades para se aproveitarem dela. Sabes como é agora, esse género de coisa. E há bandos pelas estradas que se chegam às quintas. Se eu fosse a ti, nos dias que correm, fechava a minha porta a cadeado. E então esse, o tal mais novo, aparece na aldeia, estava

eu cá fora em frente da nossa casa, e vai e diz-me: «A criança não está bem.» Eu cá mal vira que tinham uma criança com eles, uma coisinha de nada e que se escapava da vista tão depressa que uma pessoa nem tinha a certeza de ter visto alguma coisa. De maneira que eu perguntei: «Não está bem? Alguma febre?» E o homem diz: «Magoou-se, a acender a fogueira» e, antes que eu me tivesse decidido a ir com ele ou não, já não estava ali. Fora-se. E quando fui até ao pé do rio, os outros dois também se tinham ido. Nem viv'alma. Ninguém. Também tinham levado os trapos e a tralha. Só tinha ficado a fogueira do acampamento, ainda a fumegar, e mesmo ao pé... em parte lá dentro... no chão...

Cotovia parou de falar durante várias passadas. Olhava a direito em frente, não para Goha. Depois acrescentou:

— Nem sequer lhe tinham posto uma coberta por cima.

Continuou a caminhar.

— Tinha sido empurrada para dentro da fogueira, quando ainda estava acesa — voltou ela a quebrar o silêncio mais adiante. Engoliu em seco, sacudindo as sementes que continuavam a pegar-se-lhe à cara encalorada. — Poderia pensar que tinha caído mas, se estivesse acordada, com certeza que havia de tentar salvar-se. Bateram-lhe e pensaram que a tinham morto, é o que eu penso, e quiseram esconder o que lhe tinham feito, de maneira que...

Uma vez mais se interrompeu, mais uma vez prosseguiu.

— Talvez não tenha sido ele. Talvez a tenha puxado para fora. Ao fim e ao cabo, sempre veio à procura de ajuda. Deve ter sido o pai. Não sei. E também que interessa? Quem é que vai querer saber? Quem é que se vai importar? E quem vai tomar conta da criança? Porque fazemos nós as coisas que fazemos?

Em voz baixa, Goha perguntou:

— Escapará com vida?

— É possível — respondeu Cotovia. — É bem possível que escape.

Pouco depois, ao aproximarem-se da aldeia, Cotovia acrescentou ainda:

— Nem sei porque vim ter contigo. A Hera está lá. Não há nada a fazer.

— Eu podia ir até Foz-do-Val, chamar Faia.

— Ele também não podia fazer nada. Está para lá... para lá de qualquer ajuda. Mantive-a quente. A Hera deu-lhe uma poção e um sortilégio de dormir. Levei-a nos braços para casa. Deve ter seis ou sete anos, mas não pesa mais que uma criança de dois. Não chegou bem a acordar. Mas faz uma espécie de arquejar... Eu sei que não há nada que tu possas fazer. Mas queria ter-te ao pé de mim.

— E eu quero ir — afirmou Goha. Porém, antes de entrar em casa de Cotovia, fechou os olhos e susteve por momentos a respiração, temendo o que a esperava.

Os filhos de Cotovia tinham sido mandados sair e a casa estava silenciosa. A criança jazia inconsciente na cama de Cotovia. A bruxa da aldeia, Hera, tinha espalhado um unguento de aveleira-das-bruxas, que é o nome que se dá em Gont à hamamélis, e de cura-tudo nas queimaduras menores, mas não tocara no lado direito do rosto e da cabeça nem na mão direita, zonas que tinham ficado carbonizadas até ao osso. Desenhara a runa Pirr por cima da cama e ficara-se por aí.

— Achas que podes fazer alguma coisa? — perguntou Cotovia num sussurro.

Goha olhava para baixo, para a criança queimada. As suas mãos estavam firmes. Abanou a cabeça.

— Mas tu aprendeste a curar, lá em cima, na montanha, não aprendeste?

Dor e vergonha e raiva ressoavam na voz de Cotovia, ansiando por alívio.

— Nem mesmo Óguion podia curar isto — retorquiu a viúva.

Cotovia voltou costas, mordendo os lábios, e pôs-se a chorar. Goha passou-lhe o braço pelos ombros, afagou-lhe o cabelo grisalho. Agarraram-se uma à outra.

A bruxa Hera veio da cozinha, franzindo o cenho ao deparar com Goha. Embora a viúva não lançasse sortilégios nem tecesse encantações, dizia-se que, ao vir para Gont, vivera em Re Albi como discípula do mago, e também que conhecia o Arquimago de Roke, pelo que decerto teria estranhos e inquietantes poderes. Ciosa das suas prerrogativas, a bruxa foi até à cama e atarefou-se junto dela, fazendo um montinho de qualquer coisa dentro de um prato e deitando-lhe fogo, o que produziu fumo e um cheiro fedorento, enquanto ela ia repetindo incessantemente um sortilégio de curar. O fumo repugnante das ervas fez tossir a criança queimada que se soergueu um pouco, encolhendo-se e estremecendo. E logo começou a fazer um ruído arquejante, num arfar rápido, curto e rangente. O seu único olho parecia fitar Goha.

A viúva deu um passo em frente e tomou nas suas a mão esquerda da criança. Falou na sua própria língua, dizendo:

— Servi-os e deixei-os. Não vou deixar que te levem.

A criança olhou para ela, ou talvez para nada, tentando respirar, e de novo tentando respirar, e uma vez ainda tentando respirar.

2
A IDA ATÉ AO NINHO DO FALCÃO

Foi mais de um ano depois, nos quentes e amplos dias a seguir à Longa Dança, que um mensageiro veio descendo a estrada que vem do Norte até Vale-do-Meio, perguntando pela viúva Goha. As gentes da aldeia indicaram-lhe o caminho e ele chegou à Quinta do Carvalho ao fim do dia. Era um homem de rosto afilado e olhos vivos. Olhou para Goha e para as ovelhas no redil por detrás dela e disse:

— Belos borregos. O Mago de Re Albi manda-te chamar.

— E foi a ti que mandou? — inquiriu Goha, entre incrédula e divertida. Óguion, sempre que precisava dela, tinha melhores e mais rápidos mensageiros. O grito de uma águia ou apenas a sua própria voz pronunciando levemente o nome dela, perguntando: *Podes vir?*

O homem fez que sim com a cabeça.

— Ele está doente — explicou. E logo de seguida: — Estás interessada em vender alguma dessas borregas?

— Talvez. Podes falar com o pastor, se quiseres. Além, ao pé da vedação. Queres cear? Podes passar cá a noite, mas eu vou pôr-me a caminho.

— Já esta noite?

Desta vez não havia divertimento no olhar de ligeiro desdém que lhe lançou, antes de dizer:

— Claro. Não vou ficar para aqui à espera.

Depois falou por um minuto com o pastor, Arroio-claro, dirigindo-se em seguida para a casa construída para dentro do flanco da colina, junto ao carvalhal. O mensageiro seguiu atrás dela.

Na cozinha, de chão de pedra, uma criança, para a qual ele olhou uma vez e logo desviou a vista, serviu-lhe leite, pão, queijo e cebolas novas, indo-se depois embora sem ter dito uma única palavra. Voltou a aparecer ao lado da mulher, ambas calçadas para viajar e levando mochilas leves, de couro. O mensageiro saiu com elas e a viúva fechou a porta da casa. Partiram os três ao mesmo tempo, ele a tratar dos seus assuntos, pois a mensagem de Óguion mais não fora que um favor a juntar ao encargo mais sério de comprar um carneiro de cobertura para o Senhor de Re Albi. Quanto à mulher e à criança da cara queimada, despediram-se dele no ponto em que a vereda virava para a aldeia e começaram a subir a estrada por onde ele viera, para norte e depois para oeste, em direcção ao sopé da Montanha de Gont.

Caminharam até o longo crepúsculo de Verão começar a escurecer. Saíram então da estreita estrada e acamparam num pequeno vale, junto a um ribeiro que corria rápido e silencioso, reflectindo o céu pálido do entardecer por entre maciços de salgueiros-anões. Goha preparou uma cama com ervas secas e folhas de salgueiro, oculta entre os maciços como a toca de uma lebre, e aí deitou a criança enrolada num cobertor.

— Agora — brincou ela —, estás num casulo. E de manhã ficas transformada numa borboleta e sais cá para fora.

Não acendeu fogueira alguma. Ficou deitada sobre o seu manto ao lado da criança, vendo surgir uma a uma as estrelas e ouvindo o que o ribeiro ia murmurando, até que adormeceu.

Ao acordarem, no frio que antecede a madrugada, fez um pequeno fogo e aqueceu água num tacho para fazer uma papa de aveia para a criança e para si própria. A pequena e destroçada borboleta saiu a tiritar do seu casulo e Goha pôs o tacho a arrefecer na erva molhada de orvalho, para a criança o poder segurar e dele beber. Já ia clareando para leste, por sobre o alto e escuro flanco da montanha, quando se meteram de novo ao caminho.

Todo o dia caminharam ao passo de uma criança que se fatigava facilmente. O coração da mulher ansiava por se apressar, mas avançava lentamente. Não poderia transportar a criança durante muito tempo, de modo que, para tornar mais fácil a caminhada, ia-lhe contando histórias.

— Vamos ver um homem, um homem já velho, chamado Óguion — explicou, enquanto percorriam penosamente a estreita estrada que serpenteava encosta acima, através da floresta. — É um homem muito sábio e um feiticeiro. Sabes o que é um feiticeiro, Therru?

Se a criança alguma vez tivera nome, não o sabia ou não queria dizê-lo. Goha chamava-lhe Therru.

Sacudiu a cabeça numa negativa.

— Olha, nem eu — continuou a mulher. — Mas sei o que podem fazer. Quando eu era nova — mais velha que tu, mas ainda nova — Óguion foi o meu pai da mesma maneira que eu sou agora tua mãe. Olhou por mim e tentou ensinar-me o que eu precisava de saber. Ficou perto de mim, quando o que ele queria era andar a vaguear sozinho. Gostava de caminhar, por todas estas estradas, como nós estamos a fazer agora, mas também pelas florestas, pelos lugares bravios. Andava por toda a parte na montanha, a olhar para as coisas e a escutar. Estava sempre a escutar e por isso lhe chamaram o Silencioso. Mas comigo costumava falar. Contava-me histórias. E não eram só as grandes histórias que toda a gente aprende, dos heróis e dos reis e das coisas que aconteceram há muito tempo e muito longe daqui, mas também histórias que só ele sabia.

Caminhou por um pedaço em silêncio, antes de prosseguir:

— Vou contar-te uma dessas histórias. Fica sabendo que uma das coisas que os feiticeiros são capazes de fazer é tornarem-se numa coisa diferente, tomar outra forma. Chamam eles a isso Mudar. Um mágico qualquer pode fazer com que pareça outra pessoa ou um animal, de maneira que durante algum tempo não sabemos o que estamos a ver... como se ele tivesse posto uma máscara. Mas os feiticeiros e os magos conseguem ir mais longe. Conseguem ser a máscara, são capazes de mudar verdadeiramente para um outro ser. Assim, se um feiticeiro quiser atravessar o mar e não tiver barco, pode transformar-se em gaivota e voar até ao outro lado. Mas tem de ser muito cuidadoso. Se continuar como pássaro, começa a pensar o que o pássaro pensa e a esquecer o que pensa um homem, e pode continuar a voar como gaivota, e nunca mais voltar a ser um homem. Conta-se que houve uma vez um grande feiticeiro que gostava de se transformar em urso, e mudou vezes de mais, até se tornar um urso, e matou o próprio filho, ainda pequeno. Tiveram de lhe dar caça e de o matar. Mas Óguion costumava também brincar com isto. Uma vez, quando os ratos lhe entraram na despensa e deram cabo do queijo, apanhou um com uma ratoeirazinha de sortilégio, levantou-o na mão, assim, fitou-o nos olhos e disse: «Eu bem te tinha avisado para não andares a fazer de rato!» E, durante uns instantes, julguei que era a sério...

A viúva fez uma breve pausa, sorrindo à recordação, e depois continuou.

— Ora bem, a história que te vou contar é acerca de uma coisa parecida com a mudança de forma, mas Óguion disse-me que estava para além de qualquer mudança que ele conhecesse, porque era acerca de ser duas coisas, dois seres ao mesmo tempo, e sob a mesma forma, e acrescentou ainda que, a isso, não há poder de feiticeiro que chegue. Mas foi dar com tal coisa numa pequena aldeia lá para a costa noroeste de Gont, um lugar chamado Kemei. Vivia ali uma velha pescadora, que não era bruxa, nem sequer educada, mas fazia canções. E Óguion veio a saber dela porque, andando por lá a vaguear, como costumava, seguindo ao longo da costa e sempre à escuta, ouviu gente a cantar. Estavam a remendar redes ou a calafetar algum barco e, enquanto trabalhavam, iam cantando:

> *Mais a oeste que o Oeste*
> *para além da terra*
> *está meu povo dançando*
> *num vento diferente.*

— Óguion ouviu tanto a música como as palavras e nunca as ouvira antes, de maneira que perguntou de onde viera a canção. E com uma pergunta aqui, outra ali, chegou finalmente a alguém que lhe disse: «Ah, essa é uma das cantigas da Mulher de Kemei.» Continuou então até Kemei, um pequeno porto de pesca onde vivia a tal mulher e deu com a casa dela que ficava cá em baixo junto às docas. Bateu à porta com o seu bordão de mago e ela veio e abriu a porta. Ora agora deves lembrar-te, quando falámos acerca de nomes, de que as crianças têm nomes de criança, e toda a gente tem um nome de usar e também, talvez, uma alcunha. Pessoas diferentes podem tratar-te de maneira diferente. Para mim és a minha Therru, mas se calhar, quando cresceres, vais ter um nome em língua Hardic. Mas também, quando passares a mulher adulta e se tudo for feito como deve ser, alguém te dará o teu nome-verdadeiro. Ser-te-á dado por alguém com verdadeiro poder, um feiticeiro ou um mago, porque é esse o seu poder, a sua arte, dar nomes. E esse será o nome que talvez nunca digas a outra pessoa, porque o teu próprio ser está no teu nome--verdadeiro. Ele é a tua força, o teu poder. Mas, para outrem, é um risco e um fardo, só devendo ser dado numa situação de extrema necessidade e total confiança. Porém, um grande mago, porque sabe todos os nomes, pode conhecê-lo sem que lho digas.

Após mais uma curta pausa, como que a permitir que a criança assimilasse a explicação, Goha prosseguiu com a sua história.

— Ora então Óguion, que é um grande mago, estava ali à porta da pequena casa, junto ao paredão, e a velhota abriu a porta. Mas Óguion deu um passo atrás e levantou o seu bordão de carvalho, bem como a mão, assim, como se tentasse proteger-se do calor de um fogo. E, com espanto e temor, disse em voz alta o nome-verdadeiro dela — «Dragão!» Naquele primeiro momento, contou ele, não foi mulher nenhuma o que viu no enquadramento da porta, mas o brilho e esplendor do fogo, um cintilar de escamas e garras doiradas, e os grandes olhos de um dragão. E dizem que não devemos fitar um dragão nos olhos. Mas depois tudo passou e já não via dragão nenhum, só uma mulher de idade ali de pé na soleira da porta, um bocado curvada, uma velha pescadora, alta e com grandes mãos. Ela olhava-o como ele a olhava. E por fim disse: «Entra, Senhor Óguion.» De maneira que ele assim fez. A mulher serviu-lhe sopa de peixe, comeram e depois ficaram a conversar junto à lareira. Óguion pensava que ela devia ser uma mutante, mas o que não sabia, estás tu a ver, era se se tratava de uma mulher que conseguia mudar para dragão, ou de um dragão capaz de se transformar em mulher. De maneira que acabou por perguntar: «És mulher ou dragão?» Mas ela não respondeu directamente e só disse: «Agora vou cantar-te uma história.»

Therru tinha uma pedrinha metida no sapato. Pararam para a tirar e depois continuaram, muito lentamente, porque a estrada era agora bem íngreme, subindo entre paredes de pedra encimadas por maciços de arbustos onde as cigarras cantavam no calor do Verão. Mas Goha continuou a contar:

— Então foi esta a história que a velha pescadora cantou para Óguion:

«Quando Segoy ergueu as ilhas do mundo das profundezas do mar, no princípio dos tempos, os dragões foram os primeiros seres a nascer da terra e do vento que soprava sobre a terra. Assim reza o Cântico da Criação.» Mas a canção dizia também que, então, no princípio, dragões e humanos eram a mesma coisa.

«Eram todos um só povo, uma só raça, alada e falando a Língua Verdadeira.

«Eram belos e fortes, eram sábios e livres.

«Mas, com o passar do tempo, nada pode existir sem evoluir. E assim, entre a gente-dragão, alguns foram ficando cada vez mais apaixonados pelo voo e pela vida selvagem, e tendo cada vez menos a ver com os trabalhos de fazer, ou com estudar e aprender, ou com casas e cidades. Só desejavam voar para longe, cada vez mais longe, caçando e comendo a sua presa, ignorantes e descuidados, procurando a liberdade, sempre mais liberdade.

«Porém, outros da gente-dragão vieram a dar pouco apreço ao voo, preferindo acumular tesouros, riqueza, coisas feitas, coisas aprendidas. Construíram casas, fortalezas onde guardar os seus tesouros, para assim poderem passar todo o seu ganho aos filhos, procurando o lucro, sempre mais lucro. E começaram a temer os bravios, que podiam chegar voando e destruir o que eles haviam entesourado, queimando tudo num estrondear de fogo, por simples descuido e ferocidade.

«Os bravios nada temiam. Nada aprendiam. Porque eram ignorantes e destemidos, não conseguiam salvar-se dos que não voavam, que lhes preparavam armadilhas, como a animais, e os matavam. Mas então outros bravios apareceram voando e deitaram fogo às belas casas, destruíram, mataram. E aqueles que eram mais fortes, bravios ou sábios, eram aqueles que primeiro se matavam entre si.

«Os que mais medo tinham escondiam-se da luta e, quando já não tinham onde se esconder, fugiam dela. Usaram o seu talento para construir e fizeram barcos e neles navegaram para leste, para longe das ilhas ocidentais onde os grandes alados faziam a guerra entre as torres em ruínas.

«Foi assim, pois, que aqueles que tinham sido dragões e humanos mudaram, tornando-se dois povos — os dragões, cada vez menos e mais bravios, espalhados por causa da sua insaciável cupidez e insensata raiva pelas longínquas ilhas da Estrema Oeste; e os humanos, cada vez mais numerosos nas ricas vilas e cidades, povoando as Ilhas Interiores e todo o Sul e Oriente. Mas, entre estes, alguns houve que preservaram o saber dos dragões — a Língua Verdadeira da Criação — e esses são hoje os feiticeiros.

«Mas também há aqueles entre nós que sabem que já foram dragões, tal como entre os dragões há os que recordam o seu parentesco connosco. E esses dizem que, quando o povo único se estava a dividir em dois, alguns deles, ainda tanto dragões como humanos, alados ainda, partiram não para oriente mas para ocidente, seguindo por sobre o Alto Mar, até alcançarem o outro lado do mundo. E ali vivem em paz, grandes seres alados, a um tempo bravios e sábios, com mente humana e alma de dragão.» E por isso ela cantava:

> «*Mais a oeste que o Oeste*
> *para além da terra*
> *está meu povo dançando*
> *num vento diferente.*»

— Foi pois esta a história narrada na canção da Mulher de Kemei e com estas palavras terminava. Depois Óguion disse-lhe: «Logo que te vi, vi também o teu verdadeiro ser. A mulher que está sentada à minha frente não é mais, para mim, que o vestido que usa.» Mas ela abanou a cabeça, riu-se e, como única resposta, limitou-se a dizer: «Ah, se fosse assim tão simples!» Algum tempo depois, Óguion regressou a Re Albi. E, quando me contou a história, acrescentou: «Desde aquele dia, não tenho deixado de perguntar a mim próprio se alguém, homem ou dragão, já esteve mais a oeste que o Oeste. E quem somos, e onde se encontra a nossa totalidade.»... Estás a ficar com fome, Therru? Há ali um bom lugar para nos sentarmos, quer-

-me parecer, além em cima, onde a estrada dá a volta. Talvez dali se aviste o Porto de Gont, que fica lá muito em baixo, no sopé da montanha. É uma grande cidade, ainda maior que Foz--do-Val. Ao chegarmos ao cotovelo da estrada, sentamo-nos e descansamos um bocado.

Realmente, da curva da estrada puderam baixar a vista sobre as vastas encostas de floresta e prados inçados de rochedos até à cidade na sua baía, ver as escarpas que guardavam a entrada da baía e os barcos boiando na água escura, semelhantes a pequenas aparas de madeira ou a carochas de água. Mais para a frente na estrada e um pouco acima dela, uma escarpa sobressaía do flanco da montanha. Era o Overfell, onde se situava a aldeia de Re Albi, o Ninho de Falcão.

Therru não se queixara até aí, mas quando finalmente Goha propôs: «Então, vamos continuar?», sentada entre a estrada e os abismos de céu e mar, sacudiu a cabeça numa negativa. O sol estava quente e tinham percorrido um longo caminho desde o pequeno-almoço no valezinho onde haviam passado a noite.

Goha puxou do cantil e beberam ambas. Depois, retirou da mochila um saquito de passas de uva e nozes e entregou-o à criança. A seguir, explicou:

— Já estamos à vista do sítio para onde vamos e, se conseguirmos, gostava de lá chegar antes de escurecer. Estou ansiosa por ver Óguion. Deves estar muito cansada, mas não vamos andar depressa. E esta noite estaremos em segurança e no quente. Fica com o saco, prende-o no cinto. As passas dão força às pernas. Gostavas de ter um bordão — como o de um feiticeiro — para te ajudar a andar?

Therru, mastigando, acenou que sim. Goha pegou na faca, cortou um vigoroso rebento de aveleira para a criança e, vendo um amieiro caído na berma da estrada, quebrou um ramo e afeiçoou-o, de modo a obter um pau leve e resistente.

Voltaram à estrada e a criança foi caminhando a custo, iludida pela história das passas. Goha cantou para divertir ambas, canções de amor e de pastores, e baladas que aprendera em Vale-do-Meio. Mas, de súbito, no meio de uma melodia, a voz emudeceu-lhe. Estacou, estendendo a mão num gesto de aviso.

Mas os quatro homens que estavam à frente delas na estrada já as tinham visto. Não serviria de nada tentarem ocultar-se entre as árvores, até que seguissem em frente ou passassem por elas, descendo a encosta.

— São viandantes — disse ela baixinho para Therru, e continuou a andar. Mas agarrou com mais força o seu pau de amieiro.

O que Cotovia dissera certa vez acerca de bandos e de ladrões não era apenas uma daquelas queixas que cada geração faz, de que as coisas já não são o que eram e que o mundo vai por água abaixo. Durante os últimos, e não poucos, anos houvera uma perda de paz e de confiança nas povoações e nos campos de Gont. Homens ainda jovens comportavam-se como estranhos entre a sua própria gente, abusando da hospitalidade, roubando, vendendo o que roubavam. A pedincha tornara-se comum onde fora rara e os pedintes insatisfeitos ameaçavam recorrer à violência. As mulheres não gostavam de andar sozinhas por ruas e estradas, e também não lhes agradava essa perda de liberdade. Algumas das mulheres mais jovens fugiam para se irem juntar aos bandos de ladrões e caçadores furtivos. Frequentes vezes, voltavam para casa ainda não passado um ano, carrancudas, marcadas pelos maus tratos e grávidas. E entre os mágicos e as bruxas de aldeia corria o rumor de assuntos da sua profissão que resultavam mal: sortilégios que sempre tinham curado não curavam, feitiços de encontrar não encontravam nada ou então encontravam a coisa errada, os filtros de amor lançavam os homens num frenesim, não de desejo mas de um ciúme assassino. E, pior ainda, diziam, pessoas que nada sabiam da arte da magia, das suas leis e limites, e dos perigos de os quebrar, intitulavam-se gente de poder, prometendo maravilhas de riqueza e saúde aos seus seguidores, prometendo até a imortalidade.

Hera, a bruxa da aldeia de Goha, referira-se sombriamente a este enfraquecer da magia e o mesmo fizera Faia, o feiticeiro de Foz-do-Val. Era este um homem arguto e modesto que viera ajudar Hera a fazer o pouco que era possível para minorar a dor e as cicatrizes das queimaduras de Therru. Ele confidenciara a Goha:

— Penso que um tempo em que acontecem coisas como esta deve ser um tempo de ruína, o findar de uma era. Quantas centenas de anos se passaram desde que houve um rei em Havnor? Isto não pode continuar assim. Precisamos de nos voltar de novo para o centro ou estaremos perdidos, ilha contra ilha, homem contra homem, pai contra filho...

Lançara-lhe um olhar, algo tímido, mas sempre com a sua expressão arguta e aberta, e continuara:

— O Anel de Erreth-Akbe foi restituído à Torre em Havnor. Sei bem quem ali o levou... E esse era o sinal, por certo, o sinal de uma nova era que ia chegar! Mas nada fizemos de acordo com isso. Não temos rei. Não temos centro. Precisamos de encontrar o nosso coração, a nossa força. Talvez o Arquimago se decida enfim a agir. — E, confiadamente, acrescentou: — Afinal, ele até é de Gont!

Mas não viera notícia alguma, nem de qualquer feito do Arquimago, nem de algum herdeiro ao Trono em Havnor. E tudo continuava a ir mal a pior.

Foi pois com temor e uma raiva torva que Goha viu os homens dividirem-se, dois para cada lado da estrada, de modo que ela e a criança teriam de passar pelo meio deles.

Enquanto caminhavam firmemente em frente, Therru manteve-se muito junto dela, sempre de cabeça baixa, mas sem lhe pegar na mão.

Um dos homens, um tipo de peito volumoso com uns pêlos negros e hirsutos no lábio superior a caírem-lhe para a boca, começou a falar, arreganhando um pouco os dentes num arremedo de sorriso.

— Ei, olha cá.

Mas Goha falou ao mesmo tempo e mais alto que ele.

— Fora do meu caminho — bradou, erguendo o pau de amieiro como se fosse um bordão de feiticeiro. — Tenho coisas a tratar com Óguion!

Com passadas firmes, atravessou o espaço entre os homens e seguiu em frente, com Therru a trotar a seu lado. Os homens, tomando atrevimento por bruxaria, ficaram quietos. Talvez ainda houvesse poder no nome de Óguion. Ou talvez o poder estivesse em Goha. Ou na criança. Porque depois de as duas terem passado, um dos homens perguntou:

— Tu viste aquilo?

E logo cuspiu e fez o sinal para afastar o azar.

— Uma bruxa e o monstro que é a fedelha dela! — comentou outro. — Deixa-as lá ir.

Mas um outro ainda, um homem com um boné de couro e justilho do mesmo material, ficou a olhá-las por um momento, enquanto os outros começavam indolentemente a caminhar. O seu rosto tinha uma expressão nauseada e afligida, mas deu mostras de querer arrepiar caminho para seguir a mulher e a criança, quando o homem do lábio peludo lhe lançou:

— Anda daí, Jeitoso!

E ele obedeceu.

Já fora de vista, tendo passado uma curva da estrada, Goha pegou em Therru e avançou rapidamente com ela até se ver obrigada a parar e a pô-la no chão, arquejante. A criança não fez perguntas nem se pôs com demoras. Assim que Goha pôde continuar, caminhou tão depressa quanto lhe foi possível, mantendo-se a seu lado e segurando-lhe a mão.

— Estás vermelha — comentou. — Como fogo.

Raramente falava e não muito claramente, porque a sua voz era muito áspera, mas Goha conseguia compreendê-la.

— É porque estou zangada — explicou, soltando uma espécie de risada. — E quando me zango fico vermelha. Como vocês, gente vermelha, bárbaros das terras ocidentais... Repara, há uma vila aí adiante, há-de ser Fontes-de-Carvalho. É a única nesta estrada. Vamos parar lá e descansar por um bocadinho. Talvez se consiga arranjar algum leite. E depois, se conseguirmos continuar, se tu achares que podes andar até ao Ninho do Falcão, chegamos lá ao cair da noite, espero eu.

A criança fez que sim com a cabeça. Abriu o saquitel de passas e nozes e comeu algumas. Embora a custo, continuaram a caminhar.

Já há muito que o Sol se pusera quando elas, tendo atravessado a aldeia, chegaram à casa de Óguion ao cimo da encosta. As primeiras estrelas brilhavam acima de uma escura massa de nuvens a ocidente, sobre o longínquo horizonte marítimo. O vento do mar soprava, fazendo curvar a erva baixa. Nas pastagens por detrás da casa, pequena e baixa, uma cabra baliu. Na única janela bruxuleava uma luz fraca, de cor amarelada.

Goha apoiou o seu pau e o de Therru de encontro à parede junto à porta e bateu uma vez.

Não houve resposta.

Empurrou a porta, abrindo-a. O fogo na lareira estava apagado, só tições negros e cinzas, mas uma lâmpada de azeite sobre a mesa espargia uma minúscula semente de luz. E, da sua enxerga no chão, no canto mais afastado da casa, Óguion disse:

— Entra, Tenar.

3
ÓGUION

Ela deitou a criança na pequena cama que ocupava a alcova aberta na parede do lado oeste e acendeu o lume na lareira. Depois foi sentar-se no chão, ao lado da enxerga de Óguion, de pernas cruzadas.
— Não há ninguém a cuidar de ti!
— Mandei-as embora — sussurrou ele.
O seu rosto era tão severo e escuro como sempre, mas o cabelo estava esparso e branco, e a luz fraca da lâmpada não arrancava qualquer brilho dos seus olhos.
— Podias ter morrido aqui sozinho — increpou ela com uma irritação feroz.
— Ajuda-me tu a fazê-lo — ripostou o ancião.
— Ainda não — rogou ela, inclinando-se, pousando a fronte na mão dele.
— Seja — concedeu o mago. — Esta noite não. Amanhã.
Ergueu a mão a alisar-lhe o cabelo, uma única vez, pois as forças não lhe chegavam para mais.
Ela voltou a endireitar-se. O fogo ateara-se. A sua luz brincava nas paredes e no tecto baixo, enviando sombras a adensarem-se pelos cantos da longa sala.
— Se Gued viesse — murmurou o ancião.
— Mandaste chamá-lo?
— Perdido — foi a resposta. — Está perdido. Há uma nuvem. Uma névoa por cima das terras. Ele foi para o Ocidente. Levava o ramo da árvore do pátio. Internou-se na névoa escura. Perdi o meu falcão.
— Não, não, não — sossegou-o Tenar. — Ele há-de voltar.
Quedaram-se em silêncio. O calor do fogo começou a penetrá-los a ambos, deixando que Óguion se aquietasse, caindo

no sono e dele saindo a espaços, deixando que Tenar encontrasse o prazer do repouso, após aquele longo dia de caminhada. Esfregou os pés e os ombros doloridos. Levara Therru ao colo durante grande parte da última e longa subida, pois a criança começara a arquejar de cansaço, ao tentar acompanhar-lhe o andamento.

Tenar levantou-se, aqueceu água e libertou o corpo da poeira do caminho. Aqueceu leite, comeu pão que encontrou na despensa de Óguion e voltou a sentar-se junto dele. Enquanto o mago dormia, ficou-se a pensar, observando-lhe o rosto e o clarão do fogo e as sombras.

Pensou como uma rapariga se sentara em silêncio, a pensar, de noite, há muito tempo e muito longe dali; uma rapariga num quarto sem janelas, que fora criada para se conhecer a si própria apenas como aquela que fora devorada, sacerdotisa e serva dos poderes das trevas da terra. E houvera uma mulher que se sentava no silêncio tranquilo de uma casa de quinta, quando marido e filhos dormiam, para pensar, para ficar sozinha durante uma hora. E havia a viúva que trouxera até ali uma criança queimada, que se sentara ao lado de um moribundo e esperava que um homem regressasse. Como todas as mulheres, como cada mulher, fazendo o que as mulheres fazem. Mas não fora pelos nomes da serva nem da mulher nem da viúva que Óguion a chamara. Nem Gued, nas trevas dos Túmulos. Nem — há mais tempo ainda e mais longe que tudo o resto — a sua mãe, a mãe que ela apenas recordava como o calor e a cor de leão da luz do fogo, a mãe que lhe dera o seu nome.

— Sou Tenar — segredou. O lume, ateando um ramo seco de pinheiro, lançou uma língua de fogo de um amarelo vivo.

A respiração de Óguion tornou-se difícil e ele lutou por respiração. Ela ajudou-o como pôde até o mago conseguir alguma tranquilidade. Depois, dormiram ambos por algum tempo, com ela a ficar sonolenta pelo seu confuso e longo silêncio, entrecortado a espaços por estranhas palavras. De uma vez, noite alta, disse em voz forte, como quem encontra um amigo no caminho:

— Estás então aqui? E viste-o?

E de outra vez, quando Tenar se levantou para ir atear o lume, começou a falar, mas desta vez parecia ser com alguém na sua memória de anos já passados, pois disse claramente e como o poderia ter feito uma criança;

— Eu tentei ajudá-la, mas o telhado da casa veio abaixo. Caiu em cima deles. Foi o terremoto.

Tenar escutava. Também ela vira um terremoto.

— Tentei ajudar! — voltou a afirmar o rapaz na voz do ancião, dolorosamente. Depois a luta arquejante pela respiração recomeçou.

À primeira luz da alvorada, Tenar foi acordada pelo que começou por julgar que fosse o som do mar. Mas afinal era um grande ruflar de asas. Um bando de aves ia passando, a voar baixo, por sobre a casa, tantas que as suas asas faziam um vento forte e a janela estava escurecida pelas suas sombras velozes. Ao que lhe pareceu, deram uma só volta por cima da casa e logo desapareceram. Não soltaram qualquer chamado ou grito e ela ficou sem saber de que aves se poderia tratar.

Nessa manhã veio gente da aldeia de Re Albi, da qual a casa de Óguion ficava afastada para norte. Veio uma cabreira, uma mulher a recolher o leite das cabras do mago e outras que queriam saber o que podiam fazer por ele. Caruma, a bruxa da aldeia, passou os dedos pelo pau de amieiro e pelo rebento de aveleira junto à porta e espreitou lá para dentro esperançadamente, mas nem ela se atreveu a entrar e, da sua enxerga, Óguion regougou:

— Manda-as embora! Manda-as todas embora!

Parecia estar com maior vigor e mais confortável. Quando a pequena Therru acordou, falou-lhe da mesma maneira simples, bondosa e calma que Tenar recordava. A criança saiu da casa para ir brincar ao sol e o mago perguntou a Tenar:

— Que nome é esse que lhe dás?

Ele conhecia a Fala Verdadeira da Criação, mas nunca aprendera uma palavra de karguiano.

— *Therru* quer dizer queimar, o chamejar do fogo — elucidou.

— Ah, ah! — fez ele, e os seus olhos brilharam, a testa enrugou-se. Por um momento pareceu procurar palavras para transmitir o que pensava e acabou por dizer:

— Essa, aí. Essa, vão temê-la.

— Já a temem, agora — contrapôs Tenar amargamente.

Mas o mago sacudiu a cabeça e acrescentou:

— Ensina-a, Tenar. Ensina-lhe tudo... Roke não. Esses têm medo... Porque te deixei eu partir? Porque partiste? Para a trazeres aqui... tarde de mais?

— Sossega, sossega — pediu-lhe ela ternamente, porque o mago lutava por ar e por palavras e não conseguia nem uma coisa nem outra. Mas ele voltou a sacudir a cabeça e arquejou ainda uma vez:

— Ensina-a!

Depois aquietou-se.

Não quis comer nada e bebeu apenas um pouco de água. A meio do dia, deixou-se dormir. Ao acordar, já para o fim da tarde, disse:

— Agora, filha.

E soergueu-se na cama. Tenar, com um sorriso, pegou-lhe na mão.

— Ajuda-me a levantar — pediu ele.

— Não, não.

Mas Óguion insistiu:

— Sim. Lá fora. Não posso morrer aqui, entre quatro paredes.

— E para onde gostarias de ir?

— Para qualquer lado. Mas, se fosse possível, para a vereda da floresta. Junto da faia, acima do prado.

Ao ver que ele estava capaz de se manter de pé e determinado a sair, Tenar ajudou-o. Juntos, chegaram até à porta e, aí, ele parou e olhou ao redor da única divisão da sua casa. No canto escuro à direita da entrada, o seu alto bordão, encostado à parede, brilhava levemente. Tenar estendeu a mão para lho entregar, mas ele sacudiu uma vez mais a cabeça.

— Não — recusou. — Isso não.

Voltou a olhar em volta como se lhe faltasse alguma coisa, esquecida. Mas por fim disse:

— Vá lá. Anda daí.

Quando o vento vivo de oeste lhe soprou no rosto e olhou o horizonte longínquo, comentou:

— Isto é bom.

— Deixa-me ir chamar gente à aldeia para fazermos uma liteira e te levarmos — pediu Tenar. — Está tudo à espera de poder fazer alguma coisa por ti.

— Mas eu quero andar — contrapôs o mago.

Therru apareceu, vinda de detrás da casa, e ficou a observar solenemente, enquanto Óguion e Tenar avançavam, passo a passo, e parando a cada cinco ou seis para Óguion respirar, arquejando, através da erva emaranhada do prado e em direcção aos bosques que trepavam pelo íngreme flanco da montanha, a partir da face interior do topo da colina. O sol estava quente e o vento fresco. Levou-lhes imenso tempo a atravessar aquele prado. Quando chegaram finalmente junto da grande e jovem faia mesmo na orla da floresta, poucos metros acima do início do caminho da montanha, o rosto de Óguion estava cinzento e as pernas tremiam-lhe como erva ao vento. Ali se deixou cair entre as raízes da árvore, com as costas apoiadas no tronco. Durante um longo tempo foi incapaz de se mover ou falar, e o coração, agitado e falhando de vez em quando, agitava-lhe o corpo. Mas finalmente fez um aceno afirmativo de cabeça e segredou:

— Tudo bem.

Therru seguira-os à distância. Tenar foi ter com ela, abraçou-a e falou-lhe por momentos, voltando depois para junto de Óguion.

— Vai trazer uma coberta — informou.

— Não tenho frio.

— Mas tenho eu.

E a sombra de um sorriso perpassou no rosto dela.

A criança voltou, carregando um cobertor de lã de cabra. Segredou mais qualquer coisa a Tenar e logo se foi embora a correr.

— A Urze vai deixá-la ajudar a ordenhar as cabras e toma conta dela — explicou Tenar. — E assim já posso ficar aqui, ao pé de ti.

— Contigo, nunca é uma coisa só — comentou ele no murmúrio sibilado e rouco que era toda a voz que lhe restava.

— Pois não. São sempre pelo menos duas e em regra mais ainda. Mas estou aqui.

Ele assentiu com um movimento de cabeça.

Durante muito tempo o mago manteve o silêncio, deixando-se estar sentado contra o tronco da árvore, com os olhos fechados. Observando-lhe o rosto, Tenar viu-o alterar-se tão lentamente como se alterava a luz a oeste.

Depois ele abriu os olhos e espreitou por uma abertura entre os maciços o céu ocidental. Parecia observar alguma coisa, alguma acção ou feito, naquele longínquo espaço de luz, límpido e dourado. Hesitante, como se inseguro, segredou uma vez:

— O dragão...

O Sol pusera-se, o vento abrandara.

Óguion olhou para Tenar e sussurrou, como que exultando:

— Acabou. Tudo mudado!... Mudado, Tenar! Espera... espera aqui por...

Um tremor sacudiu-lhe todo o corpo, agitando-o como um ramo de árvore sob grande vendaval. Arquejou. Os olhos fecharam-se e voltaram a abrir-se, olhando para lá de Tenar. Colocou a mão nas dela, que se curvou para ele. E o mago disse-lhe o seu nome-verdadeiro, para que, depois da sua morte, ele pudesse ser verdadeiramente conhecido.

Depois, agarrou-lhe fortemente a mão, fechou os olhos e começou uma vez ainda a sua luta para respirar, até não haver mais respiração. Ficou então jazendo como uma das raízes da árvore, enquanto as estrelas surgiam e brilhavam por entre as folhas e os ramos da floresta.

Tenar ficou sentada junto do homem morto desde o lusco-fusco até a escuridão ser completa. Uma lanterna luciluo como um pirilampo atravessando o prado. Ela estendera o cobertor por sobre ambos, mas a mão que segurava a dele arrefecera, como se pegasse numa pedra. Uma vez ainda, tocou a mão do mago com a sua testa. Depois ergueu-se, perra e entontecida, sentindo o corpo como se lhe fosse estranho, e foi ao encontro de quem quer que chegava com a luz, para lhe guiar os passos.

Nessa noite, as vizinhas sentaram-se ao redor de Óguion e ele não as mandou embora.

A mansão do Senhor de Re Albi erguia-se sobre uma afloração rochosa no flanco da montanha, acima do Overfell. De manhã cedo, muito antes de o Sol ter surgido acima da montanha, o feiticeiro que estava ao serviço desse senhor veio de lá de cima, atravessando a aldeia. E um tudo nada depois, outro feiticeiro veio subindo esforçadamente a íngreme estrada que vinha de Porto de Gont, tendo dali saído ainda noite cerrada. Chegara-lhes a notícia de que Óguion estava a morrer, ou então era tal o seu poder que sabiam do passamento de um grande mago sem precisarem de ser informados.

A aldeia de Re Albi não tinha feiticeiro, só o seu mago, e uma bruxa encarregada de todos os assuntos menores, como encontrar, e consertar, e endireitar ossos, coisas com que as pessoas não queriam maçar o mago. A Tia Caruma era uma criatura obstinada, solteira — como a maior parte das bruxas — e que se lavava pouco, com o cabelo meio grisalho atado em curiosos nós de feitiço e os olhos orlados de vermelho devido ao fumo de ervas queimadas. Fora ela quem atravessara o prado com a lanterna e, juntamente com Tenar e as outras, velara durante a noite junto ao corpo de Óguion. Trouxera ali para a floresta uma vela de cera numa protecção de vidro e queimara óleos perfumados num prato de barro. Dissera as palavras que havia a dizer e fizera o que devia ser feito. Quando se tratou de tocar o corpo para o preparar para enterrar, olhara por uma vez Tenar, como que a pedir permissão, depois do que prosseguira nas suas funções. Em regra, as bruxas de aldeia encarregavam-se do retorno, como lhe chamavam, dos mortos e, frequentes vezes, também do funeral.

Quando o feiticeiro da mansão chegou, um homem alto e ainda jovem, com um bordão de pinho prateado, e chegou também o que subira do Porto de Gont, um homem baixo e entroncado com um bordão curto de teixo, a Tia Caruma não os fitou com os seus olhos orlados de vermelho, antes se encolheu, fez uma vénia e recuou, recolhendo os seus pobres talismãs e outras bruxarias.

Quando dispusera o corpo tal como deveria ficar para ser enterrado, deitado sobre o lado esquerdo e com os joelhos dobrados, pusera na palma da mão esquerda, voltada para cima, um pequeno amuleto sob a forma de um embrulho, algo envolvido num pedaço de macia pele de cabra e atado com um cordão colorido. O feiticeiro de Re Albi deitou-o fora com um toque da ponteira do seu bordão.

— A sepultura foi aberta? — perguntou o feiticeiro de Porto de Gont.

— Foi — redarguiu o feiticeiro de Re Albi. — Está aberta no cemitério da mansão do meu Senhor.

E apontou para a casa senhorial, bem acima na montanha.

— Estou a ver — ponderou Porto de Gont. — Mas eu pensava que o nosso mago seria enterrado com todas as honras na cidade que ele salvou do terremoto.

— O meu Senhor pretende essa honra para si — retorquiu Re Albi.

— Porém, dir-se-ia que... — começou Porto de Gont a dizer, mas interrompeu-se, não lhe agradando discutir, mas sem estar ainda pronto a ceder à pretensão fácil do homem mais novo. Baixou os olhos para o morto. — Vai ter de ser enterrado sem nome — comentou com pesar e amargura. — Caminhei toda a noite, mas cheguei tarde de mais. É uma grande perda tornada ainda maior.

O feiticeiro jovem não disse palavra.

— O seu nome era Aihal — interpôs Tenar. — E o seu desejo era ficar aqui, onde agora jaz.

Os dois homens olharam ambos para ela. O mais jovem, vendo uma aldeã de meia-idade, limitou-se a desviar dela a vista e a atenção. Mas o de Porto de Gont encarou-a por um momento e perguntou:

— Quem és tu?

— Chamam-me a viúva de Pederneira, Goha — retorquiu ela. — Quanto a quem sou, cabe a ti sabê-lo, penso eu. Mas não a mim dizê-lo.

Perante estas palavras, o feiticeiro de Re Albi considerou-a digna de uma olhadela breve e preveniu-a:

— Tem cuidado, mulher, vê como falas a homens de poder!

— Espera, espera — interpôs Porto de Gont com um gesto como de quem dá palmadinhas num ombro, tentando apaziguar a indignação de Re Albi e continuando com o olhar fixo em Tenar. — Tu foste... Tu foste sua discípula, em tempos, não é assim?

— E amiga — replicou ela. Depois voltou a cabeça e ficou calada. Sentira a zanga na sua própria voz ao dizer aquela palavra, «amiga». Baixou os olhos para o seu amigo, um corpo pronto a ser entregue à terra, perdido e imóvel. E eles ali de pé, acima dele, vivos e cheios de poder, e sem oferecerem amizade, apenas desprezo, rivalidade e ira.

— Lamento — penitenciou-se ela. — Foi uma longa noite. Eu estava com ele quando morreu.

— Não se trata... — começou a dizer o feiticeiro jovem. Porém, inesperadamente, a velha Tia Caruma interrompeu-o, dizendo bem alto:

— Estava. Estava, sim. Mais ninguém a não ser ela. Foi ele quem a mandou chamar. Mandou o jovem Townsend, o mercador de carneiros, a dizer-lhe que viesse, lá de baixo do fundo da montanha, e reteve o seu morrer até ela chegar e estar com ele. E depois morreu, e morreu onde queria ser enterrado, aqui.

— E — pronunciou o homem mais velho —, e ele disse-te?

— O seu nome.

Tenar olhou-os e, por mais que não quisesse, a incredulidade nas feições do mais velho, o menosprezo nas do outro, puseram um tom de nítido desrespeito na resposta que lhes deu.

— Já vos disse esse nome. Será que vou ter de o repetir?

Mas, para sua consternação, viu-lhes nas expressões que, de facto, não tinham ouvido o nome. O nome-verdadeiro de Óguion. E não lhe tinham prestado atenção quando o pronunciara.

— Ah — exclamou ela. — Bem maus são estes tempos, em que um tal nome pode não ser ouvido, pode cair como uma pedra. Ouvir não é pois poder? Oiçam, então. O seu nome era Aihal. O seu nome na morte é Aihal. E nas canções será conhecido como Aihal de Gont. Se ainda houver canções para fazer. Ele era um homem silencioso. Agora é muito silencioso. Talvez não venham a haver canções, só silêncio. Não sei. Estou muito cansada. Perdi o meu pai e meu querido amigo.

Faltou-lhe a voz, afogada na garganta por um soluço. Voltou-se para se ir embora. No carreiro da floresta deparou com o pequeno amuleto que a Tia Caruma fizera. Pegou-lhe, ajoelhou junto ao corpo, beijou a palma aberta da mão esquerda e nela depositou o embrulhito. Ali, de joelhos, voltou a olhar os dois homens e falou-lhes em voz calma.

— Encarregar-se-ão de fazer com que a sua cova seja aberta aqui, onde ele a desejava?

Primeiro o mais velho, logo o outro, ambos assentiram.

Ela ergueu-se, endireitou a saia e, na luz matinal, iniciou o caminho de volta à casa de Óguion.

4

KEILESSINE

«Espera», dissera-lhe Óguion, que era agora Aihal, pouco antes que o vento da morte o sacudisse e arrancasse de entre os vivos. «Acabado... tudo mudado», segredara ainda, e depois «Tenar, espera...» Mas não revelara aquilo por que devia esperar. A mudança tê-la-ia ele visto ou conhecido, mas que mudança? Seria à sua própria morte que se referia, à sua própria vida que se acabara? Falara com alegria, como que exultante. Encarregara-a de esperar.

— E que mais tenho eu para fazer? — comentou consigo mesma, varrendo o chão da casa dele. — Que mais fiz eu alguma vez senão isso? — E, falando para a memória dele, perguntou: — Devo esperar aqui, na tua casa?

— Sim — respondeu Aihal, o Silencioso, silenciosamente, sorrindo.

E assim ela varreu a casa, limpou a lareira, arejou os colchões. Deitou fora alguma loiça rachada e um tacho que vertia, mas manuseando as coisas com delicadeza. Chegou mesmo a encostar o rosto a um prato rachado ao levá-lo para a lixeira, por se tratar de uma prova da doença do velho mago durante o último ano. Austero sempre ele fora, vivendo tão simplesmente como um lavrador pobre, mas enquanto a sua vista foi limpa e manteve a sua energia, nunca se teria servido de um prato rachado, nem descurado um tacho a precisar de um buraco tapado. Esses sinais da sua fraqueza magoavam-na, fazendo-a desejar ter ali estado para cuidar dele.

— Eu teria gostado — confidenciou à memória que tinha dele, mas não obteve resposta. Óguion nunca teria permitido que alguém cuidasse dele, a não ser ele próprio. Ter-lhe-ia dito: «Tens coisas melhores para fazer?» Não o sabia. Ele mantinha o silêncio. Mas que tinha razão em ficar ali, na casa dele, agora, disso estava certa.

Gengibre e o seu velho esposo, Arroio-claro, que viviam na quinta em Vale-do-Meio há mais tempo que ela, olhariam pelos rebanhos e pelo pomar. O outro casal de rendeiros, Arrufo e Verdizel, recolheriam a colheita. O resto teria de tomar conta de si próprio por algum tempo. As framboesas seriam apanhadas pelas crianças da vizinhança. Isso era uma pena, porque ela adorava framboesas. Ali em cima, no Overfell, com o vento marinho sempre a soprar, o frio era demasiado para criar framboesas. Porém, o velho e pequeno pessegueiro de Óguion, abrigado no recanto da parede da casa voltada a sul, dera dezoito pêssegos e Therru vigiava-os como um gato a caçar um rato, até ao dia em que entrou na casa e disse na sua voz rouca e pouco clara:

— Dois pêssegos estão todos vermelhos e amarelos.

— Ah! — fez Tenar. Foram ambas até junto do pessegueiro, apanharam os dois primeiros pêssegos maduros e ali os comeram, com a casca. O sumo escorria-lhes pelo queixo. Lamberam os dedos.

— Posso plantá-lo? — perguntou Therru, mirando o caroço enrugado do seu pêssego.

— Podes. Aqui é um bom lugar, ao pé da árvore velha. Mas perto de mais não. É preciso que fiquem as duas com espaço para as raízes e para os ramos.

A criança escolheu um lugar e cavou a pequena sepultura. Deitou o caroço lá dentro e cobriu-o de terra. Tenar observava-a. Nos poucos dias que ali tinham passado, Therru mudara, pensou. Continuava ainda sem reacções, nem de zanga, nem de alegria. Mas desde que ali estavam, a sua assustadora vigilância, a sua imobilidade, tinham-se imperceptivelmente moderado. A criança desejara os pêssegos. Pensara em plantar o caroço, em aumentar o número de pêssegos no mundo. Na Quinta do Carvalho só não tinha medo de Tenar e de Cotovia. Mas aqui afeiçoara-se muito facilmente a Urze, a cabreira de Re Albi, uma rapariga meio atrasada e bondosa de vinte anos, que falava aos gritos e tratava a criança praticamente como mais uma cabra, um cabrito aleijado. Isso estava bem. E a Tia Caruma estava igualmente bem, cheirasse ela como cheirasse.

Quando Tenar vivera em Re Albi, vinte e cinco anos antes, Caruma era uma jovem e não uma velha bruxa. Encolhera-se e inclinara-se e sorrira perante a «jovem senhora», a «Senhora

Branca», discípula e aluna de Óguion, nunca lhe falando que não fosse com o máximo respeito. Mas Tenar sentira que esse respeito era falso, uma máscara para ocultar a inveja, a aversão e a desconfiança, que tão familiares lhe eram, de mulheres relativamente às quais fora colocada numa posição de superioridade, mulheres que se consideravam a si próprias como comuns e a ela como incomum, como privilegiada. Sacerdotisa dos Túmulos de Atuan ou discípula estrangeira do Mago de Gont, fora colocada à parte, acima. Homens tinham-lhe dado poder, homens tinham partilhado o seu poder com ela. As mulheres olhavam para ela de fora, por vezes com rivalidade, frequentemente com um traço de zombaria.

Mas ela própria sentira-se como a que fora deixada de fora, excluída. Fugira dos Poderes dos túmulos do deserto e depois deixara os Poderes do saber e do talento que lhe eram oferecidos pelo seu mentor, Óguion. Voltara costas a tudo isso, passara para o outro lado, para a outra sala, onde viviam as mulheres, para ser uma delas. Uma esposa, a mulher de um lavrador, mãe e dona de casa, tomando para si o poder para que uma mulher nascia, a autoridade que lhe era atribuída nas disposições tomadas pela espécie humana.

E ali, em Vale-do-Meio, a mulher de Pederneira, Goha, tivera um bom acolhimento, bem vistas as coisas, entre as mulheres. Uma estrangeira, é certo, de pele branca e uma maneira de falar algo estranha, mas uma notável dona de casa, uma excelente tecelã, com filhos bem-comportados e bem-criados, uma quinta próspera. Numa palavra, respeitável. E entre os homens era a mulher de Pederneira, fazendo o que uma mulher devia fazer: cama, procriar, fazer pão, cozinhar, limpar, tecer, coser, servir. Uma boa mulher. Aprovavam-na. Afinal, diziam, Pederneira saíra-se bem. Ainda gostavam de saber como será uma mulher branca, será branca por todo o lado? diziam os seus olhos ao olharem-na, até que ela envelheceu e deixaram de a ver.

Aqui, agora, estava tudo mudado, não havia nada daquilo. Desde que ela e Caruma tinham velado Óguion juntas, a bruxa tornara evidente que seria sua amiga, seguidora, serva, o que quer que Tenar pretendesse que ela fosse. Tenar não estava bem certa do que queria que a Tia Caruma fosse, considerando-a imprevisível, instável, impulsiva, ignorante, dissimulada e suja.

Mas Caruma dava-se bem com a criança queimada. Talvez a ela se devesse esta mudança, esta ligeira suavização, em Therru. Com ela, a criança começara por se comportar como com qualquer outra pessoa — inexpressiva, sem reacção, dócil do mesmo modo que uma coisa inanimada, uma pedra, é dócil. Mas a velha bruxa continuara a insistir com ela, oferecendo-lhe doces, pequenos tesouros, subornando, lisonjeando, adulando. «Anda, vem com a Tia Caruma, minha queridinha! Anda que a Tia Caruma mostra-te a coisa mais bonita que já viste na tua vida...»

O nariz de Caruma sobressaía e inclinava-se sobre as suas queixadas sem dentes, os lábios finos. Tinha uma verruga na maçã do rosto, do tamanho de um caroço de cereja. O seu cabelo era um emaranhado, entre preto e cinzento, de nós de feitiço e madeixas soltas. E libertava-se dela um cheiro tão forte e grosseiro, tão profundo e complicado, como o de um covil de raposa. «Vem à floresta comigo, queridinha!», diziam as velhas bruxas nas histórias que se contavam às crianças em Gont. «Vem comigo e eu mostro-te uma coisa linda!» E depois a bruxa fechava a criança no forno, assava-a muito bem e comia-a, ou deitava-a para dentro de um poço, onde ficava a pular e a coaxar lugubremente para sempre, ou ainda era posta a dormir durante cem anos dentro de uma grande pedra, até chegar o Filho do Rei, o Príncipe Mago, a quebrar a pedra com uma palavra, a acordar a donzela com um beijo e a matar a bruxa malvada...

«Vem comigo, queridinha!» E Caruma levava a criança para os campos e mostrava-lhe um ninho de cotovia no meio do feno verde, ou para os charcos onde apanhavam halos brancos, hortelã brava e mirtilos. Não precisava de meter a criança num forno, nem de a transformar num monstro, nem de a encerrar numa pedra. Tudo isso lhe tinham já feito.

A bruxa era bondosa para com Therru, mas era uma bondade aduladora e, quando estavam as duas sozinhas, parecia-lhe que ela falava imenso com a criança. Tenar não sabia o que Caruma lhe dizia ou ensinava, se devia deixar que a bruxa lhe enchesse a cabeça de caraminholas. *Fraco como magia de mulher, falso como magia de mulher* ouvira ela dizer uma centena de vezes. E vira realmente que a bruxaria de mulheres, como Caruma ou Hera, se revelava frequentemente fraca no sentido e, por vezes, falsa, manhosa por intenção ou por ignorância. As bruxas de aldeia, embora pudessem saber muitos sortilégios e feitiços, e algumas das grandes canções, nunca tinham sido treinadas nas Grandes Artes nem nos princípios da magia. Nenhuma mulher era assim ensinada. A feitiçaria era um trabalho de homem, um talento de homem. A magia era feita por homens. Nunca houvera uma mulher maga. Embora algumas se tivessem apelidado de feiticeiras ou mágicas, o seu poder nunca fora educado, era força sem arte nem conhecimentos, meio frívolo, meio perigoso.

As bruxas de aldeia comuns, como Caruma, viviam de meia dúzia de palavras da Fala Verdadeira, herdadas como grandes tesouros de bruxas mais velhas ou compradas a peso de oiro a mágicos, mais um fornecimento de vulgares sortilégios de encontrar e consertar, muito ritual sem sentido, muito mistério em tudo o que faziam e muito palavreado incompreensível, e ainda uma sólida experiência na arte de partejar, endireitar ossos e curar maleitas de animais e de humanos, um bom conhecimento de ervas de envolta com um emaranhado de superstições — tudo isto baseado no dom inato que pudessem ter para curar, cantar, mudar ou lançar sortilégios. Uma mistura assim tanto pode ser boa como má. Algumas bruxas eram mulheres odientas e amargas, prontas a causar danos e sem conhecerem razões para os não causarem. Na sua maioria eram parteiras e curandeiras, mais um extra de elixires de amor, amuletos de fertilidade e feitiços de dar potência, para além de uma boa dose de cinismo. Algumas, poucas, tendo sabedoria mas não educação, usavam o seu dom unicamente para o bem, embora não soubessem explicar, como o faria qualquer aprendiz de feiticeiro, por que motivo o faziam, e diziam umas coisas sem nexo acerca do Equilíbrio e do Caminho do Poder para justificar as suas acções ou a ausência delas. «Vou atrás do meu coração», dissera uma dessas mulheres a Tenar, quando esta era protegida e discípula de Óguion, e acrescentara: «O Senhor Óguion é um grande mago. É uma grande honra para ti que ele te ensine. Mas repara bem, criança, se tudo o que ele te ensinou não acaba por ser, no fundo, que vás atrás do teu coração?»

Já então Tenar pensara que a sábia mulher tinha razão, mas não totalmente, que alguma coisa ficara de fora naquela explicação. E continuava a pensar assim.

Agora, ao observar Caruma com Therru, pensou que a bruxa ia atrás do seu coração, mas que esse coração era tenebroso, bravio, suspeito, como um corvo seguindo os seus próprios caminhos com as suas próprias finalidades. E pensou ainda que Caruma podia ser atraída para Therru não só por bondade, mas também pelo sofrimento de Therru, pelo mal que lhe fora infligido: pela violência, pelo fogo.

Porém, nada do que Therru fazia ou dizia mostrava que estivesse a aprender alguma coisa da Tia Caruma que não fosse onde punha a cotovia os ovos e onde cresciam os mirtilos, ou como fazer o jogo do galo só com uma das mãos. A mão direita de Therru ficara tão maltratada pelo fogo que, ao sarar, formara uma espécie de moca, sendo o polegar utilizável apenas como uma pinça, lembrando a tenaz de um caranguejo. Mas a Tia Caruma conhecia uma série extraordinária de figuras do jogo do galo para cinco dedos e algaraviadas para as acompanhar. Dizia:

Roda, roda, roda e tece!
Chama arde, queima, aquece!
Anda, dragão, aparece!

e o cordel formava quatro triângulos que logo se transformavam num quadrado. Therru nunca cantava alto, mas Tenar ouvia-a segredar a cantilena quase inaudivelmente, enquanto ia fazendo as figuras, sozinha, sentada à soleira da porta, na casa do mago.

E, pensava Tenar, que laço a prendia, a ela própria, à criança, senão a piedade, senão o mero dever para com os desamparados? Se Tenar não a tivesse recolhido, tê-lo-ia feito Cotovia. Mas Tenar recolhera-a sem nunca se perguntar porque o fizera. Teria ido atrás do coração? Óguion nada perguntara acerca da criança, mas dissera: «Essa, vão temê-la.» E Tenar replicara: «Já a temem», e falava verdade. Talvez ela própria temesse a criança, tal como temia a crueldade, a violação, o fogo. Seria o medo o laço que a prendia?

— Goha — chamou Therru, sentada nos calcanhares debaixo do pessegueiro, a olhar para o sítio, na terra dura do Verão, onde plantara o caroço de pêssego. — O que são dragões?

— São criaturas grandes — respondeu Tenar —, como lagartos mas maiores que navios... maiores que uma casa. E deitam fogo pela boca.

— E vêm aqui?

— Não.
Therru não fez mais perguntas, mas Tenar sim.
— A Tia Caruma tem andado a falar-te de dragões?
Therru fez que não com a cabeça.
— Tu é que falaste — precisou.
— Ah! — fez Tenar. E, pouco depois, acrescentou: — O pessegueiro que plantaste precisa de água para crescer. Uma vez por dia, até virem as chuvas.

Therru levantou-se e, correndo, deu volta à esquina da casa, dirigindo-se ao poço. As suas pernas e pés eram perfeitos, ilesos. Tenar gostava de a ver andar e correr, os pequenos pés, escuros e sujos de poeira, lindos sobre a terra. Depois a criança regressou com o regador de Óguion, transportando-o a custo, e fez correr um pequeno dilúvio sobre o caroço que plantara.

— Quer então dizer — retomou Tenar — que te lembras da história acerca de as pessoas e os dragões serem todos o mesmo... A que contava como os humanos chegaram aqui, viajando para leste, mas os dragões ficaram todos nas longínquas ilhas ocidentais. Muito, muito longe daqui.

Therru fez que sim. Não parecia estar a dar atenção mas, quando Tenar, ao dizer «ilhas ocidentais», apontou o mar, a criança levantou o rosto para o pedaço de horizonte, alto e claro, que se avistava entre os feijoeiros nas suas estacas e a cabana da ordenha.

No telhado desta, apareceu de súbito uma cabra e colocou-se de perfil para elas, com a cabeça erguida numa nobre pose. Ao que parecia, considerava-se alguma cabra montês.

— Lá se soltou a Beberrica outra vez — comentou Tenar.
— Hesssss! Hesssss! — começou Therru, imitando Urze a chamar as cabras. E logo a própria Urze apareceu junto à vedação da leira dos feijões, gritando «Hesssss!» lá para cima para a cabra que a ignorou, mirando pensativamente os feijões abaixo dela.

Tenar deixou todas três entregues ao jogo de apanhar a Beberrica. Foi deambulando para lá dos feijões, em direcção à beira do penhasco, e depois ao longo deste. A casa de Óguion erguia-se, destacada da aldeia e mais próximo que qualquer outra da berma do Overfell, naquele ponto uma encosta íngreme e cheia de erva, quebrada aqui e além por ressaltos e aflorações de rocha, onde se podiam pastorear as cabras. Continuando para norte, a inclinação ia sempre aumentando, até começar a cair a direito. E, na passagem, a rocha do grande rebordo surgia através do solo, até que, a uma milha ou pouco mais para norte da aldeia, o Overfell estreitava até formar uma plataforma de arenito avermelhado, suspensa sobre o mar que lhe atravessava a base, dois mil pés mais abaixo.

Nada crescia nessa extremidade do Overfell, a não ser líquenes e musgo da rocha e, aqui e além, uma margarida azul, atrofiada pelo vento, como um botão que alguém tivesse deixado cair sobre a pedra rude e a esboroar-se. Para o interior, a partir da berma da escarpa para norte e para leste, acima de uma estreita tira de terra pantanosa, erguia-se o escuro e tremendo flanco da Montanha de Gont, coberta de floresta quase até ao cume. A escarpa encontrava-se a tal altura acima da baía, que era preciso olhar para baixo a fim de ver as suas costas exteriores e as vagas terras baixas de Essary. Para lá disso, em todo o Sul e Oeste, nada mais havia senão o céu acima do mar.

Tenar gostara de ali ir nos anos em que vivera em Re Albi. Óguion adorara as florestas, mas ela, que vivera num deserto onde as únicas árvores em cem milhas eram um pomar de nodosos pessegueiros e macieiras, regados à mão nos verões infindáveis, onde nada que crescesse era verde, húmido e fácil de criar, onde nada havia para além de uma montanha e uma grande planície e o céu, ela gostara mais da berma da falésia que dos bosques que se cerravam em volta dela. Não gostava de ter nada por sobre a cabeça.

Dos líquenes, do musgo cinzento, das margaridas sem pé, também gostava. Eram-lhe familiares. Sentou-se na plataforma de rocha, a alguns pés da beira, e alongou o olhar para o oceano como costumara fazer. O sol estava quente mas o vento incessante arrefecia-lhe a transpiração no rosto e nos braços. Inclinou o tronco para trás, apoiando-se nas mãos, e quedou-se a pensar em nada, com o sol e o vento, o céu e o mar a preenchê-la, tornando-a transparente a sol, vento, céu e mar. Mas a mão esquerda relembrou-a da sua existência e ela desviou os olhos para ver o que lhe estaria a arranhar o pulso. Era um cardo minúsculo, inserido numa fenda do arenito, mal erguendo os seus espinhos descorados para a luz e para o vento. Balouçava rigidamente com o soprar do vento, resistindo ao vento, enraizado na rocha. Tenar ficou a mirá-lo durante muito tempo.

Quando voltou a olhar para o mar, viu, azul na neblina azul onde o mar se encontra com o céu, o contorno de uma ilha, Oranéa, a mais oriental das Ilhas Interiores.

Ficou de olhar perdido naquela forma etérea, quase de sonho, até que uma ave, aproximando-se de ocidente por sobre o mar, lhe chamou a atenção. Não era uma gaivota, porque o seu voo era uniforme, nem um pelicano porque vinha muito alto. Seria um ganso bravo, ou um albatroz, o grande e raro viajante do mar largo, que tivesse vindo até ao meio das ilhas? Observou o bater lento das asas, longe e alto no ar deslumbrante. E então pôs-se de pé, afastando-se mais um pouco da beira da escarpa, e ficou imóvel, o coração a bater forte e a respiração presa na garganta, observando o corpo sinuoso, escuro como ferro, suportado pelas longas asas membranosas, tão vermelhas como o fogo, as garras estendidas em frente, as volutas de fumo a desfazerem-se para trás, no ar.

Veio voando direito a Gont, direito ao Overfell, direito a ela. Tenar viu o cintilar negro de ferrugem das escamas e o brilho do olho oblongo. Viu a língua vermelha que era uma língua de fogo. O fedor a queimado encheu o vento quando, com um rugido sibilante, o dragão, voltando-se para o lado de terra sobre a saliência rochosa, soltou um suspiro de fogo. Os seus pés estralejaram na pedra. A cauda córnea, serpenteando, fez um ruído matraqueado e as asas, escarlates nas zonas onde o sol as atravessava, levantaram um vento e emitiram um ruge-ruge ao dobrarem-se contra os flancos escamosos. A cabeça rodou lentamente. O dragão olhou a mulher de pé diante dele, ao alcance das suas garras semelhantes a grandes lâminas de gadanha. A mulher devolveu-lhe o olhar, sentiu-lhe o calor do corpo.

Tinham-lhe ensinado que os homens não devem olhar para dentro dos olhos de um dragão, mas isso nada significava para ela. O dragão fitou-a directamente com os seus olhos amarelos protegidos por carapaças armaduradas, afastados um do outro, acima do nariz afilado e das flamejantes, das fumegantes narinas. E o rosto dela, pequeno e macio, os seus olhos negros, directamente o encararam.

Nenhum deles falou.

Depois o dragão voltou um pouco a cabeça de lado para que ela não fosse destruída quando ele pronunciou — ou terá acaso sido uma gargalhada — um grande «Aaaah!» de chama cor de laranja.

Baixou então o corpo até ficar agachado e falou, mas não para ela.

— *Ahivaraihe, Gued* — foi o que ele disse, de modo bastante suave, fumarento, com um estremecimento da língua ardente, e seguidamente baixou a cabeça.

Tenar viu então pela primeira vez o homem que lhe cavalgava o dorso. Estava sentado no chanfro entre dois dos picos, semelhantes a espadas, que se erguiam em fila pela espinha do dragão abaixo, logo atrás do pescoço e acima dos ombros onde se enraizavam as asas. Tinha as mãos enclavinhadas na malha do pescoço, de uma cor de ferrugem escura, e a cabeça encostada à base do pico, como se estivesse adormecido.

— *Ahi eharaihe, Gued!* — insistiu o dragão, um pouco mais alto, a longa boca sempre como que sorrindo, mostrando os dentes tão longos como o antebraço de Tenar, amarelados, com pontas brancas e aguçadas.

O homem não se moveu.

O dragão voltou a longa cabeça e, uma vez mais, olhou Tenar.

— *Sobriost* — pronunciou num sussurro de aço deslizando sobre aço.

Aquela palavra da Língua da Criação conhecia-a ela. Óguion ensinara-lhe tudo o que ela estivera disposta a aprender dessa língua. Sobe, era o que o dragão dizia, monta! E ela viu os degraus para subir. O pé com as suas garras, a curva do cotovelo, a articulação do ombro, os primeiros músculos da asa: quatro degraus.

Também ela soltou um «Aaaah!», mas não de riso, apenas uma tentativa para recuperar o fôlego, que não cessava de lhe ficar estrangulado na garganta. E baixou por momentos a cabeça, num esforço para dominar as suas tonturas, o seu mal-estar. Depois caminhou em frente, passando pelas garras, pela longa boca sem lábios, o longo olho amarelo, e subiu ao ombro do dragão. Pegou no braço do homem. Continuava sem se mover mas de certeza não estava morto, já que o dragão o trouxera até ali e lhe falara.

— Anda, vem! — instou e logo, vendo-lhe o rosto enquanto lhe abria o punho esquerdo, cerrado: — Vem, Gued. Vem...

Ele ergueu um pouco a cabeça. Tinha os olhos abertos, mas sem vista. Tenar teve de o rodear, arranhando as pernas na pele escamosa e quente do dragão, para lhe soltar a mão direita agarrada a uma protuberância córnea na base do pico. Conseguiu que se lhe agarrasse aos braços e assim, entre carregar e arrastar, levá-lo por aqueles quatro estranhos degraus, até ao solo.

Gued despertou o suficiente para tentar segurar-se a ela, mas não havia nele força suficiente. Tombou do dragão para a rocha e, de braços abertos, como um saco acabado de descarregar, ali ficou.

O dragão rodou a cabeça enorme e, com um gesto totalmente animal, cheirou o corpo do homem, empurrou-o levemente com o nariz.

Ergueu depois a cabeça e também as suas asas se semiergueram com um vasto som metálico. Desviou os pés para longe de Gued, aproximando-os da beira da escarpa. Rodando a cabeça para trás no pescoço inçado de picos, uma vez mais olhou directamente para Tenar e a sua voz, semelhante ao rugido seco do fogo num forno, pronunciou:

— *Thesse Keilessine*.

O vento marinho assobiava nas asas meio abertas do dragão.

— *Thesse Tenar* — disse a mulher em voz clara, embora trémula.

O dragão voltou a cabeça e olhou para longe, para ocidente, por sobre o mar. Contraiu o longo corpo com um tinir e entrechocar de escamas de ferro. Depois abriu abruptamente as asas, encolheu as pernas e lançou-se da escarpa, directamente para o vento. A cauda, arrastando atrás dele, sulcou o arenito ao passar. As asas vermelhas desceram, ergueram-se, voltaram a descer numa batida forte, e já Keilessine estava longe de terra, voando em linha recta, voando para oeste.

Tenar ficou a olhá-lo até não o ver maior que um ganso bravo ou uma gaivota. O ar estava frio. Enquanto o dragão ali estivera fora quente, de um calor de fornalha, com o seu fogo interior. Tenar arrepiou-se. Sentou-se no rochedo ao lado de Gued e começou a chorar. Escondeu o rosto nos braços e soluçou alto.

— Que posso eu fazer? — bradou. — Que posso eu fazer agora?

Ao fim de algum tempo limpou os olhos e o nariz à manga, puxou o cabelo para trás com ambas as mãos e voltou-se para o homem que jazia ao seu lado. Estava tão quieto, tão à vontade na pedra nua, como se pudesse ali ficar para sempre.

Tenar suspirou. Nada havia que pudesse fazer, mas havia sempre a próxima coisa a fazer.

Não podia carregar com ele. Teria de arranjar ajuda. Isso significava deixá-lo só. Pareceu-lhe que ele estava perto de mais da beira da escarpa. Se tentasse levantar-se, fraco e tonto como estaria, podia cair. Mas como podia deslocá-lo? Nem minimamente despertava quando lhe falava ou tocava. Pegou-lhe por baixo dos ombros e tentou puxá-lo. Para sua surpresa, conseguiu. Um peso morto como estava, no entanto o peso não era grande. Resolutamente, arrastou-o uns dez ou quinze pés para o interior, tirando-o da nua plataforma de pedra e pondo-o num pedaço de terra, onde alguma erva alta e seca oferecia um arremedo de abrigo. Ali o teve de deixar. Não conseguiu correr, porque tinha as pernas a tremer e a respiração ainda lhe saía aos soluços, mas caminhou tão depressa quanto pôde direita à casa de Óguion, chamando, assim que se aproximou o suficiente, por Urze, Caruma e Therru.

A criança apareceu, vinda de trás da cabana da ordenha, e deixou-se ficar quieta, como era seu costume, obediente ao chamamento de Tenar, mas sem se aproximar para cumprimentar ou ser cumprimentada.

— Therru, corre à aldeia e pede a alguém que venha... alguém que seja forte... Está um homem magoado na escarpa.

Therru permaneceu imóvel. Nunca entrara sozinha na aldeia e agora estava paralisada entre a obediência e o medo. Tenar viu isso e emendou:

— A Tia Caruma está por aí? E a Urze? As três juntas conseguimos trazê-lo. Mas depressa, Therru. Depressa!

Sentia que, se deixasse Gued para ali desprotegido, ele morreria de certeza. Ter-se-ia ido quando ela regressasse, morto, tombado, levado por dragões. Tudo podia acontecer. E tinha de se apressar antes que acontecesse. Pederneira morrera de um ataque de coração e ela não estava com ele. Morrera sozinho. O pastor tinha dado com ele caído junto à cancela. Óguion morrera e ela não conseguira impedi-lo de morrer, não pudera restituir-lhe o fôlego. Gued regressara a casa para morrer e era o fim de tudo, nada havia que restasse, nada que se pudesse fazer, mas ela tinha de o fazer.

— Depressa, Therru! Traz uma pessoa qualquer!

Ela própria se encaminhou para a aldeia com passos inseguros, mas viu a velha Caruma a atravessar apressadamente a pastagem, ferindo o solo com a sua grossa bengala de pilriteiro.

— Chamaste por mim, queridinha?

A presença de Caruma constituiu um alívio imediato.

Começou a recuperar o fôlego, a conseguir pensar. Caruma não perdeu tempo com perguntas. Assim que ouviu dizer que havia um homem ferido a precisar de ser transportado, pegou na pesada coberta de cama em lona que Tenar pusera a arejar e carregou com ela até à extremidade do Overfell. Ela e Tenar serviram-se da coberta para enrolar Gued e iam a arrastar laboriosamente aquele estranho veículo em direcção a casa, quando Urze apareceu a correr, seguida de Therru e de Beberrica. Urze era jovem e forte e, com a sua ajuda, puderam levantar a lona como se fosse uma maca e transportar o homem até à casa.

Tenar e Therru dormiam na alcova da parede ocidental da longa sala única. Só havia a cama de Óguion ao fundo da casa, coberta agora com um pesado lençol de linho. Ali estenderam o homem. Tenar pôs-lhe por cima o cobertor de Óguion, enquanto Caruma resmungava feitiços em volta da cama e Urze e Therru, de pé e paradas, se limitavam a olhar.

— Agora deixem-no estar — aconselhou Tenar, conduzindo-as todas para o outro lado da casa.

— Quem é ele? — perguntou Urze.

— Que estava ele a fazer no Overfell? — quis saber Caruma.

— Tu sabes quem é, Caruma. Foi aprendiz de Óguion... de Aihal, em tempos.

A bruxa sacudiu a cabeça.

— Esse era o rapaz de Dez Amieiros, queridinha — contrapôs. — Aquele que é agora Arquimago, em Roke.

Tenar assentiu com um aceno.

— Não, queridinha — insistiu Caruma. — Este parece-se com ele. Mas não é ele. Este homem não é mago nenhum. Nem sequer mágico.

Urze olhava de uma para a outra, muito entretida. Não percebia a maior parte do que as pessoas diziam, mas gostava de as ouvir falar.

— Mas eu conheço-o, Caruma. É o Gavião.

E o facto de pronunciar aquele nome, o nome de usar de Gued, libertou nela uma ternura tal que, pela primeira vez, pensou e sentiu que aquele era mesmo ele, e que todos os anos passados desde que o conhecera eram o elo que os ligava. Viu uma luz como uma estrela no escuro, debaixo do chão, há muito tempo, e o rosto dele sob essa luz.

— Eu conheço-o, Caruma. — Sorriu e depois o sorriso abriu-se ainda mais. — Ele é o primeiro homem que eu alguma vez vi.

Caruma arrastou os pés e resmungou entre dentes. Não gostava de contradizer a «Senhora Goha», mas continuava perfeitamente inabalável na sua convicção.

— Ele há truques, disfarces, transformações, mudanças — contrapôs. — É melhor ter cuidado, queridinha. Como foi que ele chegou onde o encontraste, ali tão longe? Alguém o viu atravessar a aldeia?

— Mas então, nenhuma de vós... nenhuma viu?...

Ambas a olharam. Tentou dizer «o dragão» mas não conseguiu. Os seus lábios e a sua língua recusavam-se a formar a palavra. Mas uma outra se formou de qualquer modo dentro dela, construindo-se com a sua boca e o seu fôlego.

— Keilessine — pronunciou.

Therru fitava-a. Uma onda de calor parecia brotar da criança, como se estivesse a arder em febre. Não disse nada, mas moveu os lábios como se repetisse o nome e aquele calor febril ardia ao seu redor.

— Truques — insistiu Caruma. — Agora que o nosso mago se foi, hão-de aparecer por aí intrujões de toda a espécie.

— Eu vim de Atuan para Havnor e de Havnor para Gont com o Gavião, num barco aberto — disse Tenar secamente. — Tu viste-o quando ele me trouxe até aqui, Caruma. Nesse tempo, não era ainda arquimago. Mas era o mesmo, era o mesmo homem. Conheces outras cicatrizes como aquelas?

Assim confrontada, a mulher mais velha silenciou, dominando-se. Lançou uma olhadela na direcção de Therru.

— Não — concordou finalmente. — Mas...

— Achas que eu não sou capaz de o reconhecer?

Caruma contorceu a boca, enrugou a testa, esfregou um polegar no outro, olhando as mãos.

— Há coisas más nesse mundo, senhora — argumentou por fim. — Uma delas é a que toma a forma de um homem e o corpo também, mas a alma desapareceu... devorada...
— O *gebbeth*?
Caruma encolheu-se de medo perante a palavra pronunciada assim, abertamente. Fez sinal que sim.
— Há quem diga que, certa vez, o mago Gavião veio até aqui, há muito tempo, muito antes de vires com ele. E uma coisa de trevas veio com ele... seguindo-o. Talvez ainda seja assim. Talvez...
— O dragão que o trouxe agora tratou-o pelo nome-verdadeiro — interrompeu Tenar. — E eu sei esse nome.
Na sua voz retinia a ira contra a suspeita obstinada da bruxa. Caruma permaneceu muda. O seu silêncio era melhor argumento que as palavras.
— Talvez a sombra que há sobre ele seja a sua morte — prosseguiu Tenar. — Talvez esteja a morrer. Eu não sei. Se Óguion...
E ao pensar em Óguion desfez-se novamente em lágrimas, pensando em como Gued chegara demasiado tarde. Mas engoliu as lágrimas e foi até ao caixote da lenha buscar gravetos para acender o lume. Deu a chaleira a Therru para que a fosse encher, tocando-lhe no rosto, enquanto lhe falava. As cicatrizes arrepanhadas e grossas estavam quentes ao toque, mas a criança não tinha febre. Tenar ajoelhou-se para acender o lume. Alguém naquela linda colecção de habitantes — uma bruxa, uma viúva, uma aleijada e uma semitonta — tinha de fazer o que devia ser feito e não assustar a criança com choradeiras. Mas o dragão partira e seria que nada iria agora chegar, a não ser morte?

5
MELHORANDO

Ele jazia como os mortos, mas não estava morto. Onde teria estado? Por que teria passado? Nessa noite, à luz do fogo, Tenar tirou-lhe as roupas sujas e gastas, inteiriçadas pelo suor. Lavou-o e deixou-o ficar nu entre o lençol de linho e o cobertor de macia e pesada lã de cabra. Embora baixo e de compleição franzina, ele fora compacto, vigoroso. Agora estava magro como se se tivesse consumido até aos ossos, gasto, frágil. Mesmo as cicatrizes que lhe sulcavam o ombro e o lado esquerdo do rosto desde a têmpora ao maxilar pareciam menos nítidas, prateadas. E tinha o cabelo grisalho.

Estou cansada de lutos, pensou Tenar. Farta de lutos, farta de dor. Mas não me afligirei por ele! Pois não veio até mim cavalgando o dragão?

Uma vez tencionei matá-lo, pensou também. Agora fá-lo-ei viver, se conseguir. E então olhou-o com uma espécie de desafio no olhar, e sem pena.

— Qual de nós salvou o outro do Labirinto, Gued?

Insensível, surdo, imóvel, ele dormia. Tenar estava muito cansada. Tomou banho no resto da água que aquecera para o lavar e enfiou-se na cama ao lado do silêncio pequeno, morno e sedoso que era Therru adormecida. Adormeceu também e o seu sono abriu-se para um vasto espaço ventoso, nublado de rosa e ouro. Voava. A sua voz chamou: «Keilessine!» Uma outra voz respondeu, chamando-a de dentro dos abismos de luz.

Quando acordou, os pássaros chilreavam nos campos e em cima do telhado. Soerguendo-se na cama, viu a luz da manhã através do vidro espesso e deformado da janela baixa virada a oeste. Algo havia nela, alguma semente ou mínimo raio de luz, uma coisa demasiado pequena para se ver ou sequer pensar nela, algo novo.

Therru dormia ainda. Tenar sentou-se junto dela, olhando pela janela para as nuvens e a luz do sol, pensando na sua filha, Maçã, tentando lembrar-se de Maçã em bebé. Mas só conseguiu o mais vago vislumbre, desvanecendo-se logo que tentava captá--lo... o corpo pequeno e gorducho sacudido por uma risada, o cabelo como um molho de feno, a voar... E o segundo bebé, que veio a ser chamado Centelha por graça, porque saíra de Pederneira. Não sabia qual seria o seu nome-verdadeiro. Tinha sido uma criança tão enfermiça como a irmã fora saudável. Nascido prematuramente e muito pequeno, quase morrera de garrotilho aos dois meses e, durante os dois anos que se seguiram, tinha sido como tentar criar um pardalito ainda sem penas. Nunca se sabia se iria estar vivo na manhã seguinte. Aguentou-se, porém. A pequena centelha não se queria apagar. E, ao crescer, tornou--se um rapaz vigoroso e seco, infindavelmente activo, impetuoso. Não tinha qualquer préstimo na quinta. Sem paciência para os animais, as plantas, as pessoas, usava as palavras apenas para o que lhe era necessário, nunca por prazer, nem pelo dar e receber do amor e do conhecimento.

Nas suas deambulações, Óguion passara por lá quando Maçã tinha treze anos e Centelha onze. Óguion dera então o nome a Maçã, nas nascentes do Kaheda ao fundo do vale. Bela caminhara, a mulher-criança, pela água verde e ele dera-lhe o seu nome--verdadeiro, Hayohe. O mago ficara depois durante um ou dois dias na Quinta do Carvalho e perguntara ao rapaz se estaria interessado em deambular com ele durante algum tempo pelas florestas. Centelha limitou-se a acenar que não com a cabeça. «O que farias tu, se pudesses escolher?», perguntou-lhe o mago e o rapaz respondeu o que nunca fora capaz de dizer ao pai ou à mãe: «Ia para o mar.» E foi assim que, três anos mais tarde, depois de Faia lhe ter dado o seu nome-verdadeiro, embarcou como marinheiro a bordo de um navio mercante que comerciava na rota de Foz-do-Val para Oranéa e Havnor Norte. De tempos a tempos vinha até à quinta, mas não muitas vezes e nunca por muito tempo, embora com a morte do pai passasse a ser propriedade sua. Tinha a pele branca como Tenar, mas veio a ser alto como Pederneira, com um rosto afilado. Nunca dissera aos pais o nome-verdadeiro. Talvez nunca viesse a existir ninguém a quem o dissesse. Havia já três anos que Tenar não o via. Podia ou não ter sabido da morte do pai. Ele próprio podia ter morrido, afogado, mas ela não acreditava em tal. Ele levaria essa centelha que era a sua vida por sobre as águas, através das tempestades.

Era com isso que se parecia o que havia agora nela, uma centelha. Como a certeza que o corpo tem de uma gravidez. Uma mudança, uma coisa nova. O que fosse, nem o queria perguntar. Não se perguntava. Não se perguntava um nome-verdadeiro. Era-nos dado, ou não.

Levantou-se e vestiu-se. Embora fosse cedo, fazia calor e não acendeu o lume. Sentou-se à porta a beber uma caneca de leite e a admirar a sombra da Montanha de Gont a mover-se, vinda do lado do mar. Havia uma leve aragem, como seria de esperar naquela plataforma de pedra varrida pelo vento, e a brisa trazia uma sensação de Verão, suave e rica, cheirando a campo. Havia uma doçura no ar, uma mudança.

«Tudo mudado!», segredara o velho mago ao morrer, exultante. Pousando a mão na dela, confiando-lhe a dádiva, o seu nome, desfazendo-se dele.

— Aihal! — segredou ela.

Como resposta, duas cabras berraram, lá por detrás da cabana da ordenha, à espera que Urze viesse mungi-las. «Bé-é», fez uma, e a outra, num tom mais profundo, metálico, «Bá-á! Bá-á!» Não há como uma cabra, costumava dizer Pederneira, para estragar tudo. Pederneira, um criador de carneiros, não gostava de cabras. Mas o Gavião fora um cabreiro, ali na montanha, em rapaz.

Tenar entrou em casa. Foi dar com Therru de pé, a mirar o homem adormecido. Passou o braço pelos ombros da criança e, embora Therru geralmente se encolhesse ou fosse passiva a toques ou carícias, desta vez aceitou o abraço e talvez se tenha mesmo encostado um pouco a Tenar.

Gued permanecia jazendo naquele sono exausto, opressivo. O rosto, de lado, expunha as quatro cicatrizes brancas que o marcavam.

— Foi queimado? — ciciou Therru.

Tenar não respondeu de imediato. Ignorava que cicatrizes eram aquelas. Perguntara-lhe uma vez na Sala Pintada do Labirinto de Atuan, por escárnio: «Algum dragão?» E ele respondera, muito sério: «Não. Não foi um dragão. Foi um dos da raça

d'Aqueles-que-não-têm-Nome, mas eu soube o seu nome...»
E era tudo o que sabia. Mas sabia também o que «queimado» significava para a criança e, assim, respondeu-lhe:
— Foi.
Therru continuou a olhá-lo. Pusera a cabeça de lado, a fim de voltar para ele o olho de que via, o que a fazia assemelhar-se a um pequeno pássaro, pardal ou tentilhão.
— Vem daí, meu pardalito, meu passarinho. Do que ele precisa é de sono, e tu de um pêssego. Haverá hoje algum já maduro?
Therru correu lá para fora, para ir ver, e Tenar seguiu atrás dela.
Enquanto comia o seu pêssego, a criança estudou atentamente o lugar onde plantara o caroço, na véspera. Estava evidentemente desapontada por não ter crescido árvore nenhuma, mas nada disse.
— Deita-lhe água — indicou de novo Tenar.

A Tia Caruma apareceu a meio da manhã. Um dos seus talentos como bruxa dos sete oficios era fazer cestos, servindo-se dos juncos do Charco do Overfell, e Tenar pedira que lhe ensinasse aquela arte. Em criança, em Atuan, Tenar aprendera a aprender. Como estrangeira, em Gont, descobrira que as pessoas gostavam de ensinar. Aprendera pois a ser ensinada de maneira a que a aceitassem, perdoando-lhe o facto de ser estrangeira.
Óguion ensinara-lhe o seu saber e, depois, Centelha o dele. Era essa a sua maneira de viver, aprendendo. Dir-se-ia haver sempre muita coisa para aprender, muito mais do que teria julgado possível quando fora aprendiza de sacerdotisa ou discípula de um mago.
Os juncos tinham estado de molho e, naquela manhã, iam fendê-los, uma tarefa exigente mas pouco complicada, deixando rédeas largas à atenção.
— Tiazinha — começou Tenar logo que se sentaram na soleira da porta com o alguidar dos juncos demolhados entre elas e um tapete à frente para colocar os que fossem fendendo —, como é que sabes se um homem é feiticeiro ou não?
A resposta de Caruma foi indirecta, começando com as sentenças e circunlóquios do costume. «O profundo conhece o profundo» disse ela, profundamente, e também «O que nasce falará»

e pôs-se a contar uma história de uma formiga que apanhara uma pequena ponta de cabelo no chão de um palácio e correra com ela para o seu formigueiro, e de noite o formigueiro começou a brilhar debaixo do chão como uma estrela porque o cabelo era da cabeça do grande mago Brost. Mas só os sábios conseguiam ver brilhar o formigueiro. Para os olhos da gente comum, era tudo escuridão.

— Quer dizer, então, que é preciso treino — comentou Tenar.

Talvez sim, talvez não foi, na essência, a obscura resposta de Caruma.

— Alguns nascem com esse dom — explicou. — Mesmo que não o saibam, têm-no. E, como o cabelo do mago dentro do buraco no chão, há-de brilhar.

— Sim — replicou Tenar —, isso já eu vi.

Fendeu com perícia um junco em dois e voltou a dividir também cada metade em duas, colocando tudo no tapete.

— Então — voltou a insistir — como sabes se um homem *não é* feiticeiro?

— Não se encontra, queridinha... Não se encontra. O poder. Ora escuta. Se eu tenho olhos na cara, consigo ver que tu tens olhos, não é? E se fores cega, também vejo isso. E se só tiveres um, como a pequenina, ou se tiveres três, também os vejo, não vejo? Mas se eu não tiver um olho com que veja, fico sem saber até que tu mo digas. Mas tenho. Eu vejo, percebes? A terceira visão!

Tocou com um dedo na testa e soltou uma casquinada aguda e seca, como uma galinha triunfante a anunciar que pôs o ovo. Estava encantada por ter encontrado as palavras para exprimir o que pretendia dizer. Tenar começava a compreender que grande parte do seu palavreado obscuro não passava de inépcia no que se referia a palavras e ideias. Ninguém a ensinara a pensar consequentemente. Nunca ninguém escutara o que ela dizia. Dela, tudo o que se esperava, tudo o que se desejava era confusão, mistério, resmungos. Era uma bruxa. Nada tinha a ver com significados claros.

— Compreendo — disse Tenar. — Então —, mas se calhar esta é uma pergunta a que não queres responder —, então ao olhares para uma pessoa com a tua terceira visão, com o teu poder, vês o poder dela — ou não o vês.

— É mais assim um saber — esclareceu Caruma. — Ver é só uma maneira de dizer. N'é como ver-te a ti, ou este junco, ou a montanha, além. É um saber, sim. Sei o que se encontra em ti e não naquela pobre cabeça oca da Urze. Sei o que há na querida pequenina e não há nesse que está ali deitado. Eu sei... — Mas não conseguiu ir mais longe por aquela via. Resmungou e cuspiu para o lado. E finalmente, com simplicidade, com impaciência, acabou por afirmar: — Qualquer bruxa que valha dez-réis de mel coado conhece logo outra bruxa!

— Reconhecem-se umas às outras?

Caruma acenou que sim.

— É isso mesmo. É essa a palavra. Reconhecem-se.

— E um feiticeiro reconheceria o teu poder? Saberia que és uma bruxa...

Mas Caruma estava a sorrir para ela, um sorriso que era uma cova negra numa teia de aranha de rugas.

— Queridinha — interrompeu —, um homem, queres tu dizer, um homem da magia? E o que é que tem um homem de Poder a ver connosco?

— Mas Óguion...

— O Senhor Óguion era bondoso — atalhou Caruma sem ironia.

Durante algum tempo, foram fendendo juncos em silêncio.

— Não cortes o polegar nos juncos, queridinha — avisou Caruma.

— Óguion ensinou-me — retomou Tenar. — Como se eu não fosse uma rapariga. Como se eu fosse um aprendiz, como o Gavião. Ele ensinou-me a Língua da Criação, Caruma. Tudo o que eu perguntava, dizia-me.

— Nunca houve outro como ele.

— Eu é que não queria ser ensinada. Deixei-o. Em que me interessavam os seus livros? De que me podiam servir? Eu queria viver, ter um marido, filhos, queria a minha vida.

Com a unha, continuava a fender juncos, precisamente, rapidamente.

— E tive o que queria — terminou.

— Pega-lhes com a mão direita e deita-os para o tapete com a esquerda — indicou a bruxa. — Pois é, querida senhora, quem é que vai adivinhar? Quem? Querer um homem meteu-me em grandes sarilhos mais do que uma vez. Mas querer casar-me, nunca! Ná, ná. Nada disso cá p'ra mim.

— Porque não? — quis saber Tenar.

Surpreendida com a pergunta, Caruma respondeu simplesmente:

— Ora, qual era o homem que se ia casar com uma bruxa? — E logo, com um movimento lateral do queixo, como uma cabra a mudar de lado o que está a ruminar, acrescentou:
— E qual era a bruxa que se ia casar com um homem?

Foram fendendo juncos.

— O que têm os homens de mal? — inquiriu Tenar cautelosamente.

Tão cautelosamente como ela, baixando a voz, Caruma replicou:

— Não sei, queridinha. Tenho pensado nisso. Ai quantas vezes eu tenho pensado nisso. O melhor que posso responder é isto. Um homem está dentro da sua pele, estás a ver, como uma noz dentro da casca.

Levantou os dedos molhados e compridos, encurvando-os como se segurasse uma noz.

— É dura e forte, essa casca, e está toda cheia com ele. Cheia de um óptimo miolo de homem, do ser do homem. E é tudo. É tudo o que existe. É tudo ele e mais nada, lá dentro.

Tenar ponderou aquelas palavras por momentos e finalmente acrescentou:

— Mas se for um feiticeiro...

— Então, é tudo o seu poder, lá dentro. O poder dele é ele mesmo, estás a ver? É assim que se passam as coisas com ele. E é tudo. Quando o poder dele se vai, vai-se ele também. Fica vazio. — Quebrou entre os dedos a noz invisível e deitou fora os pedaços de casca. — Nada.

— Então e uma mulher?

— Ah, bem, queridinha, uma mulher é uma coisa completamente diferente. Quem vai saber onde é que uma mulher começa e acaba? Ouve, senhora, eu tenho raízes, tenho raízes que vão mais fundo que esta ilha. Mais profundas que o mar, mais antigas que o erguer das terras. Eu venho da treva. — E os olhos de Caruma brilharam com um estranho fulgor entre os rebordos vermelhos das suas pálpebras, a sua voz retiniu como um instrumento musical. — Venho da treva! Antes da Lua, existi. Ninguém conhece, ninguém sabe, ninguém pode dizer o que eu sou, o que uma mulher é, uma mulher de poder, o poder de uma mulher, mais profundo que as raízes das árvores, mais profundo que as raízes das ilhas, mais antigo que a Criação, mais antigo que a Lua. Quem irá fazer perguntas à treva? Quem perguntará à treva qual o seu nome?

A velha bruxa balouçava, entoava as palavras, perdida na sua melopeia. Mas Tenar endireitou-se e, com a unha do polegar, fendeu um junco de cima abaixo.

— Eu perguntarei — afirmou.

Fendeu outro junco.

— Vivi na treva tempo que chegasse — finalizou.

De vez em quando, costumava ir ver se o Gavião ainda estava a dormir. Voltou a fazê-lo naquela altura. Quando tornou a sentar-se ao pé de Caruma, não querendo retomar o assunto de que tinham estado a falar antes, porque a mulher mais velha parecia taciturna e pouco satisfeita, disse:

— Esta manhã, quando acordei, senti... não sei... senti como se soprasse um vento novo. Uma mudança. Talvez fosse só o tempo. Não sentiste isso?

Mas Caruma não estava disposta a responder nem sim nem não.

— São muitos os ventos que sopram aqui, no Overfell. Uns bons, outros maus. Alguns trazem nuvens, outros céu limpo, e alguns trazem notícias a quem as consegue ouvir, mas aqueles que não querem escutar não ouvem. Mas quem sou eu para saber disso, uma velha sem saber de magia, sem saber de livros? Todo o meu saber está na terra, na terra escura. Debaixo dos seus pés, dos orgulhosos. Debaixo dos seus pés, dos orgulhosos senhores e magos. Por que é que haviam de olhar para baixo, os conhecedores? O que pode saber uma velha bruxa?

Ela seria um temível inimigo, pensou Tenar, e era uma amiga bem difícil.

— Tiazinha — retomou —, eu cresci entre mulheres. Só mulheres. Nas terras karguianas, muito longe para leste, em Atuan. Era ainda criança pequena quando fui tirada à minha família para ser educada como sacerdotisa num lugar no deserto. Não sei qual o nome que tem porque, na nossa língua, era isso mesmo que lhe chamávamos, o lugar. O único lugar que eu conhecia. Havia alguns soldados que o guardavam, mas não podiam entrar dentro dos muros. E nós não podíamos sair para fora dos muros. Só em grupo, tudo mulheres e raparigas, com eunucos a guardar-nos, mantendo os homens fora da vista.

— Que é que são esses que tu disseste?
— Eunucos? — Tenar usara a palavra karguiana sem pensar.
— Homens capados — explicou.

A bruxa abriu muito os olhos, soltou uma interjeição que soou como «*Tseque!*» e fez o sinal para desviar o mal. Mordeu o lábio inferior. A surpresa arrancara-a ao ressentimento.

— Um deles — prosseguiu Tenar — foi a coisa mais próxima de uma mãe que lá tive... Mas estás tu a ver, Tiazinha, nunca vi um homem até ser mulher feita. Só raparigas e mulheres. E no entanto não sabia o que são mulheres porque mulheres eram tudo o que eu conhecia. Como os homens que vivem entre homens, marinheiros, e soldados, e os magos em Roke — saberão eles o que são homens? Como podem saber, se nunca falam com uma mulher?

— Mas então pegam neles e fazem-lhes aquilo como aos carneiros e aos bodes — perguntou Caruma — assim, com uma faca de capador?

O horror, o macabro e como que um toque de vingança tinham-se sobreposto tanto à zanga como à razão. Caruma não estava interessada em tópico nenhum que não fosse o dos eunucos.

Mas Tenar não podia dizer-lhe grande coisa. Compreendeu naquele momento que nunca pensara no assunto. Quando era anda rapariga, em Atuan, tinha havido eunucos, e um deles amara-a ternamente e ela a ele. E ela matara-o para lhe fugir. Depois viera para o Arquipélago, onde não havia eunucos, e esquecera-os, afundara-os na escuridão juntamente com o corpo de Manane.

— Suponho — adiantou, tentando satisfazer a ânsia de Caruma por pormenores — que se apoderassem de rapazinhos e...

Mas interrompeu-se. As suas mãos imobilizaram-se, parando de trabalhar.

— Como Therru — disse, após longa pausa. — Para que é uma criança? Para que existe? Para ser usada. Para ser violada, capada... Escuta, Caruma. Quando eu vivia nos lugares da treva, era isso o que lá faziam. E quando vim para cá, julguei que tinha saído para a luz. Aprendi as palavras verdadeiras. E tive o meu homem, pari os meus filhos, vivi bem. Em plena luz do sol. E foi em plena luz do sol que fizeram aquilo... aquilo, à criança. Nos prados junto ao rio. O rio que surge das nascentes onde Óguion deu o nome à minha filha. À luz do sol. Estou a tentar descobrir onde poderei viver, Caruma. Percebes o que eu quero dizer? O que estou a tentar dizer?

— Ai, ai — suspirou a mulher mais velha e, pouco depois: — Queridinha, já há miséria que chegue sem andarmos à pergunta dela. — E ao ver como as mãos de Tenar tremiam enquanto tentava fender um junco mais teimoso, voltou a avisar: — Vê lá, queridinha, não cortes aí o polegar.

Foi só no dia seguinte que Gued deu algum sinal de vida. A Tia Caruma, que tinha bastante talento para enfermeira, embora de uma falta de limpeza atroz, conseguira obrigá-lo a ingerir algumas colheradas de caldo de carne.

— A morrer de fome — comentou ela — e sequinho de sede. Lá onde ele esteve não se comia nem bebia grande coisa.

E, depois de lhe avaliar o aspecto, continuou:

— Acho que já está mais p'ra lá que p'ra cá. Ficam fraquitos, estás a ver, e depois nem conseguem beber que é tudo o que precisam. Vi morrer assim muito homem grande e forte. Tudo em poucos dias, feitos a modos que numa sombra do que eram.

Mas, graças a uma incansável paciência, conseguiu meter-lhe dentro algumas colheradas da sua infusão de carne e ervas.

— Agora vamos a ver — concluiu. — Se calhar já foi tarde de mais, acho eu. Está-se a ir embora.

Falava sem mágoa, talvez até com satisfação. O homem não lhe era nada, mas uma morte era um acontecimento. Talvez pudesse enterrar aquele mago. Não tinham deixado que enterrasse o velho.

Tenar estava a tratar-lhe as mãos com um unguento, no dia seguinte, quando ele acordou. Devia ter cavalgado muito tempo no dorso de Keilessine, porque o aperto feroz com que agarrara as escamas de ferro tinha-lhe esfolado a pele das mãos e a parte de dentro dos seus dedos estava cheia de golpes que se entrecruzavam. No sono, mantinha as mãos enclavinhadas como se não quisessem soltar o dragão ausente. Teve de lhe forçar cuidadosamente os dedos a abrirem-se, para lavar e tratar as feridas. Ao fazê-lo, ele soltou um brado e sobressaltou-se, estendendo os braços, como se se sentisse a cair. Abriu os olhos. Ela falou-lhe docemente. Ele olhou-a.

— Tenar — pronunciou sem sorrir, num reconhecimento puro, para lá da emoção. E isso deu a Tenar um puro prazer, como um aroma agradável ou uma flor, por haver ainda um homem vivo que lhe conhecia o nome, e que esse fosse aquele homem.

Inclinou-se em frente e beijou-lhe a face.

— Deixa-te estar quieto — aconselhou — enquanto acabo isto.

Ele obedeceu, em breve deslizando de novo para dentro do sono, mas desta vez com as mãos abertas e descontraídas.

Mais tarde, já noite, prestes a dormecer ao lado de Therru, pensou subitamente: Mas eu nunca antes o tinha beijado. E esse pensamento abalou-a. A princípio, não quis acreditar. Com certeza que em todos aqueles anos... Não nos Túmulos, mas depois, ao atravessarem juntos as montanhas... No *Vê-longe*, quando navegaram até Havnor... Quando ele a trouxera até ali, a Gont...

Não. Nem Óguion a beijara também vez alguma, nem ela a ele. O mago tratara-a por filha, tivera-lhe afeição, mas nunca lhe tocava. E ela, educada como uma sacerdotisa, solitária e intocável, uma coisa sagrada, nunca desejara que a tocassem ou não soubera que o desejava. No máximo, podia apoiar por um momento a fronte ou uma face na mão aberta de Óguion, e ele passar-lhe uma vez a mão pelo cabelo, muito ao de leve.

E Gued nem sequer isso, nunca.

Mas será que eu nem nunca *pensei* nisso? perguntou-se com uma espécie de espanto incrédulo.

Não fazia ideia. E ao tentar pensar naquilo, um horror, um sentimento de transgressão, apoderou-se dela muito fortemente, mas para logo se desvanecer e morrer, sem significado algum. Os seus lábios conheciam agora a pele fresca, seca, ligeiramente áspera, da face dele junto à boca, no lado direito, e só esse conhecimento tinha importância, só ele pesava.

Adormeceu. Sonhou que uma voz a chamava, «Tenar! Tenar!» e que ela respondia, com um grito como o de uma ave marinha, voando na luz acima do mar. Mas não sabia qual o nome que gritara.

O Gavião desapontou a Tia Caruma. Permaneceu vivo. Passado um dia ou dois, considerou-o salvo. Continuou a vir dar-lhe o caldo de carne de cabra e raízes e ervas, apoiando-o contra si, rodeando-o com o cheiro poderoso do seu corpo, enfiando-lhe a vida dentro às colheradas e resmungando sempre. Embora ele a tivesse reconhecido e a tratasse pelo seu nome de usar, e não pudesse negar que ele parecia ser o homem chamado Gavião, ela queria negá-lo. Não gostava dele. Estava todo errado, dizia. Tenar respeitava suficientemente a sagacidade da bruxa para que isso não a perturbasse, mas não conseguia encontrar qualquer suspeita idêntica em si própria, só o prazer de ele ali estar e do seu lento regresso à vida.

— Quando ele voltar a ser ele próprio outra vez, então vais ver — dizia ela à Tia Caruma.

— Ele próprio? — ecoou Caruma. E fez aquele gesto com os dedos de quebrar e deitar fora a casca de noz.

Não tardou muito para ele perguntar por Óguion. Tenar temera essa pergunta. Dissera a si própria e quase se convencera de que ele não iria perguntar, que saberia do modo como os magos sabem, como até os feiticeiros de Porto de Gont e de Re Albi tinham sabido, que Óguion morrera. Porém, na quarta manhã, quando veio ver dele encontrou-o acordado e, erguendo os olhos para ela, ele disse:

— Esta é a casa de Óguion.

— A casa de Aihal — rectificou ela, o mais naturalmente que lhe foi possível, embora ainda não fosse natural para ela pronunciar o nome-verdadeiro do mago. Não sabia se Gued teria conhecido esse nome. Mas com certeza que sim. Óguion ter-lho-ia dito, ou ele nem teria tido necessidade de que lho dissesse.

Por uns momentos Gued não reagiu e, quando falou, foi num tom inexpressivo.

— Morreu, então.

— Há dez dias.

Ele quedou-se a olhar em frente como que ponderando, tentando desvendar algo.

— Quando foi que cheguei aqui?

Tenar teve de se inclinar para mais perto, a fim de o compreender.

— Há quatro dias, ao fim da tarde.

— Não havia mais ninguém nas montanhas — disse ele. Depois o seu corpo crispou-se e estremeceu como de dor, ou da intolerável memória da dor. Fechou os olhos, enrugando a testa, e inspirou profundamente.

À medida que as forças lhe foram voltando, aquele enrugar, a respiração contida e as mãos fortemente cerradas tornaram-se familiares para Tenar. As forças voltavam-lhe, mas não a tranquilidade nem a saúde.

Um dia, o mais longo que passara ainda fora da cama, sentou-se na soleira da porta sob a luz do sol da tarde de Verão. Estava ali, na entrada, olhando para fora, para o dia, e Tenar, dando volta à casa vinda da leira dos feijões, olhou-o. Continuava com um aspecto cinzento, sombrio. Não se tratava apenas do cabelo grisalho, mas de uma qualquer qualidade da pele e dos ossos, e pouco mais havia nele para além disso. Não havia luz nos seus olhos. E, contudo, aquele homem cinzento era o mesmo cujo rosto ela vira pela primeira vez no brilho irradiante do seu próprio poder, o rosto forte com o nariz de falcão e a bela boca, um belo homem. O que ele sempre fora, um belo e orgulhoso homem.

Aproximou-se e disse-lhe:

— É disso mesmo que precisas, de luz do sol.

Ele anuiu com um movimento de cabeça, mas as suas mãos continuavam fortemente cerradas enquanto ele ali permanecia sentado, sob o fluxo do calor de Verão.

Mantinha-se tão silencioso para com ela que Tenar pensou que pudesse ser a sua presença que o perturbava. Talvez não conseguisse estar tão à vontade com ela como dantes costumava. Ao fim e ao cabo, agora era Arquimago... ela estava sempre a esquecer-se disso. E já tinham passado vinte e cinco anos desde que haviam caminhado pelas montanhas de Atuan e navegado juntos a bordo do *Vê-longe* através do mar oriental.

— Onde está o *Vê-longe?* — perguntou, subitamente, surpreendida por ter pensado em tal, e logo pensando ainda: Mas que estupidez a minha! Tantos anos que passaram, e ele é o Arquimago, já não havia de ter aquele barco tão pequeno.

— Em Selidor — respondeu ele, o rosto rígido no seu constante e incompreensível tormento.
Há tanto tempo como sempre e tão longe como Selidor...
— Na ilha mais longínqua — disse ela, numa quase interrogação.
— No mais longe a oeste — confirmou ele.

Estavam sentados à mesa, tendo acabado a refeição da noite. Therru tinha ido brincar lá para fora.
— Foi então de Selidor que vieste, cavalgando Keilessine?
Quando ela voltou a dizer o nome do dragão, ele formou-se a si próprio, adaptando-lhe a boca à sua forma e som, tornando o seu hálito como um fogo suave.
Ao ouvir o nome, ele ergueu a vista para ela, num olhar intenso, fazendo-a tomar consciência de quão raramente os olhares de ambos se cruzavam. Ele assentiu com a cabeça. Depois, com uma laboriosa sinceridade, corrigiu a sua própria concordância:
— De Selidor até Roke. E depois de Roke para Gont.
Mil milhas? Dez mil milhas? Não fazia a menor ideia. Vira os grandes mapas no tesouro de Havnor, mas ninguém lhe ensinara números, distâncias. *Tão longe como Selidor... E* poderia o voo de um dragão ser contado em milhas?
— Gued — disse ela, usando o seu nome-verdadeiro na medida em que estavam sós. — Eu sei que passaste por grande sofrimento e perigo. E se não quiseres, talvez não possas, talvez não devas dizer-me... mas se eu soubesse, se soubesse alguma coisa do que se passou, talvez pudesse ser mais útil. Gostava de ser. E não tarda que venham de Roke à tua procura, que mandem um navio a buscar o Arquimago, que sei eu, até podem mandar um dragão para te levar! E lá te irás embora outra vez. E nunca teremos chegado a falar.
Enquanto dizia estas coisas, Tenar ia cerrando as mãos com força, perante a falsidade do seu tom e das suas palavras. A fazer graça acerca do dragão... a lamuriar como uma esposa acusadora!
E ele tinha os olhos baixos sobre a mesa, carrancudo, suportando aquilo, como um fazendeiro que, depois de um dia duro passado nos campos, vem deparar com uma discussão familiar.

— Acho que não virá ninguém de Roke — contrapôs ele. E custou-lhe um esforço suficiente para se passar um bocado, antes de prosseguir. — Dá-me tempo.

Ela pensou que aquilo seria tudo o que ele ia dizer e respondeu:

— Sim, sim. Claro. Desculpa-me.

E estava a erguer-se para levantar a mesa, quando ele disse, não muito claramente e ainda de olhos baixos:

— Agora, é coisa que não me falta.

E então também ele se ergueu, levou o prato até ao lava--louças e acabou de levantar a mesa. Lavou os pratos, enquanto Tenar arrumava a comida. E isso interessou-a. Tinha andado a compará-lo com Pederneira. Mas este nunca lavara um prato em toda a vida. Trabalho de mulher. Porém Gued e Óguion tinham vivido ali, solteiros, sem mulheres. Onde quer que Gued vivera, fora sempre sem mulheres. Por isso, fazia o «trabalho de mulher» e nem sequer reparava em tal. Seria uma pena, pensou ela, se começasse a reparar, se começasse a temer que a sua dignidade estivesse suspensa de um pano da louça.

Não veio ninguém de Roke em busca dele. Quando falaram do assunto, mal teria havido tempo para um navio fazer a viagem, a não ser que trouxesse o vento mágico nas velas o tempo todo. Mas os dias foram correndo e continuava a não haver mensagem ou sinal para ele. A Tenar parecia estranho que deixassem o seu arquimago sem o incomodarem durante tanto tempo. Devia ter proibido que o contactassem. Ou talvez se tivesse ocultado ali por meio da sua feitiçaria, a fim de que não soubessem onde ele estava e não pudesse ser reconhecido. Porque os aldeãos continuavam ainda a prestar-lhe pouca atenção.

Menos surpreendente era que ainda não tivesse vindo ninguém da mansão do Senhor de Re Albi. Os senhores daquela casa nunca tinham estabelecido boas relações com Óguion. As mulheres da casa, segundo as histórias que correm na aldeia, tinham sido adeptas das artes negras. Uma delas, contava-se, casara com um senhor do Norte, que a enterrara viva debaixo de uma pedra, outra interferira com a criança que gerava no seu ventre, tentando fazer dela uma criatura de poder, e, na verdade, dissera palavras ao nascer, mas não tinha ossos. «Era como um saquinho de pele», contava a parteira, na aldeia, à boca pequena, «um saquinho com olhos e uma voz, e nunca mamou, mas falou numa língua estranha e depois morreu...» Fosse qual fosse a verdade que havia nessas histórias, os Senhores de Re Albi sempre se tinham mantido isolados. Companheira do mago Gavião, discípula do mago Óguion, a que trouxera o Anel de Erreth-Akbe para Havnor, dir-se-ia que Tenar seria convidada a ficar na mansão quando viera para Re Albi. Mas não fora assim. Em vez disso, vivera, para seu grande prazer, sozinha numa casita pequena que pertencia ao tecelão da aldeia, Leque, e só muito raramente e à distância via as pessoas da grande casa senhorial. Não havia agora, dissera-lhe Caruma, qualquer dama na mansão, só o velho senhor, muito velho, o seu neto e o feiticeiro jovem, chamado Choupo, que tinham mandado vir da Escola em Roke.

Desde que Óguion fora enterrado, com o talismã da Tia Caruma na mão, sob a faia, junto ao carreiro da montanha, Tenar não voltara a ver Choupo. Por mais estranho que parecesse, dir-se-ia não saber que o Arquimago de Terramar estava ali na aldeia ou, se o sabia, algum motivo o mantinha afastado. E o feiticeiro de Porto de Gont, que viera igualmente a enterrar Óguion, também nunca regressara. Mesmo que não soubesse que Gued ali estava, com certeza saberia quem ela era, a Senhora Branca, que usara no pulso o Anel de Erreth-Akbe, que reconstituíra a Runa da Paz...

E há quantos anos foi isso tudo, ó velha!, disse para si própria. Estarás convencida de que és uma grande personalidade?

Porém, de qualquer maneira, sempre fora ela quem lhes dissera o nome-verdadeiro de Óguion. Alguma cortesia lhe seria devida.

Mas os feiticeiros, como tais, nada tinham a ver com cortesia. Eram homens de poder e só com poder lidavam. E que poder tinha ela agora? Que poder tivera alguma vez? Em rapariga, como sacerdotisa, tinha sido como um recipiente. O poder dos lugares de treva tinha corrido através dela, tinha-a usado, deixando-a vazia, sem vestígios desse poder. Mulher jovem, fora-lhe ensinado um poderoso conhecimento por um homem poderoso e pusera-o de lado, desviara-se dele, não lhe tocara. Mulher adulta, escolhera e tivera os poderes de uma mulher, no seu tempo, e esse tempo passara. O seu tempo de ser esposa e mãe tinha acabado. Nada havia nela, nenhum poder, que alguém pudesse reconhecer.

Mas um dragão falara-lhe. «Eu sou Keilessine», dissera e ela respondera «Eu sou Tenar.»

«O que é um senhor de dragões?», perguntara ela a Gued no lugar da treva, no Labirinto, tentando negar o seu poder, tentando fazê-lo admitir o dela. E ele respondera com a simples sinceridade que sempre a desarmara: «Um homem com quem os dragões falam.»

E assim ela era uma mulher com quem os dragões falavam. Seria isso aquela coisa nova, o conhecimento ainda por abrir, a semente de luz, o que sentira em si própria ao acordar debaixo da pequena janela voltada a ocidente?

Poucos dias depois daquela breve conversa à mesa, estava ela a mondar a horta de Óguion, salvando as cebolas que ele dispusera na Primavera das ervas daninhas do Verão, Gued entrou pela cancela da vedação alta que mantinha as cabras fora e pôs-se também a mondar na outra ponta do canteiro. Trabalhou durante um bocado e depois sentou-se, olhando as mãos.

— Dá-lhes tempo para sarar — aconselhou Tenar brandamente.

Ele fez que sim com a cabeça.

No canteiro ao lado, os feijoeiros nas suas altas estacas estavam a florir. O seu perfume era muito doce. Gued ficou sentado, envolvendo os joelhos com os braços magros, olhando fixamente para o emaranhado de gavinhas, flores e vagens, iluminado pelo sol. Continuando a trabalhar, ela começou a contar:

— Quando Aihal estava a morrer, disse-me: «Tudo mudado...» E desde que ele morreu, tenho-o chorado, tenho-me afligido, mas há alguma coisa que torna mais leve a minha dor. Algo se prepara para nascer... algo foi libertado. A dormir e quando acordo de manhã, sinto que algo mudou...

— Sim — assentiu ele. — Um grande mal acabou. E...

Após um longo silêncio, começou de novo. Não olhava para ela, mas a sua voz soava pela primeira vez como a voz que ela recordava, simples, calma, com o seco sotaque de Gont.

— Lembras-te, Tenar, do dia em que chegámos a Havnor?

E como iria esquecer?, disse o seu coração, mas manteve o silêncio, temendo que ele voltasse a calar-se se ela o interrompesse.

— Entrámos no porto com o *Vê-longe* e subimos até ao cais... os degraus são de mármore. E as pessoas, todas aquelas pessoas... e tu levantaste o braço para lhes mostrares o Anel...

E por dentro dela, como se falasse com ele: «E segurei a tua mão, porque estava aterrorizada para lá do terror: as caras, as vozes, as cores, as torres e as flâmulas e as bandeiras, o ouro e a prata e a música, e a única coisa que eu conhecia era a ti... apenas a ti em todo o vasto mundo, ali, ao meu lado, ambos caminhando...»

— Os mordomos da Mansão do Rei trouxeram-nos até junto da Torre de Erreth-Akbe, através das ruas cheias de gente. E subimos os altos degraus, só nós dois, sozinhos. Lembras-te?

Ela baixou a cabeça, num sim. Pousou as mãos na terra, sentindo a sua frescura granulosa.

— Eu abri a porta. Era pesada, a princípio estava presa. E entrámos. Lembras-te?

Era como se ele precisasse de ser tranquilizado. Isto aconteceu? Estou a lembrar-me bem?

— Era uma sala tão alta, majestosa — ajudou ela. — Fez-me lembrar a minha Sala, onde fui devorada, mas isso foi só por ser tão alta. A luz entrava pelas janelas, lá no alto da Torre. Raios de luz que se cruzavam como espadas.

— E o trono — lembrou Gued.

— Ah, sim, o trono, todo ouro e carmesim. Mas vazio. Como o trono na Sala, em Atuan.

— Agora não — disse Gued. Olhou-a por entre as verdes hastes das cebolas. O seu rosto estava tenso, anelante, como se tivesse nomeado uma alegria a que não lhe era possível aceder.

— Há um rei em Havnor — prosseguiu —, no centro do mundo. O que fora profetizado cumpriu-se. A Runa foi restaurada e o mundo está de novo inteiro. Chegaram os dias de paz. Ele...

Interrompeu-se e baixou os olhos, cerrando os punhos.

— Ele trouxe-me da morte para a vida. Arren de Enlad. Lebánnen das canções que serão cantadas. E ele tomou o seu nome-verdadeiro, Lebánnen, Rei de Terramar.

— É então isso? — perguntou ela ajoelhando, observando-o. — É essa a alegria, a entrada na luz?

Gued não respondeu.

Um rei em Havnor, pensou ela, e disse em voz alta:

— Um rei em Havnor!

Dentro dela estava a visão da bela cidade, as ruas largas, as torres de mármore, os telhados de ladrilho e de bronze, os navios de velas brancas no porto, a maravilhosa sala do trono onde a luz do sol caía como lâminas de espadas, a abundância, a dignidade e a harmonia que ali eram mantidas. E daquele centro brilhante, ela viu a ordem a alargar-se para fora como círculos perfeitos na água, como a rectidão de uma estrada pavimentada ou um navio a velejar com vento de feição: um avançar do modo exacto, um trazer de paz.

— Trabalhaste bem, querido amigo — disse.

Ele esboçou um gesto como que para lhe interromper as palavras e depois desviou o rosto, comprimindo a boca com a mão. Ela não podia suportar ver-lhe as lágrimas. Inclinou-se sobre o seu trabalho. Arrancou uma erva, depois outra e a raiz rígida quebrou-se. Escavou com as mãos, tentando encontrar a raiz da erva daninha no solo áspero, na escuridão da terra.

— Goha! — soou a voz fraca, rouca, de Therru junto à cancela e Tenar voltou-se para a olhar. O meio rosto da criança encarava-a directamente, com o olho são e o olho que não via. Deverei dizer-lhe que há um rei em Havnor?, pensou Tenar.

Pôs-se de pé e foi até à cancela, para poupar à criança o esforço de se fazer ouvir. Quando estivera deitada na fogueira, inconsciente, Therru tinha inspirado fogo, dissera Faia.

— A voz dela foi queimada — explicara ele.

— Eu estava a tomar conta da Beberrica — segredou Therru —, mas ela saiu da pastagem. Não consigo encontrá-la.

Era um discurso tão longo como o maior que alguma vez fizera. Estava a tremer da corrida e de tentar não chorar. Não podemos ficar agora todos lavados em lágrimas, disse Tenar para consigo. Isto é estúpido, não pode ser!

— Gavião! — chamou, voltando-se para ele. — Soltou-se uma cabra.

Ele levantou-se imediatamente e veio até à cancela.

— Experimenta na despensa da nascente — aconselhou ele.

Olhava para Therru como se não visse as hediondas cicatrizes, como se mal a visse de todo. Uma criança tinha deixado fugir uma cabra, precisava de encontrar uma cabra. Era a cabra o que ele via.

— Ou talvez se tenha ido juntar ao rebanho da aldeia — acrescentou.

Therru ia já a correr para a cabana sobre a nascente, onde se guardavam as coisas que precisavam de estar no fresco.

— É tua filha? — perguntou a Tenar. Nunca antes dissera uma palavra acerca da criança e tudo o que Tenar conseguiu pensar naquele momento foi como os homens eram estranhos.

— Não, não é minha filha, nem minha neta. Mas é a minha criança — respondeu. Mas o que era que a levava a troçar dele, a escarnecê-lo, outra vez?

Gued saiu a cancela precisamente quando Beberrica carregou sobre eles, um relâmpago castanho e branco, seguida ao longe por Therru.

— Ei! — bradou Gued subitamente. E, de um salto, impediu a passagem à cabra, forçando-a a seguir directamente para a cancela aberta e para os braços de Tenar. Esta conseguiu deitar a mão à coleira de couro, pouco justa, e a cabra imediatamente se aquietou, mansa como um cordeirinho, mirando Tenar com um dos seus olhos amarelos e as fileiras de cebolas com o outro.

— Fora daqui — ordenou Tenar, conduzindo-a para fora daquele paraíso das cabras e levando-a para a pastagem mais pedregosa, onde lhe competia estar.

Gued deixara-se cair sentado no chão, tão sem fôlego como Therru ou ainda mais, porque arquejava e estava evidentemente tonto. Mas, pelo menos, não estava a chorar. Não há como uma cabra para estragar tudo.

— A Urze não te devia ter dito para tomares conta da Beberrica — disse Tenar a Therru. — Ninguém consegue tomar conta da Beberrica. Se ela tornar a fugir, dizes à Urze e não te preocupas mais. Está bem?

Therru acenou que sim. Estava a olhar para Gued. Era raro olhar para as pessoas, e quase nunca para homens, com mais que um relancear de olhos. Mas estava a fitá-lo fixamente, a cabeça de lado como um pardal. Estaria ali a nascer um herói?

6

PIORANDO

Já se passara bem um mês depois do solstício, mas as tardes eram ainda longas no Overfell, voltado a oeste. Therru chegara tarde de uma expedição de um dia inteiro em busca de ervas com a Tia Caruma, demasiado cansada para comer. Tenar deitou-a e sentou-se junto dela, a cantar-lhe. A criança, sempre que estava cansada de mais, não conseguia adormecer, enroscando-se na cama como um animal paralisado, escancarando os olhos a alucinações até cair num estado de pesadelo nem adormecido nem acordado, e inatingível. Tenar descobrira que podia impedir isto, segurando-a nos braços e cantando-lhe até ela adormecer. Quando se lhe esgotavam as canções que aprendera como mulher de lavrador em Vale-do-Meio, cantava intermináveis cânticos karguianos que aprendera como sacerdotisa-criança nos Túmulos de Atuan, embalando Therru com o zumbir e doce gemer das oferendas aos Poderes sem Nome e ao Trono Vazio que estava agora cheio do pó e ruína do terremoto. Não encontrava poder nesses cantos, para além do do próprio canto. E gostava de cantar na sua própria língua, embora não conhecesse as canções que uma mãe cantaria a uma criança em Atuan, as canções que a sua mãe lhe teria cantado.

Therru adormecera enfim profundamente. Tenar deixou-a deslizar do colo para a cama e esperou um momento para ter a certeza de que continuava a dormir. Depois, tendo olhado em volta a assegurar-se de que se encontrava só, com uma rapidez quase culposa, mas com todo o cerimonial da satisfação, do grande prazer, pousou a mão, estreita e de pele clara, sobre o lado do rosto da criança onde o olho e a face tinham sido devorados pelo fogo, deixando a cicatriz espessa e nua. Mas, sob o seu toque, tudo isso desaparecia. A carne voltava a estar incólume, tornava-se o rosto redondo, macio e adormecido de uma criança. Era como se o seu toque repusesse a verdade.

Levemente, com relutância, ergueu a palma da mão e viu a irremediável perda, a cura que nunca seria total.

Curvou-se a beijar a cicatriz, levantou-se silenciosamente e saiu da casa.

O Sol estava a pôr-se numa vasta e translúcida neblina. Não havia ninguém por ali. O Gavião andaria provavelmente pela floresta. Começara a visitar a sepultura de Óguion, passando horas naquele tranquilo lugar, debaixo da faia, e, à medida que ia recuperando mais energia, deu em vaguear pelos caminhos da floresta que Óguion tanto amara. Era evidente que não encontrava sabor na comida e Tenar tinha de instar com ele para que comesse. Evitava companhias, procurando apenas ficar só. Therru tê-lo-ia seguido para qualquer lado e, silenciosa como era, não o perturbava. Mas ele andava impaciente e acabava por mandar a criança para casa e prosseguir sozinho, para mais longe, até onde não saberia Tenar dizer. Voltava tarde, deitava-se a dormir e, frequentes vezes, já tinha saído de novo quando ela e Therru acordavam. Tenar deixava-lhe pão e carne para ele levar consigo.

Nessa ocasião, viu-o voltar pelo carreiro do prado que tão longo e duro fora quando ajudara Óguion a percorrê-lo pela última vez. Ele veio por entre o ar luminoso, as ervas vergadas pelo vento, caminhando com firmeza, encerrado no seu obstinado tormento, duro como pedra.

— Vais ficar em casa? — perguntou-lhe Tenar, ainda de uma certa distância. — A Therru está a dormir e apetece-me caminhar um pouco.

— Sim, sim. Vai — sossegou-a ele, e Tenar seguiu caminho, a pensar na indiferença do homem em relação às exigências que governavam a mulher: que é preciso haver alguém não muito longe de uma criança adormecida, que a liberdade de uns significa a falta dela para outros, a não ser que se atingisse algum equilíbrio em movimento, sempre a mudar, como o equilíbrio de um corpo movendo-se em frente, como ela o fazia agora, sobre as suas duas pernas, primeiro uma depois a outra, praticando essa notável arte, caminhar...

Depois, as cores do céu que se iam tornando mais densas e a suave insistência do vento vieram substituir os seus pensamentos e ela continuou a caminhar, sem metáforas, até chegar ao penhasco de arenito. Ali, estacou e ficou a ver o Sol perder-se na neblina serena e rosada.

Ajoelhou e procurou, primeiro com o olhar e depois com as pontas dos dedos, um sulco na rocha, longo, pouco profundo e com os lados a esboroarem-se, aberto até à beira da escarpa, o rasto da cauda de Keilessine. Percorreu-o uma e outra vez com os dedos, o olhar perdido nos abismos do crepúsculo, devaneando. Falou uma vez. O nome desta feita não foi fogo na sua boca, mas sibilou e arrastou-se suavemente para fora dos seus lábios: «Keilessine».

Ergueu o olhar para leste. Os píncaros da Montanha de Gont acima da floresta estavam vermelhos, captando a luz que, ali em baixo, já se fora. A cor foi-se desvanecendo enquanto ela olhava. Desviou a vista e, quando voltou a olhar, o cume estava cinzento, sombrio, escuras as encostas arborizadas.

Tenar esperou pela estrela da tarde. Quando esta começou a brilhar acima da névoa, encaminhou-se lentamente para casa.

Casa, não lar. Porque estava ela ali e não na sua própria casa na quinta, ali a olhar pelas cabras e cebolas de Óguion em vez de se ocupar dos seus próprios rebanhos e pomares? «Espera», dissera-lhe ele, e ela esperara. E o dragão viera. E Gued estava agora bem... suficientemente bem. Fizera o que lhe cabia. Tomara conta da casa. Já não era ali necessária. Estava na altura de partir.

E, no entanto, nem queria pensar em abandonar aquela alta plataforma rochosa, aquele ninho de falcão, em voltar de novo às terras baixas, às tranquilas terras de lavoura, ao interior livre de ventos. Não podia pensar em tal sem sentir o coração afundar-se e escurecer. Então e o sonho que ali tivera, sob a pequena janela virada a ocidente? Então e o dragão que ali viera até ela?

Como de costume, a porta da casa encontrava-se aberta, para deixar entrar o ar e a luz. O Gavião estava sentado, sem lâmpada nem luz do lume, num assento baixo junto à lareira varrida. Sentava-se muitas vezes ali. Tenar pensava que aquele tivesse sido o seu lugar quando era ainda rapaz, no seu breve aprendizado com Óguion. Fora igualmente o lugar dela, nos dias de Inverno, quando fora pupila de Óguion.

Ele olhou-a quando entrou, mas os seus olhos não tinham estado voltados para a porta e sim, ao lado desta e para a direita, para o canto escuro ao lado da entrada. Ali se encontrava o bordão de Óguion, um pau de carvalho, pesado, macio do uso na empunhadura, da mesma altura que tivera o próprio homem. Ao lado,

Therru colocara o rebento de aveleira e o ramo de amieiro que Tenar cortara para elas quando vinham a caminho de Re Albi.

Tenar pensou: «O bordão dele, o seu bordão de feiticeiro, feito de teixo, que Óguion lhe deu... Onde estará?...» E, ao mesmo tempo: «Porque foi só agora que me lembrei disto?»

Estava escuro dentro da casa e o ar parecia abafado. Sentia-se oprimida. Desejara que ele ficasse para falar com ela, mas agora que ali o tinha não havia nada para lhe dizer, nem ele a ela.

— Tenho estado a pensar — quebrou ela finalmente o silêncio — que é altura de ir voltando para a minha quinta.

Gued nada disse. É possível que tivesse feito algum aceno de cabeça, mas ela estava de costas voltadas.

Tenar sentiu-se subitamente cansada, desejosa de ir para a cama. Mas ele estava ali sentado, na parte da frente da casa, e o escuro não era ainda total. Não podia despir-se à frente dele. A vergonha fê-la zangar. Estava a ponto de lhe pedir que saísse por um bocado, quando ele falou, pigarreando, hesitante:

— Os livros. Os livros de Óguion. As Runas e os dois Livros do Saber. Vais levá-los contigo?

— Comigo?

— Foste a última aluna que ele teve.

Ela veio até à lareira e sentou-se do lado oposto ao dele, na cadeira de três pernas de Óguion.

— Aprendi a escrever as runas da língua Hardic mas com certeza esqueci a maior parte. Ele ensinou-me também alguma coisa da língua que falam os dragões. Disso, ainda me lembro de um pouco. Mas mais nada. Não me tornei uma adepta, uma feiticeira. Casei-me, sabes disso. Crês que Óguion iria deixar os seus livros de sabedoria à mulher de um lavrador?

Após uma pausa, ele perguntou inexpressivamente:

— Então não os deixou a ninguém?

— A ti, seguramente.

A isto, o Gavião não respondeu e ela continuou:

— Tu foste o seu último aprendiz, seu orgulho e seu amigo. Nunca o disse, mas é claro que são para ti.

— E que vou eu fazer com eles?

À débil luz do crepúsculo, Tenar olhou-o. A janela a oeste brilhava fracamente, do outro lado do quarto. A raiva obstinada, incansável e inexplícita na voz dele despertou a sua própria ira.

— E és tu, o Arquimago, que me perguntas? Porque fazes de mim uma idiota pior do que já sou, Gued?

Ele levantou-se então. A voz tremia-lhe.

— Mas então não vês... não consegues ver... que tudo isso se foi... acabou?

Ela permaneceu sentada, de olhos muito abertos, tentando ver-lhe o rosto.

— Não tenho poder, nada. Dei-o... gastei-o... todo o que tinha. Para fechar... Para que... E assim se foi tudo... tudo embora!

Ela tentou negar o que ele dizia, mas não pôde.

— Foi como deitar um pouco de água — continuou Gued —, um púcaro de água na areia. Na terra árida. Tive de o fazer. Mas agora não tenho onde beba. E que diferença, que diferença fez, ou faz, um púcaro de água em todo o deserto?... Ah! Escuta!... Aquela coisa costumava segredar-me assim, de trás dessa porta: Escuta, escuta! E eu fui à terra árida quando era novo. E encontrei-a lá, tornei-me nela, desposei a minha morte. E ela deu-me vida. Água, a água da vida. Eu era uma fonte, uma nascente, correndo, dando. Mas, lá, as nascentes não correm. No fim, tudo o que eu tinha era um púcaro de água e tive de o derramar na areia, no leito do rio seco, nos rochedos dentro da escuridão. E assim se foi. Acabou. Nada resta.

Tenar aprendera o bastante, com Óguion e com o próprio Gued, para saber de que terra ele falava e que, embora o dissesse por imagens, elas não eram máscaras da verdade mas sim a própria verdade tal como ele a conhecera. E sabia também que tinha de negar o que ele dizia, por mais verdade que fosse.

— Não te estás a dar tempo suficiente, Gued — contrapôs. — Regressar da morte deve ser uma bem longa jornada, mesmo no dorso de um dragão. Vai levar tempo. Tempo e tranquilidade, silêncio, quietude. Tu foste ferido. Mas hás-de sarar.

Por longo tempo permaneceu Gued em silêncio, ali de pé. Tenar pensou que dissera as palavras certas e lhe dera algum conforto. Mas por fim ele voltou a falar.

— Como a criança?

Foi como o golpe de uma faca, tão afiada que nem a sentiu entrar-lhe no corpo.

— Não sei — prosseguiu ele, no mesmo tom de voz suave e seco — porque ficaste com ela, sabendo que nunca poderá sarar.

Sabendo o que terá de ser a sua vida. Suponho que faça parte desse tempo que vivemos. Um tempo negro, um tempo de ruína, um tempo de acabar. Ficaste com ela, suponho, tal como eu fui ao encontro do meu inimigo, porque era tudo o que podias fazer. E assim temos de continuar a viver na nova era com os despojos da nossa vitória sobre o mal. Tu com a tua criança queimada e eu com coisa nenhuma.

O desespero fala uniformemente e em voz tranquila.

Tenar voltou-se para olhar o bordão do mago, na zona escura à direita da porta, mas não havia luz nele. Através da porta aberta, eram visíveis duas estrelas, altas e indistintas. Olhou para elas. Desejou saber que estrelas seriam. Ergueu-se e, apalpando o caminho, passou pela mesa e dirigiu-se à porta. A neblina levantara e poucas estrelas eram visíveis. Uma das que vira de dentro era a estrela branca de Verão a que chamam em Atuan, na língua dela, Tehanu. Não conhecia a outra. Também não sabia que nome ali davam, em Hardic, a Tehanu, nem qual seria o seu nome verdadeiro, o que os dragões lhe davam. Sabia apenas o que a sua mãe lhe teria chamado. Tehanu, Tehanu, Tenar, Tenar...

— Gued — perguntou ela da entrada, sem se voltar —, quem foi que te criou, quando eras pequeno?

Ele veio pôr-se ao lado dela, olhando também o nebuloso horizonte marítimo, as estrelas, a massa escura da montanha acima deles.

— Ninguém se ocupou muito de mim. A minha mãe morreu era eu ainda bebé. Havia alguns irmãos mais velhos. Não me lembro deles. Havia o meu pai, o bronzeiro. E a irmã da minha mãe. Era a bruxa de Dez Amieiros.

— A Tia Caruma — alvitrou Tenar.

— Não. Mais nova. Tinha algum poder.

— E como se chamava?

Gued ficou em silêncio um momento e depois, lentamente, respondeu:

— Não me consigo lembrar.

E pouco depois acrescentou:

— Ela ensinou-me os nomes. Falcão, falcão peregrino, águia, águia-pesqueira, açor, gavião...

— Que nome dás àquela estrela? Aquela branca, lá muito no alto.

— O Coração do Cisne — respondeu ele, olhando o astro.
— Em Dez Amieiros, chamavam-lhe a Flecha.

Mas não disse o nome da estrela na Língua da Criação, nem os nomes-verdadeiros, que a bruxa sua tia lhe ensinara, do falcão, do açor, do gavião.

— O que eu disse... lá dentro... foi injusto — penitenciou-se ele, suavemente. — Perdoa-me.

— Se tu não falas, que me resta fazer senão deixar-te? — E Tenar voltou-se para ele. — Porque é que só pensas em ti, sempre em ti? Vai um bocado lá para fora — lançou-lhe, irritada.

— Quero ir para a cama.

Desconcertado, gaguejando uma desculpa, Gued saiu. E ela, dirigindo-se à alcova, libertou-se da roupa e meteu-se na cama, escondendo o rosto no doce calor da nuca sedosa de Therru.

«Sabendo o que terá de ser a sua vida...»

A raiva para com ele, a estúpida negação da verdade do que ele dissera, brotavam do desapontamento que sentia. Se bem que Cotovia lhe tivesse dito vezes sem conta que nada se podia fazer, Tenar acalentara a esperança de que Gued pudesse curar Therru, que ele pudesse apor a mão sobre a cicatriz e tudo ficaria inteiro e bem. O olho cego, cheio de luz. A mão em pinça, amaciada. A vida em ruínas, intacta.

«Sabendo o que terá de ser a sua vida...»

As caras a desviarem-se, os sinais a afastar o mal, a piedade doentia e a ameaça inquisitiva, porque o dano atrai dano... E nunca os braços de um homem. Nunca ninguém para a abraçar. Nunca ninguém senão Tenar. Ah, ele tinha razão, a criança devia ter morrido, devia estar morta. Ela e Cotovia e Hera, mulheres metediças, de corações sensíveis e cruéis, deviam tê-la deixado ir para a tal terra árida. Ele tinha razão, tinha sempre razão. Mas, sendo assim, então os homens que a tinham usado para as suas necessidades e jogos, a mulher que permitira que ela assim fosse usada, tinham tido razão em a espancar até à inconsciência, em a empurrar para dentro da fogueira para morrer queimada. Só que não tinham feito o trabalho completo. Haviam perdido a coragem, tinham deixado alguma vida nela. Isso fora errado. E tudo o que ela, Tenar, fizera fora errado. Em criança, fora dada aos poderes da treva, fora devorada por eles, deixara-se devorar. Pensaria ela que por cruzar o mar, aprender outras línguas, ser a esposa de um homem, a mãe de filhos, que simplesmente por viver a sua vida, poderia alguma vez ser outra coisa além do que era — ser a sua serva, o seu alimento, para a usarem nas suas necessidades e jogos? Destruída, atraíra a si a destruída, parte da sua própria ruína, corpo do seu próprio mal.

 O cabelo da criança era fino, morno, cheirava bem. Enroscada no calor dos braços de Tenar, sonhando. Que mal poderia haver nela? Mal, tinham-lho feito para lá de qualquer possibilidade de cura, mas nela não havia mal. Perdida não, perdida não, perdida não. Tenar continuou a abraçá-la e deixou-se estar muito quieta, dirigindo os pensamentos para a luz do seu sonho, os abismos de ar claro, o nome do dragão, o nome da estrela, Coração do Cisne, a Flecha, Tehanu.

 Estava a pentear a cabra preta para recolher a penugem fina por baixo do pêlo que fiaria e levaria ao tecelão para este dela fazer pano, o sedoso «velo» da Ilha de Gont. A velha cabra preta já fora penteada mil vezes e gostava, deixando-se embalar no ir e vir dos dentes de arame do pente. Os flocos de penugem de um preto acinzentado acumularam-se numa nuvem macia e suja, que Tenar finalmente guardou num saco de rede. Retirou algumas sementes com picos dos pêlos das orelhas da cabra à laia de agradecimento e deu-lhe uma palmada amiga no flanco em forma de pipa. «Báááá!» disse a cabra e trotou dali para fora. Tenar saiu da pastagem vedada e veio até à parte da frente da casa, deitando uma olhadela para o prado, a ver se Therru ainda ali estava a brincar.

 Caruma ensinara a criança a entrelaçar cestos de erva e, por muito desajeitada que a mão aleijada fosse, ela começara a apanhar o jeito. Estava pois sentada na erva do prado, com o trabalho no colo, mas não estava a trabalhar. Observava o Gavião.

 Ele estava bastante longe, mais perto da beira da escarpa. Encontrava-se de costas e não sabia que estava a ser observado, porque ele próprio observava uma ave, um jovem peneireiro que, por seu turno, vigiava alguma pequena presa que vislumbrara entre a erva. Pairava batendo as asas, tentando levar o arganaz ou ratinho a correr em pânico para a sua toca. De pé, o homem fixava a ave, tão absorvido e esfomeado como ela. Lentamente, ergueu a mão direita, mantendo o antebraço horizontal, e pareceu falar, mas o vento levou as palavras para longe. O peneireiro rondou à direita, soltando o seu agudo grito, áspero e penetrante, e logo voou rápido, para cima e para longe, direito à floresta.

O homem baixou o braço e ficou quieto, a observar a ave. Também a criança e a mulher estavam imóveis. Só a ave se movia, voando, seguindo livre.

«Ele veio uma vez ter comigo em forma de falcão, um falcão peregrino», contara Óguion, junto ao fogo, num dia de Inverno. Tinha estado a falar a Tenar das encantações de Mudança, de transformações, do mago Bordger que passara a ser um urso. «Voou até mim, para o meu pulso, vindo do Noroeste. Trouxe-o para aqui, para junto do lume. Ele não conseguia falar. Como o conhecia, pude ajudá-lo, e ele pôde libertar-se do falcão e voltar a ser um homem. Mas houve sempre nele alguma coisa de falcão. Na aldeia onde nasceu chamaram-lhe Gavião porque os falcões selvagens vinham até ele, ao seu chamado. Quem somos nós? O que é ser um homem? Antes de ter o seu nome, antes de ter o conhecimento, antes de ter o poder, o falcão estava nele, e o homem, e o mago, e mais ainda — ele era aquilo a que não podemos dar nome. E assim somos todos.»

A rapariga sentada à lareira, olhando o fogo, escutando, viu o falcão, viu o homem, viu as aves indo ter com ele, ao seu mando, ao ser pronunciado por ele o nome de cada um, viu-as chegar batendo as asas e prendendo-se ao seu braço com as ferozes garras. E viu-se a si própria como o falcão, a ave bravia.

7
RATOS

Townsend, o mercador de carneiros que levara a mensagem de Óguion à quinta em Vale-do-Meio, dirigiu-se certa tarde à casa do mago.

— Pensas vender as cabras, agora que o Senhor Óguion se foi?

— É possível — respondeu Tenar de modo desinteressado. De facto já andara a pensar como se iria arranjar se permanecesse em Re Albi. Como qualquer feiticeiro, Óguion fora sustentado pelas pessoas ao serviço das quais punha os seus talentos e poderes — no seu caso, todo e qualquer um em Gont. Bastava-lhe pedir e tudo de que precisasse lhe seria dado reconhecidamente, pois seria sempre um bom negócio pela boa vontade de um mago. Mas nunca precisava de pedir. Antes pelo contrário, tinha de dar a outros o que lhe sobrava de comida, roupa, ferramentas, gado e todas as coisas necessárias e ornamentais que lhe eram oferecidas ou simplesmente deixadas à sua porta. «Que hei-de eu fazer com isto?» perguntava ele, perplexo, os braços cheios de pouco dignificantes galinhas, ou metros de tapeçaria, ou boiões de beterraba em vinagre.

Mas Tenar deixara o sustento em Vale-do-Meio. Nunca pensara, ao partir tão subitamente, quanto tempo iria ficar. Não trouxera consigo as sete peças de marfim, o tesouro de Pederneira. Nem esse dinheiro teria qualquer utilidade na aldeia, a não ser para comprar terras ou gado, ou negociar com algum comerciante vindo de Porto de Gont, a vender peles de *pelaui* ou sedas de Lorbanery aos fazendeiros ricos e aos pequenos senhores de Gont. A quinta de Pederneira dera-lhe tudo o que ela e Therru precisavam para comer e usar, mas as seis cabras de Óguion, as suas cebolas e feijões, tinham sido mais para seu prazer do que para suprir a alguma necessidade. Tinha andado a viver da sua despensa, das ofertas dos aldeãos, que lhas faziam por respeito a ele, e da generosidade da Tia Caruma. Ainda na véspera esta lhe dissera: «Queridinha, os pintos da minha galinha de pescoço pelado já saíram da casca e vou trazer-te dois ou três logo que comecem a esgravatar. O mago não os queria, dizia que eram barulhentos e tontos, mas o que é uma casa sem uns pintainhos à porta?»

Na verdade, as galinhas da Tia Caruma entravam e saíam à vontade pela porta da casa, dormiam-lhe na cama e contribuíam para enriquecer os cheiros do quarto, escuro, fumarento e pestilencial para além do imaginável.

— Temos uma borrega de um ano castanha e branca que deve dar uma boa cabra leiteira — adiantou Tenar para o homem do rosto duro.

— Eu estava a pensar era em todas — contrapôs ele. — Talvez. São só cinco ou seis, não é?

— Seis. Estão ali em cima na pastagem, se lhes quiseres dar uma vista de olhos.

— Vou fazer isso — retorquiu o homem. Mas não se mexeu. Claro que não se podia dar mostras de grande interesse, nem de um lado nem doutro.

— Viste chegar o navio grande? — perguntou ele.

A casa de Óguion dava para ocidente e para norte, e dali avistavam-se apenas os cabos rochosos à entrada da baía, os Braços da Falésia. Mas da aldeia propriamente dita, em vários pontos, era possível olhar para baixo, por sobre a íngreme estrada serpenteante que levava a Porto de Gont e ver as docas e todo o porto de abrigo. Observar navios era uma ocupação habitual em Re Albi. Regra geral, havia um par de velhotes sentados no banco ao lado da forja, de onde se tinha a melhor vista, e embora talvez nunca nas suas vidas tivessem descido as quinze milhas em ziguezague dessa estrada até Porto de Gont, encaravam as idas e vindas dos navios como um espectáculo, estranho mas familiar, organizado para sua diversão.

— De Havnor, contou o rapaz do bronzeiro. Esteve lá em baixo no Porto a comprar metal. Voltou a tarde passada, já quase noite. Diz ele que o grande navio veio do Grande Porto de Havnor.

Provavelmente o homem estaria a falar para manter as ideias dela afastadas do preço das cabras, e o seu ar dissimulado tinha provavelmente só a ver com o feitio dos seus olhos. Mas o Grande

Porto de Havnor pouco comércio tinha com Gont, uma pobre e remota ilha, apenas notável pelos seus feiticeiros, os seus piratas e as suas cabras. E algo nas palavras «o grande navio» perturbaram-na ou alarmaram-na, não saberia dizer porquê.

— Também contou que eles dizem que há agora um rei em Havnor — continuou o mercador de cabras com um olhar de lado.

— Isso era capaz de ser uma boa coisa — comentou Tenar. Townsend anuiu com um aceno de cabeça.

— Talvez nos livre dessa ralé de estrangeiros — acrescentou.

Tenar acenou prazenteiramente com a sua cabeça de estrangeira.

— Mas há alguns lá em baixo, no Porto, que se calhar não vão ficar muito contentes.

Referia-se ele aos capitães-do-mar piratas de Gont, cujo controlo sobre os mares de nordeste tinha vindo a aumentar nos últimos anos, a tal ponto que muitos dos antigos tratados comerciais com as ilhas centrais do Arquipélago tinham sido interrompidos ou abandonados. Isto empobrecia toda a gente em Gont, menos os piratas, o que não impedia que estes continuassem a ser uns heróis aos olhos da maior parte dos gontianos. Tanto quanto Tenar sabia, o filho era marinheiro a bordo de algum navio pirata. E talvez mais seguro, se assim fosse, que a bordo de um navio mercante legal. *Antes tubarão que arenque*, como costumavam dizer.

— Há quem nunca esteja satisfeito, sejam as coisas como forem — comentou Tenar, seguindo automaticamente as regras da conversação, mas também com suficiente impaciência em relação a tais regras para logo acrescentar, levantando-se: — Vou mostrar-te as cabras. Podes vê-las. Lá se vamos vendê-las todas, ou só alguma, ainda não sei.

Conduziu o homem até à cancela da pastagem vedada e ali o deixou. Não gostava dele. Não era por sua culpa que ele lhe trouxera más notícias uma vez, ou talvez duas, mas o olhar dele era esquivo e não gostava da sua companhia. Não lhe ia vender as cabras de Óguion. Nem sequer a Beberrica.

Depois de ele ter partido, sem fazer negócio, Tenar começou a sentir-se inquieta. Tinha-lhe dito: «Se vamos vendê-las todas não sei» e isso tinha sido uma patetice, dizer *vamos* em vez de *vou*, quando ele não tinha pedido para falar com o Gavião, nem sequer aludira a ele, como era mais que certo que o fizesse um homem a regatear com uma mulher, especialmente se ela lhe estava a recusar a proposta.

Não fazia ideia do que pensavam do Gavião, da sua presença e não presença na aldeia. Óguion, solitário, silencioso e, em certa medida, temido, fora o seu mago e um aldeão como eles. Do Gavião poderiam orgulhar-se como um nome, o arquimago que vivera durante algum tempo em Re Albi e fizera coisas maravilhosas, enganando um dragão nas Noventa Ilhas, trazendo de volta o Anel de Erreth-Akbe de um lado qualquer. Mas não o conheciam. Nem ele os conhecia. Não entrara na aldeia desde que chegara, indo só para a floresta, para os sítios selvagens. Tenar não pensara nisso antes, mas a verdade é que ele evitava a aldeia tão radicalmente como Therru.

Mas deviam falar acerca dele. Era uma aldeia, e as pessoas falavam. Porém, a bisbilhotice acerca do que os feiticeiros e magos faziam não ia muito longe. O assunto era demasiado inquietante, as vidas dos homens de poder demasiado estranhas, demasiado diferentes das deles próprios. «Não te metas», ouvira ela dizer aos aldeãos em Vale do Meio quando alguém se punha a especular com demasiado à vontade acerca de algum fazedor de tempo ou do seu próprio feiticeiro, Faia. «Não te metas. Ele segue o caminho dele, nós o nosso.»

Quanto a ela, que tivesse continuado ali para tratar e servir um tal homem de poder não se lhes afiguraria um assunto a debater. Mais uma vez, tratava-se de um caso de «Não te metas». Ela própria não andara muito pela aldeia e as pessoas não lhe demonstravam amizade nem inimizade. Vivera lá, em tempos, na casita do Tecelão Leque, era a pupila do velho mago, ele mandara Townsend ao fundo e do outro lado da montanha para a chamar. Tudo isso estava muito bem. Mas depois ela viera com a criança, terrível de se ver, e quem iria andar com uma coisa assim em plena luz do dia por sua própria vontade? E que tipo de mulher poderia ser a pupila de um feiticeiro, a enfermeira de um feiticeiro? Havia ali bruxaria, sem a menor dúvida, e ainda por cima estrangeira. Mas, por outro lado, ela era mulher de um lavrador rico, lá para baixo em Vale-do-Meio. Se bem que ele já tivesse morrido e ela fosse a viúva. Mas, ora, quem é que podia entender os costumes de bruxos e assim? «Não te metas.» O melhor era não se meterem.

Tenar encontrou o Arquimago de Terramar, vinha ele a chegar do lado da vedação da horta, e informou:

— Dizem que chegou um navio da Cidade de Havnor.

Ele estacou. Esboçou um movimento, logo controlado, mas que fora o de se voltar e fugir, de fugir como um rato de um falcão.

— Gued! O que foi? — preocupou-se ela.

— Não posso... Não posso encará-los.

— Quem?

— Enviados dele. Do rei.

O rosto ficara-lhe de novo acinzentado, como quando ali chegara, e olhou em volta, buscando um sítio onde se pudesse esconder.

O seu terror era tão urgente e indefeso que ela só pôde pensar em poupá-lo.

— Não precisas de os ver. Se vier alguém, mando-o embora. E agora vem para dentro de casa. Não comeste nada o dia todo.

— Esteve aí um homem — disse ele entre pergunta e afirmação.

— Era Townsend, a apreçar cabras. *Esse*, já eu mandei embora. Anda lá!

Gued seguiu-a e, logo que se encontraram dentro da casa, ela fechou a porta.

— Mas, Gued, com certeza que não iam fazer-te mal. Porque haviam de querer fazê-lo?

Ele sentou-se à mesa e sacudiu lentamente a cabeça.

— Não, pois não.

— Sabem que estás aqui?

— Não sei.

— Afinal, de que tens tu medo? — perguntou Tenar, sem impaciência, mas com um certo autoritarismo racional.

Gued levou as mãos ao rosto, esfregando as têmporas e a testa, os olhos baixos.

— Eu era... — tartamudeou. — Não sou...

E foi tudo o que conseguiu dizer.

Ela fê-lo parar.

— Está bem, está tudo bem. — Não ousava tocá-lo, temendo piorar-lhe a humilhação com algo que pudesse assemelhar-se a dó. Estava irada com ele e por ele. — Não têm nada que saber — acrescentou — onde estás, nem quem és, nem o que resolves fazer ou deixar de fazer! Se vierem bisbilhotar, bem podem ir curiosos.

Aquela última frase era de Cotovia e fê-la sentir uma súbita saudade da companhia de uma mulher normal e sensata.

— De qualquer maneira — continuou —, o navio até pode não ter nada a ver contigo. Podem ter vindo a perseguir piratas. E isso também será uma boa coisa, quando o rei se dispuser a tratar desse assunto... Fui dar com algum vinho na parte detrás do guarda-louça, duas garrafas. Nem faço ideia há quanto tempo Óguion o teria ali escondido. Acho que só nos podia fazer bem um copo de vinho. E um bocado de pão e queijo. A pequenina já jantou e foi com a Urze à caça de rãs. Se calhar vamos ter pernas de rã para a ceia. Mas agora vamos ao pão e ao queijo. E ao vinho. Sempre gostava de saber de onde veio, quem o trouxe a Óguion, que idade terá.

E foi assim falando, tagarelice de mulher, livrando-o de ter de dar alguma resposta ou interpretar mal qualquer silêncio, até que tivesse ultrapassado a crise de vergonha, e comido um pouco, bebido um copo do vinho tinto, velho e macio.

— É melhor eu ir-me embora, Tenar — interpôs ele. — Até aprender a ser o que sou agora.

— E ias para onde?

— Lá para cima, para a montanha.

— A vaguear, como Óguion?

Olhou-o atentamente. Lembrou-se de caminhar com ele pelas estradas de Atuan, escarnecendo-o com a pergunta: «É costume os Magos pedirem esmola?» E ele respondera: «Sim, mas é certo que oferecem alguma retribuição.»

Cautelosamente, perguntou, enquanto lhe enchia o copo até acima:

— Achas que te podias aguentar algum tempo como fazedor de tempo ou a encontrar coisas perdidas?

Gued abanou a cabeça. Bebeu algum vinho e desviou a vista, respondendo:

— Não. Nada disso. Nada dessas coisas.

Ela não o acreditou. Queria rebelar-se, negar, dizer-lhe: Como é isso possível, como podes dizer uma coisa dessas — como se tivesses esquecido tudo o que sabes, tudo o que aprendeste com Óguion, e em Roke, e nas tuas viagens! Não podes ter esquecido as palavras, os nomes, as acções da tua arte. Tu aprendeste, tu mereceste o teu poder! — Obrigou-se a não dizer nada daquilo em voz alta, murmurando apenas:

— Não compreendo. Como foi possível que tudo...

— Um púcaro de água — pronunciou ele, inclinando um pouco o copo como se o fosse despejar. E, pouco depois, acrescentou: — Só não entendo porque me trouxe ele de volta. A bondade dos jovens é crueldade... E aqui estou eu, e tenho de ir em frente, até poder voltar para lá.

Tenar não entendia claramente o que ele queria dizer, mas notou uma entoação de censura ou queixa que, vinda dele, a chocou e irritou. E em voz tensa fez-lhe notar:

— Foi Keilessine que te trouxe aqui.

Com a porta fechada e apenas a pequena janela a ocidente deixando entrar a luz do fim da tarde, estava escuro dentro de casa. Ela não conseguia discerni-lhe bem a expressão mas, após um silêncio, ele ergueu o copo para ela, com a sombra de um sorriso nos lábios, e bebeu.

— Ah, este vinho — disse. — Algum grande mercador ou pirata o deve ter trazido a Óguion. Nunca bebi nenhum que se lhe assemelhasse. Nem sequer em Havnor. — Fez rodar o copo atarracado nas mãos, olhando-o. — Tomarei um nome qualquer — retomou — e atravessarei a montanha, até Foz-do-Ar e à zona da Floresta Oriental, onde nasci. Hão-de estar a enfardar o feno. Há sempre trabalho na altura de enfardar e na ceifa.

Tenar não soube o que responder. Frágil e de aspecto doentio, dar-lhe-iam um trabalho desses apenas por caridade ou por brutalidade. E, mesmo que o arranjasse, não ia conseguir fazê-lo.

— As estradas já não são o que eram — argumentou. — Nestes últimos anos, há ladrões e bandos por toda a parte. Ralé de estrangeiros, como diz o meu amigo Townsend. Mas já não é seguro andar sozinho.

Olhando-o na escassa luz para ver como reagiria àquilo, perguntou a si própria, vivamente, o que poderia significar nunca ter temido um ser humano — o que poderia significar ter de aprender a ter medo.

— Óguion ainda andava... — retorquiu ele, mas logo silenciou, ao recordar que Óguion era um mago.

— Lá para a parte sul da ilha — recordou Tenar —, há muitos rebanhos. Carneiros, cabras, gado maior. Conduzem-nos para as pastagens altas antes da Longa Dança e apascentam-nos lá até virem as chuvas. Estão sempre a precisar de pastores.

Bebeu um gole de vinho e era como o nome do dragão na sua boca.

— Mas porque não hás-de ficar simplesmente aqui?
— Na casa de Óguion, não. Era o primeiro sítio onde viriam.
— Bom, então e se viessem? Que podem querer de ti?
— Que eu seja o que fui.

A desolação na voz dele gelou-a.

Ficou em silêncio, tentando lembrar como era ser-se poderoso, ter sido a Devorada, a Única Sacerdotisa dos Túmulos de Atuan, e depois perder isso, lançá-lo fora, tornar-se apenas Tenar, apenas ela própria. Pensou em como fora ter sido uma mulher na flor da vida, com filhos e um homem, e depois perder tudo isso, tornar-se velha e viúva, sem poder algum. Mas mesmo assim não sentiu que compreendesse a vergonha dele, a agonia da sua humilhação. Talvez fosse preciso ser homem para o sentir. As mulheres estavam habituadas à vergonha.

Ou talvez a Tia Caruma tivesse razão e, quando o miolo se perdia, a casca ficasse vazia.

Ideias de bruxa, pensou. E para desviar os pensamentos dele e os seus daquele assunto, e também porque o vinho lhe avivava o espírito e a língua, disse:

— Sabes uma coisa? Estive a pensar — isto acerca de Óguion me ter ensinado e eu não querer continuar, e ir-me embora e conhecer o meu lavrador e casar-me —, a pensar que quando fiz isso, mesmo no dia do meu casamento, me lembrei, que zangado que vai ficar o Gued quando souber de tudo isto!

E sublinhou as palavras com uma gargalhada.

— Fiquei mesmo! — confirmou ele.

Tenar esperou pela continuação e ele acrescentou:

— Fiquei desapontado.
— E zangado?
— E zangado.

Ela voltou a encher o copo até acima.

— Então, tinha eu o poder de reconhecer poder — continuou ele. — E tu... tu brilhavas naquele lugar terrível, no Labirinto, em toda aquela escuridão...

— Ah, sim? Mas então, diz-me. Que devia eu ter feito com o meu poder e com o saber que Óguion tentou ensinar-me?

— Usá-los.

— Como?

— Como se usa a Arte Mágica.

— Por quem?

— Feiticeiros — pronunciou ele, algo penosamente.

— A magia quer dizer os talentos, as artes de feiticeiros, de magos?

— O que havia de querer dizer senão isso?

— E é tudo o que alguma vez poderá querer dizer?

Ele ficou-se a ponderar naquilo, erguendo para ela os olhos por uma ou duas vezes.

— Quando Óguion me ensinou — retomou Tenar — aqui, ou melhor, além, ao pé da lareira, as palavras da Antiga Língua eram tão fáceis e tão árduas na minha boca como na dele. Era como aprender a língua que eu falei antes de ter nascido. Mas o resto — a tradição, as runas de poder, as encantações, as regras, o erguer das forças — tudo isso era letra-morta para mim. A linguagem de outra pessoa. Costumava então pensar que me podia vestir de guerreiro, com lança e espada e pluma e tudo isso, mas não se iam ajustar a mim, pois não? Que faria eu com uma espada? Iria transformar-me num guerreiro? Não, continuaria a ser eu com trajos que não se ajustavam a mim, quase sem poder andar, e era tudo.

Sorveu um pouco de vinho.

— De modo que tirei tudo de cima de mim — finalizou — e vesti as minhas próprias roupas.

— O que disse Óguion quando te foste embora?

— O que dizia geralmente Óguion?

Isto fez de novo surgir a sombra de sorriso. Ele nada disse. E ela confirmou com um aceno de cabeça.

Pouco depois, Tenar retomou a palavra, mais suavemente que antes.

— Ele recebeu-me porque tu me trouxeste. Depois de ti, não queria aprendiz nenhum, e nunca teria acolhido uma rapariga se não fosse por ti, a teu pedido. Mas teve-me afecto. Honrou-me. E eu amei-o e honrei-o. Mas não podia dar-me o que eu queria e eu não podia receber o que ele tinha para me dar. E ele sabia isso. Porém, Gued, foi uma coisa muito diferente quando ele viu Therru. Na véspera de morrer. Tu dizes, e também Caruma diz, que o poder reconhece o poder. Não sei o que ele terá visto na criança, mas disse-me: «Ensina-a!» E disse ainda...

Interrompeu-se. Gued esperou.

— Ele disse: «Hão-de temê-la.» E disse também: «Ensina-lhe *tudo!* Roke não.» Não sei o que ele queria dizer. Como poderei saber? Se aqui tivesse ficado com ele, talvez soubesse, talvez fosse capaz de a ensinar. Mas depois pensei: «Gued há-de vir, ele saberá. Saberá o que lhe ensinar, o que ela precisa de saber, a minha injustiçada.»

— Não sei — disse ele, falando muito baixo. — Eu vi... Na criança só vi... a injustiça praticada. O mal.

Acabou de beber o vinho.

— Nada tenho para lhe dar — concluiu.

Houve um ruído entre raspar e bater na porta. Ele pôs-se sobressaltadamente em pé, com o mesmo desamparado volver do corpo, procurando um sítio onde se esconder.

Tenar foi até à porta, abriu uma nesga e cheirou a Tia Caruma mesmo antes de a ver.

— Homens na aldeia — segredou a bruxa dramaticamente. — Uma data de gente elegante que vieram do Porto, do grande navio que chegou da Cidade de Havnor, segundo dizem. E dizem também que vêm em busca do Arquimago.

— Mas ele não os quer ver — disse Tenar debilmente. Não tinha ideia do que havia de fazer.

— Não me admira nada — comentou a bruxa. E, após uma pausa expectante, continuou: — Então e onde está ele?

— Aqui — disse o Gavião, aproximando-se da porta e abrindo-a mais. Caruma examinou-o e não fez comentários. — Será que sabem onde eu estou?

— Cá por mim, não — retorquiu a bruxa.

— Mas se eles aqui vierem — adiantou Tenar —, tudo o que tens a fazer é mandá-los embora. Ao fim e ao cabo, tu és o Arquimago.

Mas nem ele nem Caruma lhe estavam a dar atenção.

— À *minha* casa, não vêm eles — afirmou Caruma. — Vem daí, se quiseres.

Gued seguiu-a, lançando um olhar sem palavras a Tenar.

— Mas o que lhes hei-de eu dizer? — perguntou ela.

— Nada, queridinha — foi a resposta da bruxa.

Urze e Therru voltaram dos charcos com sete rãs mortas dentro de um saco de rede e Tenar atarefou-se a trinchar e esfolar as rãs para a ceia das caçadoras. Estava mesmo a acabar quando ouviu vozes no exterior e, erguendo os olhos para a porta aberta, viu que havia lá gente — homens de chapéus na cabeça, um vislumbre de ouro, um cintilar...

— Senhora dona Goha? — inquiriu uma voz educada.

— Entrem! — convidou ela.

Entraram. Cinco homens, mais parecendo o dobro na sala de tecto baixo, altos e imponentes. Olharam em volta e ela viu o que eles viam.

Viam uma mulher junto de uma mesa, segurando uma faca comprida e afiada. Em cima da mesa estava uma tábua de picar e em cima dela, a um lado, um montinho de pernas esfoladas, de um branco esverdeado, do outro, um monte de rãs gordas e ensanguentadas. Na sombra atrás da porta algo se acoitava — uma criança, mas uma criança deformada, só com meia cara, uma das mãos como uma pinça. Sentada em cima de uma cama, numa alcova e por baixo da única janela, sentava-se uma mulher ainda jovem, grande e ossuda, olhando para eles de boca aberta. Tinha as mãos sujas de sangue e lama e a sua saia empapada cheirava a água do pântano. Ao ver que a olhavam, tentou esconder a cara com a saia, desnudando as pernas até às coxas.

Desviaram os olhos, dela e da criança, e nada mais havia que pudessem olhar a não ser a mulher com as suas rãs mortas.

— Senhora dona Goha — repetiu um deles.

— Assim me chamam — respondeu ela.

— Viemos de Havnor, da parte do Rei — disse o da voz educada. Ela não conseguia ver-lhe bem o rosto, em contraluz. — Buscamos o Arquimago, Gavião de Gont. O Rei Lebánnen vai ser coroado no fim do Outono e pretende ter consigo o Arquimago, seu amigo e senhor, para que o prepare para a coroação e, se assim quiser, para o coroar.

O homem falava calma e formalmente, como a uma senhora num palácio. Usava umas sóbrias bragas de couro e uma camisa de linho, empoeirada da subida desde Porto de Gont, mas que era de pano fino e com bordados a fio de ouro junto ao pescoço.

— Não está aqui — afirmou Tenar.

Um par de rapazitos da aldeia espreitaram pela porta e recuaram, voltaram a espreitar, fugiram soltando gritos.

— Mas talvez nos possas dizer onde se encontra, senhora dona Goha — insistiu o homem.

— Não posso.

Olhou-os a todos. O medo que a princípio tivera deles — talvez proveniente do pânico do Gavião ou simples tola excitação perante estranhos — ia abrandando. Ali, ela estava na casa de Óguion. E sabia perfeitamente por que motivo Óguion nunca tivera medo de gente importante.

— Devem estar cansados, depois de um caminho tão longo — disse. — Não querem sentar-se? Tenho algum vinho. Um momento, preciso de lavar os copos.

Levou a tábua de picar para o aparador, pôs as pernas de rã na despensa, raspou o resto para dentro do balde que Urze havia de levar para os porcos do Tecelão Leque, lavou as mãos, os braços e a faca na bacia, deitou-lhe água limpa e enxaguou os dois copos por onde ela e o Gavião tinham bebido. Havia outro copo na prateleira e dois púcaros de barro sem asa. Colocou tudo na mesa e serviu vinho aos visitantes. Na garrafa, havia apenas o suficiente para uma rodada. Os homens tinham trocado olhares entre eles e não se tinham sentado, o que era explicável pelo reduzido número de cadeiras. No entanto, as regras de hospitalidade obrigavam-nos a aceitar o que lhes era oferecido. Cada um recebeu das mãos de Tenar o seu copo ou púcaro com um murmúrio delicado. Saudando-a, beberam.

— Palavra de honra! — disse um deles.

— Andrades... da Colheita Tardia — pronunciou-se outro, de olhos arregalados.

Um terceiro abanou a cabeça.

— Andrades... o Ano do Dragão — sentenciou solenemente.

O quarto anuiu e sorveu novo gole, reverente.

O quinto, que fora o primeiro a falar, ergueu de novo o seu púcaro na direcção de Tenar e disse:

— Senhora, honras-nos com um vinho digno de reis.

— Era de Óguion — replicou ela. — Esta era a casa de Óguion. Esta é a casa de Aihal. Sabíeis disso, meus senhores?

— Sabíamos, senhora. O rei mandou-nos a esta casa, certo de que o Arquimago aqui viria. E, quando chegou a Roke e a Havnor notícia da morte do seu mestre, ainda mais certo ficou. Mas foi um dragão que trouxe o Arquimago de Roke. E nem notícia nem mensagem houve dele para o Rei ou para Roke. E é muito caro ao coração do Rei, muito no interesse de todos nós, saber se o Arquimago aqui está e se está bem. Ele esteve aqui, senhora?

— Não posso dizer — respondeu ela. Mas era uma resposta equívoca, ainda por cima repetida, e ela bem via que os homens pensavam o mesmo. Ergueu-se, permanecendo de pé do outro lado da mesa, e acrescentou:

— O que isto significa é que não o direi. Penso que, se o Arquimago quiser vir, virá. E, se não quiser ser encontrado, não o encontrareis. Por certo não ireis procurá-lo contra a sua vontade.

O mais velho dos cinco, que era também o mais alto, pronunciou com altivez:

— A nossa vontade é a vontade do Rei.

Mas o primeiro que falara foi mais conciliador.

— Somos apenas mensageiros. O que se passa entre o Rei e o Arquimago das Ilhas é entre eles. Pretendemos apenas trazer a mensagem e levar a resposta.

— Se eu puder, farei com que a vossa mensagem chegue até ele.

— E a resposta? — inquiriu o mais velho.

Ela nada respondeu e o primeiro que falara disse:

— Ficaremos aqui alguns dias, na mansão do Senhor de Re Albi que, ao saber da chegada do navio, nos ofereceu hospitalidade.

Tenar teve a sensação de uma armadilha a ser preparada ou de um nó a apertar-se, embora não soubesse dizer porquê. A vulnerabilidade do Gavião, o seu sentido da sua própria fraqueza, transmitira-se a ela. Perturbada, usou como defesa a sua aparência, o seu aspecto de simples dona de casa, de meia--idade — mas seria só aspecto? Era também verdade e estes assuntos eram ainda mais subtis que os disfarces e mudanças de forma dos feiticeiros. — Baixou a cabeça e comentou:

— Isso será mais conveniente para o conforto de vossas senhorias. Como vedes, vivemos aqui de um modo muito simples, tal como o fazia o velho mago.

— E bebem vinho das Andrades — comentou aquele que identificara a colheita, um homem perfeito, de olhos claros e sorriso cativante.

Ela, representando o seu papel, manteve a cabeça baixa. Mas, enquanto se despediam e saíam em fila, compreendeu que, parecesse ela o que parecesse e fosse o que fosse, se não sabiam ainda que era Tenar do Anel, muito em breve o saberiam. E também de que ela própria conhecia o Arquimago e era na verdade o caminho para ele, se estivessem determinados a encontrá-lo.

Depois de eles terem partido, soltou um grande suspiro. Urze fez o mesmo e fechou finalmente a boca que mantivera aberta durante todo o tempo que eles ali tinham estado.

— Ora esta — exclamou ela, num tom de profunda e total satisfação, após o que foi ver onde paravam as cabras.

Therru saiu do canto escuro atrás da porta, onde se barricara dos estranhos com o bordão de Óguion, o pau de amieiro de Tenar e o seu próprio rebento de aveleira. Moveu-se do modo tenso e deslizante que quase abandonara desde que ali estavam, sem olhar para cima, inclinando o lado destruído do seu rosto para o ombro.

Tenar foi até junto dela e ajoelhou para a tomar nos braços.

— Eles não te vão magoar, Therru — tentou sossegá-la. — Não querem fazer mal a ninguém.

Mas a criança evitou olhar para ela e deixou que Tenar a abraçasse como se fosse um cepo de madeira.

— Se quiseres, nunca mais os deixo entrar outra vez cá em casa.

Pouco depois, a criança moveu-se ligeiramente e perguntou na sua voz áspera e espessa:

— O que é que vão fazer ao Gavião?

— Nada — apressou-se a responder Tenar. — Nenhum mal! Vieram... vieram para lhe prestar honras.

Mas começava a ver o que essa tentativa de lhe prestar honras faria a Gued — negando a sua perda, negando-lhe o direito à dor pelo que perdera, forçando-o a representar o papel do que deixara de ser.

Quando soltou a criança, Therru foi ao armário e pegou na vassoura de Óguion. Laboriosamente, varreu o chão no sítio onde tinham estado os homens de Havnor, varrendo as suas pegadas, varrendo o pó dos seus pés para fora da porta, para lá da soleira.

Observando-a, Tenar tomou uma resolução.

Foi junto da prateleira onde estavam os três grandes livros de Óguion e procurou por lá. Encontrou várias penas de pato afeiçoadas para escrever e um frasco de tinta meio seca, mas nem pedaço de papel ou pergaminho. Cerrou os dentes, odiando causar dano a algo tão sagrado como um livro, mas marcou e retirou uma estreita tira de papel da última folha, em branco, do Livro das Runas. Depois, sentou-se à mesa, molhou a caneta e escreveu. Nem a tinta nem as palavras lhe correram facilmente. Praticamente, nada escrevera desde que estivera sentada àquela mesma mesa, um quarto de século atrás, com Óguion a olhar-lhe por cima do ombro, ensinando-lhe as runas da língua Hardic e as Grandes Runas do Poder. Escreveu:

*vai quinta carvalho en val do meyo a ribeiro claro
dizer goha mãdou tomar conta horta & carneiros*

Levou-lhe quase tanto tempo a reler como a escrever. Por essa altura, já Therru acabara de varrer e olhava para ela atentamente. Acrescentou apenas duas palavras:

esta noyte

— Onde está a Urze? — perguntou ela à criança, enquanto dobrava o papel, primeiro em dois e depois em quatro. — Quero que ela vá levar isto a casa da Tia Caruma.

Ansiava por ir ela própria, para ver o Gavião, mas não se queria arriscar a que a vissem, não fossem estar a vigiá-la para que os conduzisse até ele.

— Eu vou — segredou Therru.

Tenar olhou-a penetrantemente.

— Vais ter de ir sozinha, Therru. E atravessar a aldeia.

A criança fez que sim com a cabeça.
— Só lhe dás isto a ele!
Repetiu o movimento.

Tenar enfiou o papel no bolso da criança, segurou-a pelos ombros, beijou-a, deixou-a ir. E Therru foi, sem se encolher nem deslizar de lado, mas sim correndo livremente, voando, pensou Tenar, vendo-a desaparecer na luz do entardecer para lá da entrada escura, voando como uma ave, um dragão, uma criança. Livre.

8
FALCÕES

Therru em breve estava de volta com a resposta do Gavião: «Vai-se embora esta noite.»

Tenar ouviu isto com satisfação, aliviada por ele ter aceite o seu plano, por se afastar completamente daquelas mensagens e mensageiros que temia. Foi só depois de ter dado a Urze e a Therru o seu festim de pernas de rã, de ter deitado a criança e lhe ter cantado, e de ficar ainda sentada sem lâmpada acesa nem luz do lume, que começou a descoroçoar. Ele fora-se embora. Não tinha forças, estava confuso e inseguro, precisava de amigos. E ela mandara-o para longe dos que eram e dos que queriam ser seus amigos. Ele fora-se embora e ela tinha de ficar, de desviar os cães de caça do seu rasto, pelo menos até saber se ficavam em Gont ou se regressavam a Havnor.

O pânico dele e a obediência dela relativamente a esse pânico começavam a parecer-lhe tão irracionais que lhe pareceu igualmente irracional, improvável, que ele fosse de facto. Gued iria usar a sua cabeça e esconder-se-ia simplesmente em casa da Tia Caruma, o último lugar em toda Terramar onde um rei iria procurar um arquimago. Seria muito melhor que ele ali ficasse até que os homens do Rei partissem. Depois poderia voltar para ali, para a casa de Óguion, que era o lugar dele. E tudo continuaria como antes, ela a tomar conta dele até que retomasse totalmente as forças e ele a dar-lhe a sua tão cara companhia.

Uma sombra surgiu na entrada, sobre o fundo de estrelas.

— Pssst! Estás acordada? — E a Tia Caruma entrou. — Ora bem, lá se foi embora — disse ela, em tom conspiratório, jubilosa. — Meteu pela estrada velha da floresta. Diz que amanhã corta na direcção de Vale-do-Meio, passando pelas Nascentes do Carvalho.

— Ainda bem — disse Tenar.

Mais à vontade que de costume, Caruma sentou-se sem ser convidada.
— Dei-lhe um pão e um pedaço de queijo p'ro caminho.
— Obrigada, Caruma. Foi bondade tua.
— Senhora dona Goha. — A voz de Caruma, no escuro, adquiriu a ressonância monótona das suas cantilenas e encantações. — Há uma coisa que eu andava a querer-te dizer, queridinha, isto sem querer ir além do que posso saber, que eu sei que tu viveste entre pessoas importantes e tu mesma foste uma delas, e quando eu penso nisso sela-me a boca. Mas há coisas que eu sei que não tinhas maneira de saber, por mais runas que aprendesses, e a Antiga Fala, e tudo o mais que aprendeste com os sábios, e nas terras estrangeiras.
— Assim é, Caruma.
— Ora pois, então. De maneira que, quando falámos daquilo das bruxas conhecerem as bruxas, e que o poder conhece o poder, e eu disse — acerca daquele que se foi agora embora — que já não era mago, fosse lá o que fosse antes, e tu continuavas a negar isso... Mas eu tinha razão, não tinha?
— Tinhas.
— Pois é. Tinha.
— Foi ele mesmo que o disse.
— Clar'que disse. Ele não mente nem anda a dizer que isto é aquilo e que aquilo é isto até a gente não saber de que terra é, isso digo eu em favor dele. E também não é pessoa para querer pôr o carro adiante dos bois. Mas também te digo muito abertamente que estou satisfeita por se ter ido embora, porque isto assim não ia dar, não ia continuar a dar de maneira nenhuma, porque o assunto com ele agora é outro e tudo isso.

Tenar não fazia ideia do que ela estaria a falar, excepto quanto à imagem de tentar pôr o carro à frente dos bois.
— Não percebo porque tem ele tanto medo — disse. — Bem, em parte sei, mas não sei é porque sente ele tanta vergonha. Só sei que ele acha que devia ter morrido. E também sei que tudo o que eu entendo de viver é termos o nosso trabalho para fazer e sermos capazes de o fazer. Aí é que está o prazer, e a glória, e tudo. E se não conseguimos fazer o trabalho, ou se no-lo tiram, então de que serve seja o que for? Temos de ter alguma coisa...

Caruma foi ouvindo e anuindo com a cabeça como quem ouve palavras sábias mas, após ligeira pausa, disse:

— Não há dúvida que é uma coisa muito estranha para um homem de idade ser um rapaz de quinze anos!

Tenar esteve quase para dizer «De que estás tu a falar, Caruma?», mas algo a impediu. Deu-se conta de que tinha estado a escutar, à espera de ouvir Gued regressar da sua deambulação pela encosta da montanha, à espera de ouvir o som da sua voz. Deu-se conta de que o seu corpo negava a ausência dele. Lançou uma olhadela súbita para a bruxa, um pedaço informe de negrume, empoleirado na cadeira de Óguion, junto à lareira vazia.

— Ah! — fez ela, uma enorme quantidade de pensamentos a entrarem-lhe de súbito, em conjunto, na sua consciência.

— *É então* por isso — disse também. — *É então* por isso que eu nunca...

E, após um longo silêncio, disse ainda:

— E eles... os feiticeiros... é alguma encantação?

— Claro, queridinha, claro que sim — confirmou Caruma. — Enfeitiçam-se a eles mesmos. Alguns até dizem que eles fazem um pacto, como um casamento às avessas, com votos e tudo, e que é assim que conseguem o seu poder. Mas cá para mim a coisa não me soa bem, é mais negócios lá com os Antigos Poderes do que aquilo com que uma bruxa que se preze tem a ver. E o velho mago, bom, ele disse-me que não faziam semelhante coisa. Se bem que eu saiba de algumas bruxas que o fizeram e não lhes veio grande mal por isso.

— Aquelas que me educaram faziam isso, com promessa de virgindade.

— Ah, pois, sem homens, tu disseste-me. E depois esses eunúquios. Terrível!

— Mas porquê, porquê?... Porque foi que eu nunca *pensei*...

A bruxa riu alto.

— Porque é esse o poder deles, queridinha. A gente não pensa! Não pode! E eles também não, logo que tenham lançado o feitiço. Como é que podiam? Em vista ao poder que têm? Não ia dar resultado, não é assim? Não ia dar resultado. A gente só recebe se der na mesma medida. Claro que isto é verdade para todos. E eles bem o sabem, os homens das feitiçarias, os homens do poder, sabem melhor que nós todos. Mas depois, sabes tu, não é coisa fácil para um homem não ser um homem, por mais capaz que seja de fazer descer o Sol à terra. E por isso põem essa ideia fora da cabeça, com os seus feitiços de prender. E bem fortes que são. Mesmo nesta época má que temos tido, com os sortilégios a saírem mal e tudo isso, ainda nunca ouvi falar de um feiticeiro que quebrasse esses feitiços, querendo servir-se do seu poder para os desejos do corpo. Mesmo o pior deles ia ter medo de fazer tal coisa. Clar'que há aqueles que criam ilusões, mas esses só se estão a enganar a eles mesmos. E há mágicos de pouca monta, dos que consertam coisas e assim, alguns desses experimentam os feitiços de sedução nas mulheres do campo, mas cá para mim esses feitiços não são grande coisa. O que eu acho é que o poder de um lado é tão grande como o outro e cada um segue o seu caminho. É assim qu'eu vejo.

Tenar ficou-se a meditar, absorta. Por fim, concluiu:

— Eles põem-se a eles próprios de parte.

— Isso. Um feiticeiro tem de fazer isso.

— Mas tu não.

— Eu? Eu não passo duma velha bruxa, queridinha.

— Velha, com quantos anos?

Após um minuto de silêncio, a voz de Caruma soou no escuro e havia nela uma sugestão de riso.

— Os bastantes para não me meter em sarilhos.

— Mas tu disseste... Não ficaste celibatária.

— Que coisa é essa, queridinha?

— Como os feiticeiros.

— Ah, não. Não, não! Nunca fui beleza nenhuma, mas havia uma maneira que eu tinha de olhar para eles... Não era a embruxá-los, percebes queridinha, estás a ver o que eu quero dizer... Há essa maneira de olhar, e eles acabavam por aparecer, tão certo como o corvo grasnar, num dia ou dois ou três, acabavam por aparecer pela minha casa — «precisava de uma cura para a sarna do meu cão», «queria um chá para a minha tia que está doente» — mas eu bem sabia do que era que eles precisavam e, se gostasse deles o bastante, talvez lho desse. Mas por amor, por amor... Não sou como uma dessas, tu sabes, apesar de que algumas bruxas são, mas essas são uma desonra para a arte, digo-te eu. Eu faço a minha arte para ser paga mas tomo o meu prazer por amor, foi o que eu sempre disse. E fiz. E também não é que seja sempre prazer, tudo isso. Andei doida por um homem durante um ror de tempo, anos. Um homem lindo de se ver que ele era, mas com um coração duro e frio. Já morreu há muito. Era o pai desse Townsend que veio para aqui viver, sabes quem é. Ah, estava tão presa a esse homem que até usei a minha arte, gastei muito feitiço nele, mas foi tudo p'ra nada, um desperdício. Vá lá tirar-se sangue de um nabo... E também quando vim aqui para Re Albi, ainda em rapariga, foi porque estava metida num sarilho com um homem lá em Porto de Gont. Mas nem posso falar disso porque aquilo era gente rica, importante. Eles é que tinham o poder, não era eu! Não queriam o filho misturado com uma rapariga qualquer como eu, uma porca desgraçada como me chamavam, e tinham-se livrado de mim como quem mata um gato, se eu não tivesse fugido cá para cima. Ah, mas se eu gostava daquele moço, com os braços e as pernas roliços e macios, e os olhos muito grandes, escuros. Passados todos estes anos, ainda consigo vê-lo tão bem como te vejo a ti...

Durante um longo bocado, ficaram caladas, no escuro.

— E quando tinhas um homem, Caruma, tinhas de abandonar o teu poder?

— Nem um bocadinho — respondeu complacentemente a bruxa.

— Mas tu disseste que não se recebe sem se dar. Então é diferente para os homens e para as mulheres?

— E o que é que não é, queridinha?

— Não sei — retorquiu Tenar. — A mim, parece-me que nós é que inventamos a maior parte das diferenças e depois queixamo-nos delas. Não vejo porque havia a Arte Mágica, o poder, de ser diferente para um feiticeiro homem e para um feiticeiro mulher. A não ser que o *próprio poder* seja diferente. Ou a arte.

— Um homem dá, queridinha. Uma mulher recebe.

Tenar ficou calada mas insatisfeita.

— O nosso poder, ao que parece, é muito pequeno — retomou a bruxa — comparado com o deles. Mas o nosso vem de mais fundo. É todo raízes. É como um velho maciço de silvas. E o poder de um feiticeiro é como, sei lá, um abeto, alto e grande e imponente, mas vem abaixo numa tempestade. Nada é capaz de acabar com um silvado.

Soltou a sua risada cacarejada, satisfeita com a comparação que fizera. Depois disse, vivamente:

— Ora bem! Tal como eu disse, talvez seja mesmo o melhor ele ir no seu caminho e estar fora do caminho, não fosse a gente da aldeia começar a falar.

— A falar?

— Tu és uma mulher respeitável, queridinha, e a reputação de uma mulher é a sua riqueza.

— A sua riqueza — repetiu Tenar, em tom inexpressivo. E depois repetiu: — A sua riqueza. O seu tesouro. O seu pé-de-meia. O seu valor...

Pôs-se de pé, incapaz de permanecer quieta por mais tempo, esticando os braços e as costas.

— Como os dragões que procuraram cavernas, que construíram fortalezas para os seus tesouros ficarem em segurança, para dormirem em cima dos seus tesouros, para serem o seu tesouro. Recebendo, recebendo, sem nunca dar!

— Só se sabe o valor de uma boa reputação — estipulou secamente Caruma — depois de a ter perdido. Não será tudo. Mas é difícil preencher-lhe o lugar.

— Eras capaz de deixar de ser bruxa para seres respeitável, Caruma?

— Não sei — replicou Caruma pensativamente, passado um bocado. — Não sei se ia saber como. Tenho este dom, talvez, mas não o outro.

Tenar foi até junto dela e pegou-lhe nas mãos. Surpreendida com o gesto, Caruma pôs-se de pé, recuando um pouco. Mas Tenar puxou-a para si e beijou-a na face.

A mulher mais velha ergueu uma das mãos e, timidamente, tocou no cabelo de Tenar, numa única carícia, como Óguion costumara fazer. Depois desprendeu-se e, murmurando qualquer coisa acerca de ter de ir para casa, dirigiu-se para a porta, de onde perguntou:

— Ou preferes que eu fique, com esses estrangeiros a andarem por aí.

— Vai lá, vai — respondeu Tenar. — Eu já estou habituada a estrangeiros.

Nessa noite, deitada e à espera de adormecer, voltou a entrar nos vastos abismos de vento e luz, mas a luz era enfumarada, vermelha e alaranjada e ambarina, como se o próprio ar fosse fogo. Nesse elemento, ela estava e não estava; voando no vento e sendo o vento, o sopro do vento, a força que vogava livre; e nenhuma voz soou a chamá-la.

De manhã, sentou-se na soleira da porta a escovar o cabelo. Embora branca de pele, não era loura como tantos dos karguianos. O seu cabelo era escuro. E assim permanecia ainda, apenas com um ou outro fio cinzento. Lavara-o, com alguma da água que estava a aquecer para lavar a roupa, pois decidira que a barrela seria o seu trabalho para o dia, agora que Gued partira e a sua respeitabilidade estava segura. Secou o cabelo ao sol, escovando-o. Na manhã quente e ventosa, pequenas faíscas seguiam a escova e estralejavam nas pontas soltas do seu cabelo.

Therru veio pôr-se ao lado dela, a observar. Tenar voltou-se e viu-a tão concentrada que quase tremia.

— O que foi, meu pardalinho?

— O fogo todo a voar — respondeu a criança, com o que podia ser medo ou exultação. — Pelo céu todo!

— São só as chispas do meu cabelo — explicou Tenar, algo surpreendida. Therru sorria e ela não sabia se alguma vez antes teria visto a criança sorrir. Therru estendeu ambas as mãos, a sã e a aleijada, como que a tocar e a seguir o voo de algo ao redor do cabelo solto, flutuante, de Tenar.

— Os fogos, todos a voar — repetiu e riu.

Nesse momento Tenar perguntou pela primeira vez a si própria como Therru a via — como via o mundo — e deu-se conta de que não sabia, que não era capaz de saber o que via alguém com um olho que fora queimado. E as palavras de Óguion, *Hão-de temê-la*, voltaram-lhe à memória. Mas não sentiu medo algum da criança. Assim, voltou a escovar o cabelo, vigorosamente, para que as chispas voassem, e uma vez mais escutou a rouca risadinha de prazer.

Lavou os lençóis, os panos da louça, as suas camisas e o vestido de reserva, e mais os vestidos de Therru, e estendeu tudo no prado (depois de se assegurar de que as cabras estavam na pastagem fechada), a secar sobre a erva seca, colocando pedras em cima pois o vento soprava vivamente, com uma violência de fim de Verão.

Therru estava mais crescida. Era ainda muito pequena e magra para a idade, que devia rondar os oito anos, mas naqueles últimos dois meses, com os ferimentos finalmente sarados e livres de dor, começara a andar por ali, a correr, e a comer mais. Em breve lhe iriam deixar de servir as roupas, «herdadas» da filha mais nova de Cotovia, uma rapariga de cinco anos.

Tenar pensou que podia ir à aldeia visitar o Tecelão Leque e ver se ele lhe arranjava um ou dois pedaços de tecido, em troca dos restos de comida que lhe andara a mandar para os porcos. Gostaria de costurar qualquer coisa para Therru. E também tinha vontade de visitar o velho Leque. A morte de Óguion e a doença de Gued tinham-na mantido afastada da aldeia e das pessoas que lá conhecia. Tinham-na afastado, como sempre, do que ela conhecia, do que sabia fazer, do mundo onde escolhera viver, um mundo que não era de reis e rainhas, grandes poderes e domínios, altas artes e aventuras (ia ela pensando, enquanto se assegurava de que Therru estava ao pé de Urze e se dirigia à aldeia), mas de gente comum fazendo coisas comuns, tais como casar, criar filhos, trabalhar na quinta, coser, fazer a barrela. Pensou tudo isto com uma espécie de sentimento de vingança, como se o estivesse a pensar contra Gued, agora sem dúvida já a meio caminho de Vale-do-Meio. Imaginou-o na estrada, perto do pequeno vale onde ela e Therru tinham dormido. Imaginou o homem esguio, de cabelo como cinza, caminhando sozinho e em silêncio, com metade do pão da bruxa na algibeira e um peso angustiado no coração.

«Talvez fosse altura de descobrires», pensou para ele. «Altura de aprenderes que não aprendeste tudo em Roke!» Enquanto assim o imprecava interiormente, surgiu-lhe uma outra imagem. Viu, perto de Gued, um dos homens que estivera à espera que ela e Therru passassem por eles naquela estrada. Involuntariamente, disse: — Gued, tem cuidado! — temendo por ele, pois nem sequer um pau levara consigo. Não fora o tipo grande com os pêlos sobre o lábio que ela tinha visto, mas um outro, o homem mais para o jovem, com um boné de couro, aquele que olhara fixamente para Therru.

Levantou os olhos para ver a casita perto da casa de Leque, onde ficara quando ali vivia. Entre a casa e ela ia a passar um homem. E era o homem de quem se tinha estado a lembrar, a imaginar, o homem do boné de couro. Ia a passar pela casa pequena e depois pela do tecelão. Não tinha dado por ela. Viu-o subir a rua da aldeia sem parar. Ou ia virar para a estrada do monte ou para a mansão.

Sem parar a pensar porquê, Tenar seguiu-o a certa distância até ver para onde se dirigia. Ele continuou a subir a encosta em direcção ao domínio do Senhor de Re Albi, e não para baixo, a descer a estrada que Gued seguira.

Voltou então para trás e foi fazer a sua visita ao velho Leque.

Embora fosse praticamente um recluso, como tantos tecelões, Leque fora bondoso, à sua maneira envergonhada, para com a rapariga karguiana, e vigilante também. Tantas pessoas, pensou, que tinham protegido a sua respeitabilidade! Agora quase cego, Leque tinha uma aprendiza que fazia a maior parte do trabalho de tecer. Ficou contente por ter uma visita. Estava sentado, como num trono, num velho cadeirão de madeira gravada, debaixo do objecto de que derivara o seu nome de usar. Um enorme leque pintado, o tesouro da sua família, oferta, segundo rezava a história, de um generoso pirata ao seu avô por alguma vela rapidamente feita em tempo de necessidade. Estava exposto, aberto, na parede. Os homens e mulheres, delicadamente pintados, nos seus encantadores trajos rosa, jade e azul, as torres e pontes e bandeiras do Grande Porto de Havnor, tornaram-se novamente familiares para Tenar assim que voltou a ver o leque. As pessoas que visitavam Re Albi eram frequentemente trazidas ali para o admirarem. Era a coisa mais bonita, todos concordavam, da aldeia.

Também ela o admirou, sabendo que agradaria ao ancião e porque era na verdade muito bonito, e ele disse:

— Não viste muito que se lhe comparasse em todas as tuas viagens, pois não?

— Não, não. Não há nada como tal em Vale-do-Meio — respondeu ela.

— Quando cá vivias, na casa pequena, alguma vez te mostrei o outro lado?

— O outro lado? Não.

E não havia outra coisa a fazer senão tirar o leque da parede. Só que teve ela de se empoleirar e o fazer, desprendendo-o com muito cuidado, porque ele não tinha vista que chegasse e não podia subir para cima da cadeira. Com não pouca ansiedade, foi-

-lhe dando indicações. Ela colocou-lhe o leque nas mãos e ele mirou-o com os seus olhos piscos, fechou-o até meio para ver se as varetas funcionavam bem e depois fechou-o completamente, voltou-o e entregou-lho.

— Abre-o devagar — aconselhou.

Ela assim fez. Dragões moveram-se no mover das dobras do leque. Pintados delicadamente na seda amarelecida, dragões de pálidos vermelho, azul e verde moveram-se e agruparam-se, tal como as figuras humanas no outro lado estavam agrupadas, por entre nuvens e cumes de montanhas.

— Levanta-o contra a luz — indicou o velho Leque.

Tenar obedeceu e viu os dois lados, as duas pinturas tornadas uma só pela luz que fluía através da seda, de modo que as nuvens e cumes eram as torres da cidade, e os homens e mulheres eram alados, e os dragões viam com olhos humanos.

— Estás a ver?

— Estou — murmurou ela.

— Agora já não consigo, mas está presente no olhar da minha memória. Não há muita gente a quem o mostre.

— É magnífico.

— Tinha pensado mostrá-lo ao velho mago — comentou Leque —, mas com uma coisa e outra, nunca cheguei a fazê-lo.

Tenar voltou ainda uma vez o leque em frente da luz e depois voltou a pendurá-lo como antes estivera, os dragões ocultos no escuro, os homens e as mulheres caminhando sob a luz do dia.

Leque levou-a depois a ver os porcos, um belo par deles a engordarem com segurança, direitos às salsichas de Outono. Discutiram as falhas de Urze como transportadora de restos de comida. Tenar disse-lhe que gostaria de um retalho de tecido para um vestido de criança, e ele ficou encantado puxando logo por uma largura de um belo tecido de linho para lhe oferecer, enquanto a jovem que era a sua aprendiza, e parecia ter aprendido a sua pouca sociabilidade ao mesmo tempo que o ofício, ia manobrando ruidosamente o largo tear, aplicada e de testa enrugada.

Caminhando de volta a casa, Tenar pensava em Therru sentada àquele tear. Seria um modo de vida decente. Na sua maior parte, o trabalho era monótono, sempre a mesma coisa, mas tecer era uma ocupação honrosa e, em certas mãos, uma nobre arte. E as pessoas já esperavam que os tecelões fossem um pouco tímidos, que frequentemente não se casassem, sempre entregues ao seu trabalho. Porém, eram respeitados. E, trabalhando dentro de casa ao tear, Therru não teria de mostrar o rosto. Mas, e a mão em pinça? Poderia aquela mão manobrar a lançadeira, preparar a urdidura?

E estaria obrigada a esconder-se a vida inteira?

Mas que havia ela de fazer? «Sabendo o que terá de ser a sua vida...»

Tenar obrigou-se a pensar noutra coisa. No vestido que iria fazer. Os vestidos da filha de Cotovia eram de um tecido rude, feito em casa, banal como as coisas banais. Ela podia tingir metade da peça, talvez de amarelo, ou com garança vermelha dos charcos. E depois um avental ou uma bata, em branco, com um folho. Iria a criança ser obrigada a ficar escondida no escuro, ao tear, e nunca ter um folho na saia? E o tecido ainda dava para uma camisa e, se o cortasse com cuidado, para um segundo avental.

— Therru! — chamou, ao aproximar-se da casa. Urze e a criança estavam na pastagem vedada quando ela saíra. Voltou a chamar, querendo mostrar o tecido a Therru e falar-lhe do vestido. Urze veio de detrás da despensa da nascente, com Beberrica presa a uma corda.

— Onde está Therru?

— Contigo — replicou a mulher, tão serena e segura que Tenar olhou em volta à procura da criança, antes de perceber que Urze não fazia ideia de onde ela estivesse e se limitara a afirmar o que desejava que fosse verdade.

— Onde foi que a deixaste?

Urze não fazia ideia. Nunca deixara Tenar mal antes. Parecera ter compreendido que Therru tinha de ser mantida mais ou menos à vista, como uma das cabras. Mas não teria sido afinal Therru que compreendera isso e se mantinha à vista? Foi o que Tenar pensou enquanto, sem conseguir de Urze qualquer indicação inteligível, começou a procurar e a chamar a criança, sem obter resposta.

Manteve-se afastada da beira da escarpa todo o tempo que pôde. Logo no primeiro dia que ali tinham passado, explicara a Therru que nunca devia descer sozinha os campos íngremes abaixo da casa, nem ao longo da escarpa alcantilada a norte deles, porque a visão de apenas um olho não avalia distância nem profundidade com segurança. A criança obedecera. Obedecia sempre. Mas as crianças esquecem. Mas não iria esquecer. Mas podia ter-se chegado para a beira sem dar por isso. Mas o mais certo era ter ido para casa da Tia Caruma. Era isso. Como lá tinha ido sozinha, na noite anterior, voltara a ir. Era isso, com certeza.

Mas não estava lá. Caruma não a vira.

— Eu encontro-a, eu encontro-a, queridinha — assegurou ela a Tenar.

Porém, em vez de subir a vereda da floresta para a procurar, como Tenar esperara que fizesse, Caruma começou a dar nós no cabelo, preparando-se para fazer um feitiço de encontrar.

Tenar regressou a correr para a casa de Óguion, chamando uma e outra vez. E, desta feita, olhou para os campos íngremes por trás da casa, na esperança de ver o pequeno vulto acachapado, a brincar entre os pedregulhos. Mas tudo o que viu foi o mar, encrespado e escuro, ao fim daqueles campos em declive, e sentiu-se tonta e agoniada.

Foi até à sepultura de Óguion e ainda um pouco mais acima pelo caminho da floresta, sempre a chamar. Quando regressou através do prado, o peneireiro estava a caçar no mesmo sítio em que Gued o observara. Desta vez a ave inclinou o voo para terra, lançou o ataque e voltou a erguer-se com uma pequena criatura nas garras. Voou rapidamente para a floresta. Anda a alimentar os filhos, pensou Tenar. Toda a espécie de pensamentos lhe percorreu o espírito, muito vívidos e precisos, ao passar pela roupa estendida na erva, já seca. Tinha de a apanhar antes da noite. Tinha de procurar dentro da casa, na despensa da nascente, na cabana da ordenha, com mais cuidado. A culpa era dela. Tinha provocado aquilo ao pensar em fazer de Therru uma tecelã, ao querer fechá--la no escuro para trabalhar, para ser respeitável. Quando Óguion dissera: «Ensina-a, ensina-lhe tudo, Tenar!» Quando ela compreendeu que uma injustiça que não pode ser reparada tem de ser transcendida. Quando soube que a criança lhe fora entregue e que ela não cumprira o seu encargo, faltara à sua obrigação, e a perdera, perdera o seu verdadeiramente grande dom.

Entrou na casa, tendo procurado em cada canto das outras construções, e voltou a procurar na alcova e por trás da outra cama. Encheu um copo de água, pois tinha a boca seca como areia.

Atrás da porta, os três pedaços de madeira, o bordão de Óguion e os paus de caminhar, moveram-se na sombra e um deles disse: «Aqui.»

A criança estava agachada no canto escuro, como que enrolada para dentro do próprio corpo de tal modo que não parecia maior que um cão pequeno, a cabeça inclinada para o ombro, braços e pernas encolhidos o mais possível, o único olho fechado.

— Meu passarinho, meu pardalito, minha chamazinha, o que aconteceu? O que foi? O que é que te fizeram agora?

Tenar continuou a agarrar o pequeno corpo, fechado e duro como pedra, embalando-o nos braços.

— Como é que pudeste assustar-me assim? Como pudeste esconder-te de mim? Ah, que zangada que eu fiquei!

Chorava e as suas lágrimas caíam no rosto da criança.

— Oh Therru, Therru, Therru, não te escondas de mim!

Um arrepio percorreu os membros enlaçados e, pouco a pouco, foram-se descontraindo. Therru moveu-se e, de repente, estava agarrada a Tenar, enterrando o rosto na depressão entre o seio e o ombro, agarrando-se cada vez com mais força, até se tornar um aperto desesperado. Não chorava. Nunca chorava. Talvez que as lágrimas tivessem sido queimadas dentro dela. Não lhe restara nenhuma. Mas soltava um som longo, gemebundo, soluçado.

Tenar segurou-a, embalando-a, embalando-a. Muito, muito lentamente, o aperto desesperado abrandou. A cabeça estava deitada sobre o peito de Tenar.

— Conta-me — murmurou a mulher.

E, no seu segredar fraco e áspero, a criança respondeu:

— Ele veio aqui.

O primeiro pensamento de Tenar foi para Gued, e o seu espírito, movendo-se ainda com a rapidez do medo, apanhou a imagem, viu o que «ele» era para Therru e lançou-lhe um sorriso de esguelha, mas seguiu em frente, à caça.

— Quem? Quem foi que veio? — Não houve resposta, mas sim uma espécie de arrepio interior.

— Foi um homem — aventou Tenar calmamente. — Um homem com um boné de couro.

Therru assentiu com um único aceno de cabeça.

— Nós vimo-lo na estrada, quando vínhamos para cá.

Não houve reacção.

— Os quatro homens, aqueles com quem eu me zanguei, lembras-te? Ele era um deles.

Mas então recordou como Therru mantivera a cabeça baixa, escondendo o lado queimado, sem erguer os olhos, como sempre fizera na presença de estranhos.

— Tu conhece-lo, Therru?
— Sim.
— De quando... de quando vivias no campo, ao pé do rio?
Um aceno.
Os braços de Tenar apertaram-se ao redor da criança.
— Veio aqui? — perguntou ela. E, no exacto momento em que falava, o seu medo transmudou-se em ira, uma raiva que ardia ao longo de todo o seu corpo, como um látego de fogo. Soltou uma espécie de gargalhada — «Aaaah!» — e nesse momento recordou Keilessine, como Keilessine rira.

Mas não era assim tão simples para um humano, sobretudo mulher. O fogo tinha de ser contido. E a criança tinha de ser confortada.

— Ele viu-te?
— Escondi-me.
Depois, afagando o cabelo de Therru, Tenar disse:
— Ele nunca te vai tocar, Therru. Compreende e acredita, ele nunca mais te vai voltar a tocar. Nunca mais voltará a ver-te, a não ser que eu esteja contigo, e então é comigo que ele vai ter de se haver. Estás a perceber minha querida, minha jóia, minha linda? Não precisas de ter medo dele. Não deves ter medo dele. Porque é isso que ele quer. Ele alimenta-se do teu medo. Vamos matá-lo à fome, Therru. Vamos esfomeá-lo até ele se comer a si próprio. Até que se engasgue a roer os ossos das próprias mãos... Ai, ai, ai, não me dês ouvidos agora, Therru, estou só zangada, só zangada... Não estou vermelha? Não estou vermelha agora, como uma mulher de Gont?

Tentava brincar. E Therru, erguendo a cabeça, olhou o rosto dela com o seu único olho, no seu rosto enrugado, trémulo, devorado pelo fogo, disse:

— Sim. Tu és um dragão vermelho.

A ideia de o homem ter ido à casa, ter estado dentro da casa, vindo até ali a ver a sua obra, talvez pensando em melhorá-la ainda, essa ideia, sempre que ocorria a Tenar, não era tanto um pensamento como uma crise de enjoo, uma necessidade de vomitar. Mas a náusea era destruída pelo fogo da sua ira.

Puseram-se de pé e lavaram-se, e Tenar decidiu que o que sentia naquele momento acima de tudo era fome.

— Estou oca! — confessou a Therru. E preparou para ambas uma substancial refeição de pão e queijo, feijões frios com azeite e ervas aromáticas, uma cebola às rodelas e chouriço fumado. Therru comeu muito bem e Tenar comeu muitíssimo bem.

Enquanto levantavam a mesa, ela disse:

— Por enquanto, Therru, não te deixo nunca sozinha e tu também não me deixas a mim. Está bem? E agora devíamos ir as duas, juntas, a casa da Tia Caruma. Ela estava a fazer um feitiço para te encontrar e já não precisa de se preocupar mais com isso, só que é capaz de não saber.

Therru quedou-se imóvel. Deitou um único olhar na direcção da porta e encolheu-se.

— Também temos de recolher a roupa — continuou Tenar.
— Ao voltarmos. E, quando estivermos de volta, vou mostrar-te o tecido que arranjei hoje. Para um vestido. Um vestido novo, para ti. Um vestido vermelho.

A criança continuava quieta, de pé, recolhendo-se em si mesma.

— Se nos escondermos, Therru, estamos a alimentá-lo. Mas nós é que vamos comer e matá-lo de fome a ele. Anda comigo.

A dificuldade, a barreira daquela porta para o exterior era tremenda para Therru. Encolhia-se dela, escondia o rosto, tremia, tropeçava. Era cruel obrigá-la a atravessar, cruel expulsá-la do esconderijo, mas Tenar foi impiedosa.

— Vem! — ordenou. E a criança foi.

De mãos dadas, atravessaram os campos até à casa de Caruma. Por uma ou duas vezes, Therru conseguiu erguer os olhos.

Caruma não ficou surpreendida ao vê-las, mas havia nela uma expressão estranha, desconfiada. Disse a Therru que fosse lá dentro ver os pintos da galinha de pescoço pelado e escolher os dois com que quisesse ficar, e a criança desapareceu imediatamente dentro daquele refúgio.

— Ela esteve o tempo todo dentro de casa — informou Tenar. — Escondida.

— E fez ela bem! — exclamou Caruma.

— Porquê? — perguntou rudemente Tenar que não estava com disposição para secretismos.

— Porque há... porque andam seres por aí — respondeu a bruxa, não com o seu habitual tom agoirento, mas antes pouco à vontade.

— Há canalhas por aí, isso sim! — emendou Tenar e Caruma, olhando para ela, recuou levemente.

— Ei, então? — fez a bruxa. — Então, queridinha? Há um lume à tua volta, um brilho de fogo todo ao redor da cabeça. Eu lancei o feitiço para encontrar a criança, mas não saiu direito. Não sei lá como, seguiu o seu caminho e ainda nem sei se já estará acabado. Estou de cabeça perdida. Vi grandes seres. Procurei a pequenina mas vi-os a eles, a voar nas montanhas, a voar nas nuvens. E agora tu tens isso à tua volta, como se tivesses o cabelo a arder. O que é que está errado, o que é que está mal?

— Um homem com um boné de couro — respondeu Tenar.

— Assim mais para o novo. Com bastante bom aspecto. Tem a costura do ombro do justilho descosida. Não o viste por aí?

Caruma acenou que sim.

— Deram-lhe trabalho para a recolha do feno na mansão.

— Eu contei-te que ela — e Tenar deitou um olhar para a casa — estava com uma mulher e dois homens? Esse é um deles.

— Queres tu dizer, um daqueles que...

— Sim.

Caruma ficou como se fosse a estátua em madeira de uma mulher velha, rígida, um bloco.

— Eu já não sei — acabou por dizer desconsoladamente. — Julgava que sabia que chegasse. Mas não sei, já não sei. O que... O que viria... Viria ele cá abaixo para... para a *ver*?

— Se for ele o pai, talvez tenha vindo para a reclamar.

— Reclamá-la?

— É propriedade dele.

Tenar falava calmamente. E, enquanto falava, ergueu a vista para os cumes da Montanha de Gont.

— Mas não penso que seja ele o pai. Penso que este seja o outro. Aquele que veio dizer à minha amiga, à aldeia, que a criança «se tinha magoado».

Caruma continuava ainda confusa, assustada ainda pelos seus próprios esconjuros e visões, pela ferocidade de Tenar, pela presença de um mal abominável. Sacudiu a cabeça, desolada.
— Já não sei — repetiu. — Pensei que sabia que chegasse. Como é que ele se atreveu a voltar?
— Para comer — retorquiu Tenar. — Para comer. Não volto a deixá-la sozinha. Mas amanhã, Caruma, era capaz de te pedir que ficasses com ela durante uma hora ou perto disso, logo de manhãzinha. Fazes-me isso, enquanto eu vou lá acima, à mansão?
— Sim, sim, queridinha. Claro. Se quisesses, até podia deitar-lhe um feitiço de esconder. Mas... Mas eles estão lá em cima, os homens importantes que vieram da Cidade do Rei...
— Ora, então, vão poder ver como é a vida entre as pessoas vulgares — respondeu Tenar.
E Caruma recuou de novo, como perante uma torrente de fagulhas, lançadas na sua direcção, de um fogo trazido pelo vento.

9
PROCURANDO PALAVRAS

Andavam a recolher o feno no longo prado do Senhor, que se estendia através da encosta, nas sombras vivas da manhã. Três dos que ceifavam eram mulheres e dos dois homens um era ainda um rapaz, segundo o que Tenar conseguiu discernir à distância, e o outro era curvado e grisalho. Foi-se aproximando ao longo das fileiras já ceifadas e fez perguntas a uma das mulheres acerca do homem do boné de couro.

— Aquele lá de baixo de Foz-do-Val, é? — confirmou a ceifeira. — Não sei por onde ele anda.

Os outros foram-se aproximando ao longo da fila, satisfeitos com aquela pausa. Nenhum sabia onde estava o homem de Vale-do-Meio nem porque não andava a ceifar juntamente com eles

— Os daquela laia nunca ficam muito tempo — comentou o velhote. — Não está para trabalhar. Conhece-o, a senhora?

— Não por minha vontade — replicou Tenar. — Andou a espiolhar pela minha casa, assustou-me a criança. Nem sequer sei como é que se chama.

— Ele diz que se chama Jeitoso — informou o rapaz. Os outros olharam para ela, ou para o lado, e não disseram nada. Tinham começado a fazer uma ideia de quem devia ser, a mulher karguiana que estava na casa do velho mago. Eram rendeiros do Senhor de Re Albi, olhavam com desconfiança os aldeãos e olhavam de esguelha tudo o que tivesse a ver com Óguion. Afiaram as suas foices, voltaram a formar uma longa fila e retomaram o trabalho.

Tenar desceu a encosta, passou por um renque de nogueiras e alcançou a estrada. Nesta, um homem esperava, de pé. Sentiu um baque no coração, mas continuou ao seu encontro.

Era Choupo, o feiticeiro da mansão senhorial. Apoiava-se elegantemente ao seu longo bordão de pinho, à sombra de uma árvore, na beira da estrada. Acabara ela de entrar na estrada, logo lhe perguntou:

— Andas à procura de trabalho?

— Não.

— O meu senhor precisa de trabalhadores para os campos. Este tempo quente está a chegar ao fim e o feno tem de ser recolhido.

Para Goha, viúva de Pederneira, o que ele dizia tinha razão de ser, de modo que lhe respondeu, delicadamente:

— Com certeza que a tua perícia chega para desviar a chuva dos campos, até o feno estar a salvo.

Mas ele sabia que aquela era a mulher a quem Óguion moribundo confiara o seu nome-verdadeiro e, perante esse conhecimento, o que ele dissera era suficientemente insultuoso e deliberadamente falso para poder ser considerado um aviso claro. Tenar estivera quase a perguntar-lhe se sabia onde estava o tal homem, o Jeitoso. Em vez disso, explicou:

— Vim aqui acima dizer ao feitor que um dos homens que ele empregou para a colheita do feno saiu da minha aldeia como ladrão ou pior ainda, e não é pessoa que lhe convenha ter por aí. Mas, ao que parece, o homem já seguiu caminho.

E ficou calmamente com os olhos fitos em Choupo, até este responder, com esforço:

— Não sei nada acerca dessa gente.

Na manhã da morte de Óguion, ela achara-o um homem jovem, alto e bonito, com um manto cinzento e um bordão prateado. Mas agora não lhe parecia tão jovem como o julgara, ou então era jovem mas, de algum modo, estava seco e mirrado. O seu olhar e a sua voz eram agora abertamente desdenhosos, pelo que ela acrescentou, na sua voz de Goha:

— Claro que não. Peço-te desculpa.

Não queria problemas com ele. Assim, fez menção de seguir o seu caminho em direcção à aldeia, mas Choupo disse:

— Espera!

E ela esperou.

— «Um ladrão ou pior» dizes tu. Mas a calúnia não custa caro e a língua de uma mulher é pior que qualquer ladrão. Tu vieste aqui acima lançar a discórdia entre os trabalhadores dos campos, com calúnias e mentiras, a semente de dragão que todas as bruxas semeiam atrás de si. Alguma vez te passou pela cabeça que eu não vi logo que eras uma bruxa? Quando vi aquele monstro abjecto que anda agarrado a ti, julgas que eu não soube como foi gerado e para que fins? Bem fez o homem que tentou destruir aquela criatura, mas o trabalho devia ser completado. Desafiaste-me uma vez, por sobre o corpo do velho feiticeiro, e eu adiei dar-te o castigo, por causa dele e em presença de outros. Mas agora foste longe de mais e estou a avisar-te, mulher! Não permitirei que ponhas os pés neste domínio. E se te opuseres à minha vontade, ou te atreveres a voltar sequer a dirigir-me a palavra, farei com que sejas expulsa de Re Albi, e para longe do Overfell, com os cães atrás de ti. Compreendeste-me?

— Não — retorquiu Tenar. — Nunca consegui compreender homens como tu.

Voltou costas e avançou estrada abaixo.

Qualquer coisa como o perpassar de uma mão lhe percorreu a espinha e o cabelo ergueu-se-lhe na cabeça. Voltou-se de imediato e viu o feiticeiro a estender o bordão em direcção a ela, os negros relâmpagos a reunirem-se ao seu redor, os lábios dele a afastarem-se para falar. Nesse momento ela pensou, *Porque Gued perdeu a sua magia, pensei que o mesmo acontecera a todos os homens, mas estava enganada!*

E então uma voz delicada disse:

— Ora, ora! Então que se passa aqui?

Dois dos homens de Havnor tinham entrado na estrada, vindos do cerejal que se estendia do outro lado. Olharam de Choupo para Tenar com expressões calmas e corteses, como se lamentassem a necessidade de impedir que um feiticeiro lançasse uma maldição sobre uma viúva de meia-idade, mas que, na verdade, na verdade, não podia ser.

— Senhora dona Goha — cumprimentou o homem da camisa bordada a ouro, fazendo-lhe uma vénia.

O outro, o dos olhos claros, saudou-a também, sorrindo o seu sorriso cativante.

— A senhora dona Goha — comentou ele — é alguém que, tal como o Rei, ostenta abertamente o seu nome-verdadeiro, e sem temor. Vivendo em Gont, prefere talvez usar o seu nome gontiano. Mas, sabendo dos seus feitos, peço permissão para lhe prestar honras. Pois ela usou o Anel que nenhuma outra mulher usou desde Elfarran.

Deixou-se cair sobre um joelho, como se fosse a coisa mais natural do mundo, tomou a mão direita de Tenar, muito leve e rapidamente, e tocou-lhe o pulso com a fronte. Depois soltou-lhe a mão e voltou a erguer-se, arvorando o seu bondoso e cúmplice sorriso.

— Ah! — fez Tenar, sentindo-se excitada e muito animada. — Há toda a espécie de poderes no mundo! Obrigada.

O feiticeiro permaneceu imóvel, de olhar fixo. Fechara a boca sobre a maldição que iniciara e voltara a endireitar o bordão, mas havia ainda um negrume em volta deste e dos seus olhos.

Ela desconhecia se ele soubera ou só agora aprendera que ela era Tenar do Anel. Pouco interessava. Choupo não podia odiá-la mais. Ser mulher era o seu erro. Nada podia piorá-lo ou corrigi-lo aos seus olhos. E nenhuma punição era suficiente. Ele olhara para o que tinha sido feito a Therru e aprovara.

— Senhor — disse ela, dirigindo-se ao homem mais velho —, tudo o que não seja honestidade e abertura parece ser uma desonra para com o Rei, em nome do qual falais... e agis, como agora. Gostaria de honrar o Rei e os seus mensageiros. Mas a minha própria honra está obrigada ao silêncio, até que o meu amigo me liberte. Eu... eu tenho a certeza, meus senhores, de que vos enviará alguma mensagem, a seu tempo. Só peço, pois, que lhe deis tempo, rogo-vos.

— Certamente — concordou um.

E logo o outro:

— Tanto tempo quanto ele queira. E a tua confiança, Senhora, sobretudo nos honra.

Tenar seguiu finalmente pela estrada de Re Albi, abalada pelo choque e a alteração das coisas, o ódio impiedoso do feiticeiro, o seu próprio e irado desprezo, o seu terror perante a súbita tomada de consciência da vontade e do poder dele para lhe causar mal, o súbito finalizar desse terror no refúgio oferecido pelos enviados do Rei — esses homens que tinham vindo no navio de brancas velas do próprio porto de abrigo, da Torre da Espada e do Trono, centro do direito e da ordem. O coração alvoroçou-se-lhe de gratidão. Havia verdadeiramente um rei sobre aquele trono e, na sua coroa, a principal jóia seria a Runa da Paz.

Gostara do rosto do homem mais novo, inteligente e bondoso, e do modo como ajoelhara perante ela como perante uma rainha, do seu sorriso em que se ocultava uma piscadela cúmplice. Voltou-se a olhar para trás. Os dois enviados do Rei iam subindo a estrada em direcção à mansão senhorial, na companhia do feiticeiro Choupo. Pareciam conversar amigavelmente com ele, como se nada se tivesse passado.

A cena diminuiu-lhe um tanto a vaga de esperançosa confiança que a tomara. Claro que eram cortesãos. Não era sua função altercar, nem julgar e desaprovar. E ele era um feiticeiro, mais, o feiticeiro do anfitrião que os recebera. Mas, mesmo assim, não teria sido necessário caminharem e conversarem com ele assim tão à vontade.

Os homens de Havnor ficaram vários dias com o Senhor de Re Albi, talvez na esperança de que o Arquimago mudasse de ideias e fosse ter com eles, mas não o procuraram, nem insistiram com Tenar para que lhes dissesse onde poderia estar. Quando finalmente partiram, Tenar disse a si própria que tinha de decidir o que fazer. Não havia motivo verdadeiro algum para ali ficar, mas duas fortes razões para partir, Choupo e Jeitoso, de nenhum dos quais podendo esperar que a deixassem, e a Therru, em paz.

No entanto continuava a sentir dificuldade em tomar a decisão final, porque lhe era difícil pensar em partir. Ao deixar agora Re Albi, abandonava Óguion, perdia-o, como não o perdera enquanto estivera a tratar-lhe da casa e a mondar-lhe as cebolas. E pensou: «Nunca sonharei com o céu, lá em baixo.» Ali, onde Keilessine viera, ela era Tenar, considerou. Lá, em Vale-do-Meio, voltaria a ser apenas Goha. Foi adiando. Dizia para consigo: «Deverei temer aqueles miseráveis, fugir deles? É isso que querem que eu faça. E vou deixar que me obriguem a ir ou a vir como lhes apetece?» E dizia ainda: «Vou só acabar de fazer os queijos.» Mantinha Therru sempre consigo. E os dias iam correndo.

A Tia Caruma apareceu com uma história para contar. Tenar fizera-lhe perguntas acerca do feiticeiro Choupo, sem lhe relatar tudo o que sucedera mas dizendo que ele a ameaçara — o que, aliás, podia muito bem ser tudo o que ele pretendera. Caruma mantinha-se geralmente afastada do domínio do velho Senhor, mas sentia curiosidade por tudo o que aí se passava, já para não falar da oportunidade de dar à língua com algumas conhecidas que por lá tinha, como a mulher com quem aprendera o mister de parteira e outras a quem servira como curandeira ou a encontrar coisas. Conseguiu pô-las a conversar sobre os teres e fazeres da mansão. Todas elas odiavam Choupo e estavam por isso muito dispostas a falar dele, mas do que contavam uma boa metade tinha de ser deitada à conta de despeito e medo. No entanto, não deixaria de haver factos no meio das fantasias. A própria Caruma asseverava que até Choupo chegar, três anos antes, o Senhor mais jovem, o neto, estivera bem e saudável, embora fosse um homem tímido e taciturno, «assim como que assustado», dizia ela. Depois, mais ou menos pela altura em que morrera a mãe do jovem Senhor, o Senhor velho mandara buscar um feiticeiro a Roke. «Para quê?», perguntava Caruma, «com o Senhor Óguion a menos de uma milha de distância? E ainda por cima, lá na mansão, são todos dados a feitiçarias.»

Mas Choupo viera. Cumprimentara Óguion de passagem e nada mais, deixando-se ficar sempre, afirmava Caruma, na mansão. A partir daí, cada vez se tinha ido vendo menos o neto e dizia-se agora que passava dia e noite de cama, «como um bebé doente, todo engelhado» contara uma das mulheres que fora tratar de qualquer coisa dentro da casa. Mas o velho Senhor, «com cem anos, ou perto disso, ou talvez mais» insistia Caruma — não era mulher que temesse os números ou os respeitasse — o velho Senhor prosperava, «cheio de seiva nova» diziam. E um dos homens, porque na mansão só se aceitavam homens como servidores, dissera a uma das mulheres que o velho Senhor contratara o feiticeiro para que o fizesse viver para sempre e que o feiticeiro estava a fazer isso mesmo, alimentando-o, dizia o homem, com a vida do neto. E o homem não via mal nisto, dizendo: «Quem não havia de querer viver para sempre?»

— Uma destas — surpreendeu-se Tenar. — Mas que história mais horrível. Então e na aldeia não se fala de todas essas coisas?

Caruma encolheu os ombros. Era, mais uma vez, um caso de «Não te metas...» Os actos dos poderosos não tinham de ser julgados pelos que não têm poder. E havia a pouco nítida mas cega lealdade, o enraizamento naquele lugar. O velho era o senhor *deles*, Senhor de Re Albi, ninguém tinha nada a ver com o que ele fazia... A própria Caruma, era evidente, também sentia isso. «Arriscado», comentava, «capaz de dar para o torto, um truque desses.» Mas não achava que fosse malévolo.

Ninguém dera pelo homem chamado Jeitoso na mansão. Ansiosa por ter a certeza de que ele deixara o Overfell, Tenar perguntou a uma conhecida ou duas na aldeia se tinham visto tal pessoa, mas só obteve respostas relutantes e equívocas. Não queriam ter nada a ver com os assuntos dela. «Não te metas...» Só o velho Leque a tratava como amiga e aldeã igual a ele. E isso podia ser porque os seus olhos já viam tão mal que não distinguia bem Therru.

Agora, Tenar levava sempre a criança consigo quando ia à aldeia ou mesmo a pouca distância da casa.

Therru não achava cansativa aquela dependência. Mantinha-se junto de Tenar como o teria feito uma criança muito mais nova, trabalhando ou brincando com ela. As suas brincadeiras eram o jogo do galo, fazer cestos e com um par de figuras de osso que Tenar encontrara dentro de um pequeno saco tecido com ervas, numa das prateleiras de Óguion. Havia um animal, que podia ser um cão ou uma ovelha, e uma figura humana, que podia ser uma mulher ou um homem. Para Tenar, não havia nelas qualquer sensação de poder ou ameaça, e Caruma sentenciara: «São só brinquedos.» Mas, para Therru, eram uma grande magia. Ia-os movimentando, segundo os padrões de não se sabia que história silenciosa durante horas seguidas. Enquanto brincava, não dizia palavra. Às vezes construía casas para a pessoa e para o animal, dólmenes de pedra, cabanas de lama e palha. Andava sempre com eles no bolso, dentro do seu saco de erva. Começara a aprender a fiar. Conseguia prender a roca na mão queimada e rodar o fuso com a outra. Tinham penteado as cabras com regularidade desde que ali estavam e dispunham já de um bom saco de pêlo sedoso, pronto a ser fiado.

«Mas eu devia estar a ensiná-la», pensava Tenar, perturbada. «Ensina-lhe *tudo*, disse-me Óguion, e que ando eu a ensinar-lhe? A cozinhar e a fiar?» Depois, uma outra parte dela dizia, com a voz de Goha: «E não serão verdadeiras artes, necessárias e nobres? Será a sabedoria só palavras?»

Mas o assunto continuava a preocupá-la e, certa tarde, estava Therru a puxar o pêlo de cabra para o limpar e soltar e ela a cardá-lo, à sombra do pessegueiro, quando Tenar disse:

— Therru, talvez seja a altura de começares a aprender os nomes-verdadeiros das coisas. Há uma língua em que todas as coisas têm os seus nomes-verdadeiros, em que o acto e a palavra são uma e a mesma coisa. Foi falando essa língua que Segoy ergueu as ilhas das profundezas. É a língua que falam os dragões.

A criança escutava, em silêncio.

Tenar pousou os pentes de cardar e apanhou do chão uma pequena pedra.

— Nessa língua — continuou ela —, isto é *tolk*.

Therru olhava atentamente o que ela fazia e repetiu a palavra, *tolk*, mas sem som, formando-a apenas com os lábios, um pouco repuxados do lado direito pelas queimaduras.

A pedra jazia sobre a palma da mão de Tenar, uma pedra, nada mais.

Permaneceram ambas em silêncio.

— Ainda não — acabou Tenar por dizer. — Não é isto o que tenho de te ensinar agora.

Deixou cair a pedra para o chão e pegou nos pentes e numa mancheia de lã cinzenta, semelhante a uma pequena nuvem escura, que Therru preparara para cardar.

— Talvez quando tiveres o teu nome-verdadeiro, talvez então seja a altura. Agora, não. Agora, escuta. Agora é a altura para as histórias, para começares a aprender as histórias. Posso contar-te as do Arquipélago e das Terras de Kargad. Contei-te uma que aprendi com o meu amigo, Aihal, o Silencioso. Agora vou contar-te uma outra que aprendi com a minha amiga Cotovia, quando a contou aos filhos dela e aos meus. Esta é a história de Andaur e Avad. Há tanto tempo como sempre e tão longe como Selidor, havia um homem chamado Andaur, um lenhador, que costumava ir sozinho para os montes. Certo dia, bem fundo na floresta, deitou abaixo um grande carvalho. Mas, ao cair, a árvore gritou com voz humana...

Foi uma tarde muito agradável para ambas.

Porém, nessa noite, deitada ao lado da criança adormecida, Tenar não conseguia conciliar o sono. Estava desassossegada, preocupando-se com uma inquietação trivial atrás da outra — será que fechei a cancela da pastagem, a mão dói-me de cardar ou é a artrite que vem aí, e por aí fora. Depois ficou muito agitada, julgando ouvir ruídos à volta da casa. Por que foi que não arranjei um cão?, interrogou-se. Coisa estúpida não ter um cão. Nos tempos que corriam, uma mulher e uma criança a viverem sozinhas deviam ter um cão. Mas esta é a casa de Óguion! Ninguém viria ali com más intenções. Mas Óguion está morto, morto, enterrado entre as raízes da árvore, na orla da floresta. E não vai chegar ninguém. O Gavião foi-se embora, fugiu. Nem sequer é já o Gavião, é a sombra de um homem, sem préstimo para ninguém, um morto condenado à vida. E eu não tenho força, não há nada de bom em mim. Digo a palavra da Criação e ela morre na minha boca, sem significado. Uma pedra. Sou uma mulher, uma mulher velha, fraca e estúpida. Tudo o que faço é errado. Tudo aquilo em que toco transforma-se em cinzas, sombra, pedra. Sou a criatura da treva, cheia a rebentar de treva. Só o fogo me pode purificar. Só o fogo me pode devorar, devorar-me toda como...

Egueu o tronco, ficando sentada na cama e bradou na sua própria língua:

— Seja revirada a maldição, e vire! — e estendeu o braço direito, apontando o dedo para a porta fechada.

Depois, saltando da cama, foi até à porta, abriu-a de repelão e disse em voz forte para a noite nublada:

— Vens tarde de mais, Choupo. Já há muito que fui devorada. Vai purificar a tua própria casa!

Não houve resposta, nem um som, mas chegou até ela um cheiro a queimado, vago, azedo, nauseabundo. Pano a arder, ou cabelo.

Tenar fechou a porta, encostou contra ela o bordão de Óguion e foi ver se Therru estava a dormir. Ela própria não dormiu nessa noite.

De manhã, levou Therru até à aldeia, para ir perguntar a Leque se queria o novelo que tinham andado a fiar. Fora uma desculpa para sair da casa e estar por algum tempo no meio das pessoas. O velho disse que teria muito gosto em tecer o fio e ficaram a conversar durante alguns minutos debaixo do grande leque pintado, enquanto a aprendiza enrugava muito a testa e fazia estalar a barra do tear. Quando Tenar e Therru saíram da casa de Leque, alguém se ocultou atrás da esquina da casita onde ela vivera. Algo, vespas ou abelhas, picou o pescoço e a cabeça de Tenar, e houve em volta um ruído como de chuva a cair, um aguaceiro de trovoada, mas não havia nuvens... Pedras. Viu os pequenos seixos a embater no chão. Therru estacara, assustada e confusa, olhando em redor. Dois rapazes saíram de trás da casita, meio a esconderem-se, meio a mostrarem-se, gritando um para o outro, rindo.

— Vem daí — disse Tenar firmemente e encaminharam-se ambas para a casa de Óguion.

Tenar começou a tremer e o tremor foi-se tornando pior à medida que caminhavam. Tentou que Therru não desse por isso, pois a criança, que não compreendera o que se tinha passado, parecia inquieta mas não assustada.

Logo que entraram na casa, Tenar soube que alguém lá passara enquanto tinham estado na aldeia. Cheirava a carne e a pêlos queimados. A coberta da cama onde as duas dormiam fora remexida.

E quando tentou pensar no que havia de fazer, percebeu que havia uma encantação sobre ela. Fora ali lançada à espera que ela voltasse. Não conseguia parar de tremer e tinha o espírito confuso, lento, incapaz de uma decisão. Dissera a palavra, o nome-verdadeiro da pedra, e esta fora-lhe lançada, lançada ao rosto — no rosto do mal, o rosto hediondo, ela atrever-se a falar — não podia falar.

Pensou, na sua própria língua, *não posso pensar na língua Hardic. Não devo.*

Conseguia pensar, em karguiano. Não muito depressa. Era como se tivesse de perguntar à rapariga Arha, essa que fora há tanto tempo atrás, que saísse da escuridão e viesse pensar por ela. Para a ajudar. Como já a ajudara na noite anterior, ao virar a maldição do feiticeiro contra ele próprio. Arha não soubera grande coisa do que sabiam Tenar e Goha, mas soubera como amaldiçoar, e como viver na treva, e como ser silenciosa.

Isso era difícil de fazer, manter-se em silêncio. Porque só queria gritar bem alto. Queria falar... ir ter com Caruma e contar-lhe o que acontecera, a razão por que tinha de se ir embora, dizer-lhe ao menos adeus. Tentou dizer a Urze «As cabras agora são tuas, Urze» e lá conseguiu dizer isso em Hardic, para que Urze pudesse compreender, mas Urze não compreendeu. Fitou-a de olhos arregalados e riu-se.

— Ora! As cabras são do Senhor Óguion! — explicou ela.

— Então... tu... — e tentou acrescentar: «Continua a tomar conta delas por ele» mas um enjoo mortal apoderou-se dela e ouviu a sua própria voz gritar agudamente: — ... mulherzinha idiota, pateta, imbecil!

Urze arregalou mais os olhos e parou de rir. Tenar tapou a boca com a mão. Agarrou em Urze, obrigou-a a voltar-se para olhar os queijos que estavam a curar na cabana da ordenha e apontou para eles e para Urze, uma e outra vez, até Urze acenar vagamente com a cabeça e voltar a rir-se por ela se estar a comportar de um modo tão estranho.

Tenar fez um gesto — vem! — para Therru e entrou na casa, onde o cheiro nauseabundo era mais forte, obrigando a criança a aninhar-se contra ela.

Tenar pegou nas mochilas e nos sapatos de viajar. Meteu na sua própria mochila o vestido extra e as camisas, os dois velhos vestidos de Therru e o novo, meio feito, juntamente com o tecido que sobrara; os pesos para fuso que esculpira em madeira para ela e para Therru; e ainda um pouco de comida e uma botija de barro com água para o caminho. Para a mochila de Therru foram os melhores cestos feitos por esta, a pessoa e o animal de osso no seu saco de erva, algumas penas de escrever, um pequeno tapete em labirinto que Caruma lhe dera e um saquito de nozes e passas.

Apetecia-lhe dizer: «Vai regar o pessegueiro» mas não se atreveu. Em vez disso, levou a criança lá fora e mostrou-lho. Therru regou cuidadosamente o pequeno rebento.

Varreram e arrumaram a casa, trabalhando depressa e em silêncio.

Tenar arrumou um jarro numa prateleira e na outra extremidade viu os três grandes livros, os livros de Óguion.

Arha viu-os e para ela nada eram, grandes caixas de couro cheias de papel.

Mas Tenar olhou-os e cerrou os dentes sobre os nós dos dedos, franzindo a testa com o esforço de decidir, de saber o que fazer, de saber como levá-los consigo. Não podia levá-los. Mas tinha de o fazer. Não podiam ficar ali, naquela casa profanada, a casa onde o ódio entrara. Eram dele. De Óguion. De Gued. Dela. O conhecimento. Ensina-lhe tudo! Esvaziou de lã e fio a saca onde pensara levá-los e meteu lá os livros, um em cima do outro, atando a boca da saca com uma tira de couro e dando-lhe uma laçada para a poder segurar na mão. Depois disse:

— Agora temos de ir embora, Therru!

Falara em Karguiano, mas o nome da criança era igual porque era um nome karguiano, chama, chamejar, e ela veio sem fazer perguntas, carregando as suas provisões na mochila que levava às costas.

Pegaram nos seus paus para caminhar, o rebento de aveleira e o ramo de amieiro. Deixaram o bordão de Óguion ao lado da porta, no canto escuro. E deixaram a porta da casa aberta, de par em par, ao vento marinho.

Um sentido animal conduziu Tenar para fora dos campos e longe da estrada de montanha por onde viera. Meteu por um atalho, descendo as íngremes pastagens, segurando a mão de Therru, direita à estrada das carroças que ziguezagueava pela encosta até Porto de Gont. Sabia que se encontrasse Choupo estaria perdida e pensava que ele poderia estar à espera dela no caminho. Mas não, talvez, naquele caminho.

Após uma milha ou perto disso a descer, começou a ser capaz de pensar e o que pensou em primeiro lugar foi que tomara a estrada certa. Porque as palavras da língua Hardic estavam a voltar e, pouco depois, as palavras-verdadeiras, de modo que ela se baixou e apanhou uma pedra e a manteve na mão, dizendo no seu espírito *tolk*, e meteu essa pedra no bolso. Depois olhou para as vastas camadas de ar e nuvem e, dentro do seu espírito, murmurou uma vez *Keilessine*. E o seu espírito clareou, como claro estava o ar.

Chegaram a um longo corte na encosta, sombreado por taludes altos e coroados de erva e afloramentos rochosos, onde Tenar se sentiu um pouco inquieta. Quando dali saíram, onde havia uma curva, viram abaixo delas a baía azul-escura e, entrando nela, entre os Braços da Falésia, um belo navio com todas as velas desfraldadas. Tenar temera o último navio assim, mas não aquele. Pelo contrário, só queria correr estrada abaixo ao seu encontro.

Mas isso não podia ela fazer. Tinham de seguir ao passo de Therru. Era um passo melhor que o que fora dois meses antes e o facto de irem a descer contribuía também para o melhorar.

Mas o navio corria ao seu encontro. Havia nas suas velas um vento mágico e atravessava a baía como um cisne voando. E já tinha acostado antes que Tenar e Therru tivessem percorrido a seguinte, e longa, volta da estrada.

Vilas de qualquer dimensão eram locais muito estranhos para Tenar. Nunca vivera em nenhuma. Vira a maior cidade de Terramar, Havnor, uma vez, por pouco tempo. E viera de barco até o Porto de Gont com Gued, anos atrás, mas tinham subido de imediato a estrada para o Overfell sem se demorarem pelas ruas. A única outra povoação grande que conhecia era Foz-do-Val, onde vivia a sua filha, uma pequena vila costeira, indolente e ensolarada, onde um barco vindo das Andrades a comerciar era um grande acontecimento e a maior parte das conversas dos habitantes tinha a ver com peixe seco.

Ela e a criança entraram nas ruas de Porto de Gont estava o Sol ainda bem acima do mar ocidental. Therru caminhara durante quinze milhas sem se queixar e sem dar mostras de exaustão, embora estivesse sem dúvida muito cansada. Cansada também Tenar se sentia, dado que não dormira na noite anterior e estivera muito angustiada. Além disso, os livros de Óguion tinham-se revelado uma carga pesada. A meio da descida, metera-os na mochila, e a comida e o tecido na saca da lã, o que melhorara as coisas, mas não tanto como isso. E assim elas vieram caminhando com dificuldade por entre as casas exteriores, até às portas da cidade, onde a estrada, passando entre dois dragões esculpidos em pedra, se transformava em rua. Ali um homem, o guarda das portas, olhou-as. Therru baixou a face queimada para o ombro e escondeu a mão aleijada sob o avental do vestido.

— Vais para alguma casa na cidade, senhora? — perguntou o guarda, olhando desconfiadamente a criança.

Tenar não soube o que dizer. Nem sabia que havia guardas às portas das cidades. Não tinha nada com que pudesse pagar uma portagem ou uma hospedagem. Não conhecia ninguém em Porto de Gont... a não ser, lembrou-se então, o feiticeiro, aquele que fora lá acima para o enterro de Óguion, e como se chamava ele? Mas não sabia como se chamava. Ficou para ali, de boca aberta, como Urze.

— Sigam lá, sigam lá — acabou por conceder o guarda, entediado, virando-lhes as costas.

Ela bem quisera perguntar-lhe onde ficava a estrada para sul, ao longo da zona costeira, a estrada para Foz-do-Val. Mas não se atreveu a despertar-lhe de novo o interesse, não fosse ele decidir que ao fim e ao cabo ela era uma vagabunda, ou uma bruxa, ou fosse lá o que fosse que era dever dele e dos dragões de pedra manter fora de Porto de Gont. E assim lá passaram entre os dragões — Therru ergueu a cabeça, só um pouco, para os ver — e seguiram caminho por sobre o empedrado, cada vez mais espantadas, confusas e desconcertadas. A Tenar pareceu-lhe que nada nem ninguém em todo o mundo era mantido fora de Porto de Gont. Estava tudo ali. Altas casas de pedra, carroças cobertas, carrinhos, carros de mão, gado, burros, praças de mercado, lojas, multidões, gente, gente — quanto mais andavam mais gente havia. Therru agarrava-se à mão de Tenar, deslizando de lado, escondendo a face com o cabelo. Tenar agarrava-se à mão de Therru.

Ela não via como poderiam ficar ali, de modo que a única coisa a fazer era dirigirem-se para sul e continuarem até cair a noite — agora já desconfortavelmente próxima — na esperança de poderem acampar nos bosques. Tenar escolheu uma mulher grande com um grande avental branco que estava a fechar as portadas de uma loja, e atravessou a rua, decidida a perguntar-lhe para onde ficava a saída da cidade, a sul. O rosto avermelhado e firme da mulher era bastante agradável mas, estava Tenar a tomar coragem para lhe falar, quando Therru se lhe agarrou com toda a força, como se quisesse esconder-se de encontro a ela e, levantando os olhos, viu vir a descer a rua na direcção delas o homem com o boné de couro. No mesmo instante, também ele as viu. E estacou.

Tenar pegou no braço de Therru e puxando-a, voltando-a, disse: «Vem!» e caminhou em diante, passando pelo homem. Depois de o ter deixado atrás de si começou a andar mais depressa, descendo em direcção à água, brilhos e sombras sob a luz do crepúsculo, às docas e pontões ao fundo da rua íngreme. Therru corria juntamente com ela, arfando como o fizera depois de ser queimada.

Altos mastros balouçavam contra o céu vermelho e amarelo. O navio, de velas ferradas, estava acostado ao molhe de pedra, à frente de uma galé.

Tenar olhou para trás. O homem seguia-as, bem de perto, sem se apressar.

Pôs-se a correr sobre o molhe mas, pouco adiante, Therru tropeçou e não pôde continuar, incapaz de retomar o fôlego. Tenar levantou-a nos braços e a criança agarrou-se a ela, escondendo o rosto no seu ombro. Mas Tenar, agora, mal se podia mover, assim carregada. As pernas tremiam-lhe debaixo do corpo. Deu um passo, outro, ainda mais um. Alcançou a pequena ponte de madeira que tinham colocado entre o molhe e o convés do navio. Agarrou o corrimão.

Um marinheiro no convés, um tipo seco e calvo, mirou-a atentamente.

— O que é que se passa, m'senhora? — inquiriu.
— Este... este navio vem de Havnor?
— Sim, claro, da Cidade do Rei.
— Deixa-me entrar a bordo!
— Ah, isso é que eu não posso fazer — replicou o homem com um meio sorriso. Porém, os seus olhos desviaram-se dela e pousaram no homem que viera pôr-se ao lado de Tenar.

— Não precisas de fugir — afirmou o Jeitoso. — Não te quero mal nenhum. Tu não entendes. Eu é que fui à procura de ajuda para ela, não fui? Custou-me muito, a sério, o que lhe aconteceu. Quero ajudar-te a tomar conta dela.

Avançou a mão como se fosse irresistivelmente atraído para tocar em Therru. Tenar não conseguia mover-se. Prometera à criança que ele nunca mais voltaria a tocar-lhe. Viu a mão tocar o braço nu da criança que estremeceu.

— Que pretendes tu dela? — soou uma outra voz. Um outro marinheiro tomara o lugar do calvo, um homem jovem. Tenar pensou que fosse o seu filho.

Jeitoso foi rápido na resposta.
— Ela tem... ela levou-me a criança. A minha sobrinha. É minha. Embruxou-a, fugiu com ela, estás a ver...

Ela não conseguia falar. As palavras tinham-lhe sido de novo retiradas, arrancadas. O jovem marinheiro não era o seu filho. O seu rosto era magro e austero, os seus olhos claros. Olhando-o, Tenar encontrou as palavras.

— Deixa-me entrar a bordo. Rogo-te!

O jovem estendeu-lhe a mão. Ela tomou-a e ele conduziu-lhe os passos pela prancha de embarque até ao convés do navio.

— Tu, espera aí — disse ele ao Jeitoso. E logo para ela:
— Vem comigo.

Mas as pernas de Tenar não tinham forças para a sustentar. Tombou, desamparada, no convés do navio de Havnor, deixando cair a pesada saca, mas agarrando-se à criança, pedindo:

— Não deixes que ele a leve, ah, não deixes que eles fiquem com ela, outra vez não, outra vez não, outra vez não!

10

O GOLFINHO

Ela não largava a criança, não queria entregar-lhes a criança. Era tudo homens a bordo do navio. Só passado bastante tempo conseguiu começar a entender o que diziam, o que fora feito, o que estava a acontecer. Quando percebeu enfim quem o jovem era, aquele que pensara por um momento ser o filho, foi como se o tivesse compreendido desde início, só que não fora capaz de o pôr em pensamentos. Não fora capaz de pôr coisa alguma em pensamentos.

Ele voltara para bordo vindo das docas e estava agora a falar com um homem de cabelo grisalho, pelo aspecto o mestre do navio, perto da prancha de embarque. Lançou um olhar a Tenar, a quem deixara agachada com Therru num canto do convés, entre a amurada e um grande cabrestante. O cansaço daquele longo dia sobrepusera-se enfim ao medo de Therru que estava agora profundamente adormecida, muito apertada contra Tenar, com a pequena mochila a servir-lhe de almofada e o manto de cobertor.

Tenar ergueu-se lentamente e imediatamente o jovem veio junto dela. Ela endireitou as saias e tentou alisar o cabelo para trás.

— Sou Tenar de Atuan — pronunciou distintamente. Ele permaneceu em silêncio. E ela prosseguiu: — Julgo que sejas o Rei.

Ele era muito jovem, muito mais jovem do que o seu filho, Centelha. Mal teria ainda vinte anos. Mas havia nele uma expressão que nada tinha de jovem, algo nos seus olhos que a fez pensar: «Ele passou pelo fogo.»

— O meu nome é Lebánnen de Enlad, minha Senhora —, respondeu ele. E esteve prestes a curvar-se ou mesmo a ajoelhar perante ela. Mas Tenar tomou-lhe as mãos de modo que ficaram ambos de pé, olhos nos olhos.

— Não perante mim — disse —, nem eu perante ti.

Ele riu, surpreendido, e segurou-lhe nas mãos enquanto a olhava abertamente.

— Como soubeste que te procurava? Vinhas ter comigo quando aquele homem...

— Não, não. Eu vinha a fugir... a fugir dele... de... de malfeitores... Estava a tentar voltar a casa.

— A Atuan?

— Oh, não! À minha quinta. Em Vale-do-Meio. Aqui mesmo, em Gont.

E também ela riu, um riso em que havia lágrimas. As lágrimas podiam agora ser, e seriam, choradas. Soltou as mãos do Rei, para poder enxugar os olhos.

— Onde é que fica, Vale-do-Meio?

— Para sudeste, dando volta à costa, além. O porto é Foz-do-Val.

— Nós levamos-te lá — determinou ele, encantado por lho poder oferecer, por poder fazê-lo.

Tenar sorriu, esfregando os olhos, acenando a sua aceitação.

— Um copo de vinho. Algum alimento, algum repouso — propôs ele — e uma cama para a tua criança.

O mestre do navio, que ouvira discretamente, deu as suas ordens. O marinheiro calvo, que ela recordava como se fosse de há muito tempo atrás, adiantou-se e fez menção de pegar em Therru. Mas Tenar colocou-se entre ele e a criança. Não podia deixar que ele lhe tocasse.

— Eu levo-a — disse, a voz aguda de tensão.

— Mas é que há aí aqueles degraus, m'senhora. Eu faço isso — insistiu o marinheiro. E ela sabia que era por bondade, mas, mesmo assim, não o podia deixar tocar em Therru.

— Deixa que eu a leve — pediu o jovem, o Rei, e com um olhar para ela, a obter permissão, ajoelhou, tomou nos braços a criança adormecida e, cuidadosamente, levou-a até à escotilha da popa e desceu os degraus. Tenar seguiu-o.

Desajeitadamente, ternamente, deitou Therru num beliche de um pequeno camarote. Aconchegou-lhe o manto ao corpo. Tenar deixou que ele o fizesse, sem interferir.

Numa cabina maior, que ia de lado a lado da popa do navio, com uma longa janela aberta sobre a baía iluminada pelo crepúsculo, convidou-a a sentar-se a uma mesa de carvalho. Tirou um tabuleiro das mãos do grumete que o trouxera, deitou vinho em copos largos de um vidro espesso, ofereceu-lhe fruta e bolos.

Ela provou o vinho.

— É muito bom — comentou — mas não é do Ano do Dragão.

Ele olhou para ela com uma surpresa sem disfarce, como qualquer rapaz.

— É de Enlad, não das Andrades — informou ele humildemente.

— É muitíssimo bom — sossegou-o ela, bebendo de novo.

Pegou num bolo. Era um bolo seco, de massa areada, muito suculento e pouco doce. As uvas verdes e cor de âmbar eram doces e ácidas. Os vívidos sabores da comida e do vinho eram como as cordas que prendiam o navio, prendendo-a de novo ao mundo, de novo à sua própria mente.

— Eu estava muito assustada — disse ela como se se desculpasse. — Mas penso que em breve terei recuperado. Ontem... não, hoje... esta manhã... havia uma... uma encantação. — Era-lhe quase impossível pronunciar a palavra, fazia-a gaguejar: — Uma m-m-maldição, lançada sobre mim. Tirou-me a fala. E o entendimento, creio eu. E fugimos disso, mas fugimos direitas ao homem, ao homem que...

E Tenar ergueu desamparadamente o olhar para o jovem que a escutava. E os olhos graves dele deixaram-na dizer o que era necessário que fosse dito.

— Ele foi um dos que deixaram a criança aleijada. Ele e os pais dela. Violaram-na e espancaram-na e queimaram-na. Estas coisas acontecem, meu Senhor. Estas coisas acontecem a crianças. E ele continua a segui-la, a tentar apanhá-la. E eu...

Interrompeu-se e bebeu algum vinho, obrigando-se a sentir-lhe o sabor.

— E foi assim que, ao fugir dele, vim ao teu encontro. Para o abrigo.

Olhou em volta, observando as baixas vigas trabalhadas do camarote, a mesa polida, o tabuleiro de prata, o delgado e calmo rosto do jovem. O seu cabelo era escuro e macio, a pele de um vermelho de bronze claro. Vestia-se bem e com simplicidade, sem qualquer cadeia ou anel ou outra marca exterior de autoridade. Mas, pensou ela, tinha o aspecto que um rei deve ter.

— Foi pena ter deixado ir o homem embora — lamentou ele. — Mas podemos encontrá-lo de novo. Quem foi que te lançou o feitiço?

— Um feiticeiro.

Não ia dizer o nome. Não queria pensar em nada disso. Queria deixar tudo aquilo para trás de si. Nem castigo, nem perseguição. Deixá-los lá com os seus ódios. Era pô-los para trás de si, esquecer.

Lebánnen não instou com ela, limitando-se a perguntar:

— Estarás a salvo desses homens na tua quinta?

— Julgo que sim. Se eu não tivesse estado tão cansada, tão confusa com o... com o... tão confusa na minha cabeça que nem podia pensar, não teria tido medo do Jeitoso. Que podia ele ter feito? Com toda aquela gente em volta, na rua? Não devia ter fugido dele. Mas não conseguia sentir senão o medo dela. É tão pequena. Tudo o que pode fazer é sentir medo dele. Tem de aprender a não o temer. Tenho de lhe ensinar isso...

Estava a devanear. Vinham-lhe ao espírito pensamentos em Karguiano. Teria estado a falar nessa língua? Ele ia pensar que ela era louca, uma velha louca balbuciando palavras sem sentido. Deitou-lhe uma olhadela furtiva. Mas os olhos dele não estavam voltados para ela. Ele fitava a chama da lâmpada de vidro suspensa a pouca altura sobre a mesa, uma chama pequena, parada, clara. O seu rosto era demasiado triste para um rosto de jovem.

— Vieste em busca dele — disse Tenar. — Do Arquimago. Do Gavião.

— Gued — emendou ele, olhando-a com um ligeiro sorriso. — Tu e ele e eu, ostentamos os nossos nomes-verdadeiros.

— Tu e eu, sim. Mas ele, só para ti e para mim.

Ele acenou que sim e ela continuou:

— Ele está em perigo por parte de homens invejosos, homens de má vontade e não tem... não tem defesa agora. Sabias isso?

Não conseguia forçar-se a ser mais directa, mas Lebánnen retorquiu:

— Ele disse-me que o seu poder como mago tinha acabado. Gasto no acto que me salvou e a todos nós. Mas era difícil acreditar. Eu não queria acreditá-lo.

— Nem eu. Mas é assim. E portanto ele... — Uma vez mais hesitou. — Ele quer estar sozinho até que as suas feridas sarem — acabou por dizer, cautelosamente.

E Lebánnen disse:

— Ele e eu estivemos na terra de treva, na terra árida, juntos. Morremos juntos. Juntos atravessámos as montanhas que ali há. É possível regressar através das montanhas. Há um caminho. Ele conhecia-o. Mas o nome das montanhas é Dor. As pedras... As pedras cortam e os cortes demoram a sarar.

Baixou o olhar para as próprias mãos. E ela pensou nas de Gued, esfoladas e feridas. Cerradas sobre os cortes, com força, com muita força.

A sua própria mão cerrou-se sobre a pequena pedra que tinha no bolso, a palavra que apanhara na estrada íngreme.

— Mas porque se esconde ele de mim? — bradou o jovem bem alto, dando vazão à dor. E depois, em tom normal: — Esperava realmente vê-lo. Mas se ele não quer, não se fala mais nisso, é claro.

Tenar reconheceu a cortesia, a delicadeza, a dignidade dos mensageiros de Havnor e apreciou-as, pois lhes conhecia o valor. Mas amou-o pela sua dor.

— Tenho a certeza de que ele virá ter contigo. Mas dá-lhe tempo. Ele ficou tão terrivelmente ferido... tudo lhe foi tirado... Mas quando falou em ti, quando disse o teu nome, ah, então vi-o por um momento como ele era, como voltará a ser. Todo orgulho!

— Orgulho? — repetiu Lebánnen como se surpreendido.

— Sim, claro, orgulho. Pois quem poderia ter orgulho senão ele?

— É que sempre pensei nele como... Era tão paciente — contrapôs Lebánnen e depois riu-se perante o inadequado da sua descrição.

— Mas agora não há nele paciência e é duro para consigo para além de tudo o que é razoável. Nada há que possamos fazer por ele, penso eu, a não ser deixá-lo seguir o seu caminho e encontrar-se a si próprio quando chegar ao fim da sua trela, como se costuma dizer em Gont... — E de repente era ela quem tinha chegado ao fim da sua própria trela, tão cansada que se sentiu doente. — Agora, acho que tenho de ir descansar — confessou.

Ele levantou-se de imediato.

— Senhora Tenar, disseste que tinhas fugido de um inimigo e encontrado outro, mas eu vim em busca de um amigo e encontrei outro.

E ela sorriu perante o cumprimento e a bondade dele. Que belo rapaz que ele é, pensou.

Quando acordou, ia grande azáfama por todo o navio, com o estalar e ranger das madeiras, o ruído surdo de pés correndo no tombadilho, o seco crepitar das velas, os brados dos marinheiros. Therru acordou com dificuldade e estava mortiça, talvez com febre, embora ela estivesse sempre tão quente que Tenar tinha dificuldade em lhe avaliar as febres. Contrita por ter arrastado a frágil criança ao longo de quinze milhas, a pé, e por tudo o que acontecera na véspera, Tenar tentou animá-la dizendo-lhe que estavam num navio, e que nele havia um rei de verdade, e que a pequena sala onde estavam era do próprio rei. E ainda que o navio as ia levar para casa, para a quinta, e a Tia Cotovia ia lá estar à espera delas e talvez o Gavião lá estivesse também. Mas nem isso despertou o interesse de Therru. Estava átona, inerte, muda.

No seu pequeno e magro braço, Tenar viu uma marca — de quatro dedos, vermelha, qual marca de gado, a fogo, ou como um apertão que deixasse a pele ferida. Mas o Jeitoso não a apertara, limitara-se a tocar-lhe. Tenar dissera-lhe, prometera-lhe que ele não a voltaria a tocar. A promessa fora quebrada. A sua palavra não significava nada. E que palavra poderia ter qualquer significado contra a surda violência?

Inclinou-se e beijou as marcas no braço de Therru.

— Quem me dera ter tido tempo para acabar o teu vestido vermelho — lamentou. — Se calhar o Rei ia gostar de o ver. Mas talvez as pessoas não usem as suas roupas melhores a bordo de um navio, nem mesmo os reis.

Sentada no beliche, de cabeça baixa, Therru não deu resposta. Tenar escovou-lhe o cabelo. Começava finalmente a crescer com força, uma sedosa cortina preta a cobrir as partes queimadas do couro cabeludo.

— Tens fome, meu pardalinho? Ontem à noite não ceaste, não comeste nada. Talvez o Rei nos dê um pequeno-almoço. A noite passada ofereceu-me bolos e uvas.

Não houve resposta.

Quando Tenar disse que já era altura de saírem do camarote, Therru obedeceu. No convés, deixou-se estar de pé com a cabeça inclinada para o ombro. Não ergueu os olhos para ver as velas brancas enfunadas pelo vento matinal, nem para a água coalhada de brilhos, nem para a Montanha de Gont alteando o seu vulto volumoso e a majestade das suas florestas, escarpas e píncaros contra o céu. E também os não ergueu quando Lebánnen lhe falou.

— Therru — disse Tenar suavemente, ajoelhando ao lado dela —, quando um rei nos fala, temos de responder.

Ela manteve o silêncio.

A expressão do rosto de Lebánnen, ao olhar para o da criança, era imperscrutável. Uma máscara, talvez, a máscara da cortesia ocultando a reacção de desagrado, o choque. Mas os seus olhos escuros eram firmes. Tocou-lhe muito ao de leve no braço, dizendo:

— Deve ser uma coisa muito estranha para ti acordares no meio do mar.

A criança não quis comer mais que um pouco de fruta. E quando Tenar lhe perguntou se queria voltar para o camarote, acenou que sim. Embora com relutância, Tenar deixou-a enroscada no beliche e voltou para o convés.

O navio ia a passar entre os Braços da Falésia, altas e severas muralhas que pareciam inclinar-se sobre as velas. Archeiros, de guarda em pequenos fortes semelhantes a ninhos de andorinhas lá no alto das falésias, olharam para eles no convés e os marinheiros gritaram alegremente para cima, bradando «Caminho para o Rei!» e a réplica veio, não muito mais forte que gritos de andorinha, das alturas: «O Rei!»

Lebánnen encontrava-se na proa com o mestre do navio e um homem de idade, esguio, de olhos muito juntos, que envergava o manto cinzento dos magos da Ilha de Roke. Também Gued usara um manto assim, limpo e elegante, no dia em que ambos tinham levado o Anel de Erreth-Akbe até à Torre da Espada. Um outro, velho e manchado, sujo e gasto das viagens, fora tudo o que lhe servira de coberta na pedra gelada dos Túmulos de Atuan e no pó das montanhas do deserto, quando juntos as tinham atravessado. Tenar estava a pensar nisso, enquanto a espuma voava junto aos flancos do navio e as altas falésias iam ficando para trás.

Quando o navio passara já os últimos recifes e começara a rondar para leste, os três homens aproximaram-se dela e Lebánnen apresentou:

— Minha Senhora, este é o Mestre Chave-do-Vento da Ilha de Roke.

O mago fez uma vénia, olhando-a com aprovação nos seus olhos vivos, e também com curiosidade. Um homem que gostava de saber de que lado soprava o vento, pensou Tenar.

— Agora já não preciso de ter esperança em que o bom tempo continue, porque posso contar com isso — cumprimentou ela.

— Ah, num dia como este, não passo de carga a bordo de um navio — respondeu ele. — Além disso, com um marinheiro como Mestre Serrathen a tomar conta do leme, quem precisará de um fazedor de tempo?

Que delicados somos, pensou Tenar, todos Senhoras e Senhores e Mestres, tudo vénias e cumprimentos. Lançou um olhar ao jovem Rei. Ele olhava-a também, sorrindo mas reservadamente.

Sentia-se como se sentira em Havnor, quando era ainda uma rapariga. Uma bárbara, rústica no meio da afabilidade deles. Mas, porque já não era uma rapariga, não sentia qualquer temor ou respeito, limitando-se a admirar-se do modo como os homens organizavam o seu mundo segundo aquela dança de máscaras, e quão facilmente uma mulher poderia aprender a dançá-la.

Levar-lhes-ia apenas um dia, disseram-lhe, a chegar a Foz-do--Val. Com aquele vento de feição nas velas, aportariam ali pelo fim da tarde.

Ainda muito fatigada da longa aflição e esgotamento do dia anterior, agradou-lhe ocupar o assento que o marinheiro calvo lhe preparou com um colchão de palha e um pedaço de pano de vela, a olhar as ondas e as gaivotas, e vendo a silhueta da Montanha de Gont, azul e irreal sob a luz do meio-dia, alterando a sua forma à medida que lhe costeavam o litoral alcantilado, apenas a uma ou duas milhas de terra. Trouxe Therru para cima, para que apanhasse algum sol, e a criança deixou-se ficar ao lado dela, olhando em volta e dormitando por vezes.

Um marinheiro, um homem de pele muito escura, sem dentes, aproximou-se descalço, com umas solas dos pés que mais pareciam cascos e dedos horrorosamente deformados, e colocou qualquer coisa no pano de vela junto de Therru. «Para a pequenina», disse ele roucamente, e logo se afastou, mas não para muito longe. De vez em quando, erguia os olhos do seu trabalho, esperançadamente, para ver se ela tinha gostado do seu presente e depois fingia que não tinha olhado. Therru não parecia disposta a tocar no pacotinho, embrulhado em pano. Tenar teve de o abrir ela. Era a delicada escultura de um golfinho, em osso ou marfim, não maior que o seu polegar.

— Vai poder viver no teu saco de erva — alvitrou Tenar — com os outros, a gente de osso.

Perante isto, Therru animou-se o suficiente para pegar no saco de erva e lá meter o golfinho. Mas foi Tenar quem teve de ir agradecer ao humilde dador. Therru não o quis ver nem falar com ele. Daí a pouco, pediu para voltar ao camarote e Tenar ali a deixou com a pessoa de osso, o animal de osso e o golfinho por companhia.

«É tão fácil», pensou com raiva, «é tão fácil para o Jeitoso roubar-lhe a luz do sol, privá-la do navio e do Rei e da infância. E é tão difícil restituir-lhe tudo isso! Um ano passei eu a tentar dar-lhe tudo de volta e, com um único toque, ele pega em tudo isso e deita-o fora. E, para ele, de que lhe serve? Qual é o seu prémio, o seu poder? Será isso o poder, um vazio?»

Foi reunir-se ao Rei e ao Mago junto à amurada do navio. O Sol já estava agora bem para oeste e o navio navegava através de uma luz gloriosa que a fez pensar no seu sonho em que voava com os dragões.

— Senhora Tenar — disse-lhe o Rei —, não te dou qualquer mensagem para o nosso amigo. Afigura-se-me que fazê-lo seria impor-te um pesado encargo e também cercear a liberdade dele. E eu não quero fazer nem uma nem outra coisa. Vou ser coroado dentro de um mês. Se fosse ele a segurar a coroa, o meu reinado começaria segundo os desejos do meu coração. Mas quer esteja presente ou não, foi ele quem me conduziu ao meu reino. Foi ele quem me fez rei. Nunca o esquecerei.

— Eu sei que não esquecerás — asseverou ela, docemente.

Havia nele tanta intensidade, era tão grave, defendido pelo formalismo da sua posição e mesmo assim vulnerável ainda na sua honestidade, na pureza da sua vontade. O seu coração ia todo para ele. Sabia que ele aprendera o que era dor, mas voltaria a aprendê-lo uma e outra vez, toda a sua vida, sem nunca esquecer nada.

E, por conseguinte, não iria, como o Jeitoso, fazer o que era fácil.

— De boa vontade levarei uma mensagem — ofereceu ela.
— Não é peso nenhum. Quanto a ouvi-la, isso é com ele.

O Mestre Chave-do-Vento arreganhou os dentes num sorriso e apoiou:

— Como sempre foi. Fizesse ele o que fizesse, era sempre com ele.

— Conhece-lo de há muito?

— Há mais tempo mesmo que tu, Senhora. Ensinei-o — respondeu o Mago. — Ensinei-lhe o que pude... Sabes que ele veio para a Escola em Roke, ainda rapaz, com uma carta de Óguion a dizer-nos que tinha grande poder. Mas a primeira vez que o levei comigo num barco, para o ensinar a falar ao vento, ele levantou uma tromba de água. Fiquei então a saber onde é que estávamos metidos. E pensei, «Ou se afoga antes de chegar aos dezasseis anos ou é arquimago antes dos quarenta»... Ou, pelo menos, gosto de pensar que o pensei.

— Ele ainda é arquimago? — perguntou Tenar. A pergunta parecia de uma ignorância crassa e, quando foi acolhida por um silêncio, temeu que tivesse sido pior que ignorância. Mas, por fim, o Mago disse:

— Não há agora Arquimago de Roke.

O tom em que falara era extremamente cauteloso e preciso. Ela não se atreveu a perguntar o que ele queria dizer.

— Penso — adiantou o Rei — que aquele que sanou a Runa da Paz pode fazer parte de qualquer concílio neste reino. Não estarás de acordo, senhor?

Após outra pausa e, evidentemente, com algum esforço, o Mago respondeu:

— Certamente.

O Rei esperou, mas ele nada mais disse.

Lebánnen olhou para a água brilhante sob o sol e falou como quem começa uma narrativa:

— Quando ele e eu chegámos a Roke, vindos do mais longe a oeste, trazidos pelo dragão... — Fez uma pausa e o nome do dragão formou-se sozinho na mente de Tenar, *Keilessine*, como o percutir de um gongo. — O dragão deixou-me ali, mas a ele levou-o consigo. O guardião da porta da Casa de Roke disse então: «Está feito o que tinha de fazer. Agora vai voltar a casa.» E antes disso — na praia de Selidor — ele disse-me que deixasse o seu bordão, afirmando que já não era mago. E foi assim que os Mestres de Roke se reuniram em conselho para escolher novo arquimago. Acolheram-me entre eles para que eu aprendesse o que pudesse ser bom que um rei soubesse acerca do Concílio dos Sages. E além disso eu estava ali para substituir um do seu número, Thórione, o Invocador, cuja arte se voltara contra ele em virtude desse grande mal que o meu Senhor, Gavião, descobriu e a que pôs fim. Quando ali estivéramos, na terra árida, entre o muro e as montanhas, eu vi Thórione. O meu Senhor falou com ele, ensinando-lhe o caminho de regresso à vida, passando pelo muro. Mas ele não o seguiu. Não regressou.

As mãos enérgicas e elegantes do jovem agarravam com força o rebordo da amurada. Enquanto falava, continuava de olhos fitos no mar. Manteve-se em silêncio durante talvez um minuto e depois retomou a sua história.

— Assim, fui eu que perfiz o número de nove que se reúne para escolher o novo arquimago. Eles são... são homens sábios — sublinhou, com um olhar para Tenar. — Não apenas instruídos na sua arte, mas homens de saber. Utilizam as divergências entre eles, como já os vira fazer, para dar força à decisão final. Porém, desta vez...

— O facto é — apoiou o Mestre Chave-do-Vento, ao ver que Lebánnen hesitava em parecer criticar os Mestres de Roke — que éramos todos divergência e nenhuma decisão. Não conseguíamos chegar a um entendimento. Porque o Arquimago não tinha morrido... estava vivo, vês tu, e no entanto não era um mago... porém, era ainda um senhor de dragões, ao que parecia... E porque o nosso Mestre da Mudança estava ainda abalado por a sua arte se ter voltado contra ele, e acreditava que o Mestre da Invocação havia de voltar da morte, pedindo-nos que esperássemos por ele... E também porque o Mestre das Configurações não dizia uma palavra que fosse. Ele é karguiano, minha Senhora, como tu. Sabias disso? Veio até nós de Karego-At. — Os seus olhos argutos observavam-na, perguntando sempre de que lado sopraria o vento. — E assim, por causa de tudo isto, vimo-nos numa atrapalhação. Quando o Mestre-Porteiro pediu os nomes daqueles entre os quais deveríamos escolher, nem um nome foi proposto. Ficámos todos a olhar uns para os outros...

— Eu olhei para o chão — emendou Lebánnen.

— Assim, por fim, olhámos para aquele que conhece todos os nomes, o Mestre dos Nomes. E ele estava de olhos fitos no

Configurador que não dissera uma palavra, sentado entre as suas árvores como um cepo. É no Bosque Imanente que nos reunimos, como deves saber, entre essas árvores cujas raízes são mais profundas que as ilhas. Nessa altura já a tarde se fora. Por vezes há uma luz entre essas árvores, mas nessa noite não. Estava escuro, não se via uma estrela, o céu acima da folhagem estava nublado. E então o Configurador levantou-se e falou, mas na sua própria língua, não na Antiga Fala, nem em Hardic. Em Karguiano. Poucos de nós a conhecíamos ou sabíamos sequer de que língua se tratava, e não sabíamos o que pensar. Mas o Nomeador explicou-nos o que o Configurador dissera. E fora: *Uma mulher em Gont.*

Interrompeu-se. Deixara de olhar para ela. E passado algum tempo, Tenar perguntou:

— Mais nada?

— Não. Nem mais uma palavra. Quando insistimos com ele, olhou para nós e não conseguia responder. Porque, vês tu, ele estivera na visão — tinha visto a forma das coisas, a configuração, e disso pouco pode alguma vez ser posto em palavras, e ainda menos em ideias. Sabia tanto o que pensar do que dissera como o resto de nós. Mas era tudo o que tínhamos.

Os Mestres de Roke, ao fim e ao cabo, eram professores e o Mestre Chave-do-Vento era um óptimo professor, pelo que não podia senão tornar a sua narrativa clara. Mais clara talvez do que pretendera. Deitou uma olhadela a Tenar e desviou os olhos, continuando:

— Portanto, como vês, dir-se-ia que devíamos vir a Gont. Mas para quê? Procurando quem? «Uma mulher». Não se pode dizer que seja uma pista fácil! É evidente que essa mulher deverá guiar-nos, mostrar-nos o caminho, de algum modo, para o nosso arquimago. E de imediato como podes calcular, minha Senhora, se falou de ti — pois de que outra mulher em Gont já tínhamos nós ouvido falar? Não será uma ilha grande, mas grande por certo é a tua fama. Depois um de nós disse: «Ela levar-nos-ia a Óguion.» Mas todos nós sabíamos que Óguion há muito recusara ser arquimago e não seria com certeza agora, já velho e doente, que iria aceitar. E a verdade é que, enquanto falávamos, Óguion se aproximava da morte, creio. Depois outro disse: «Mas também podia levar-nos ao Gavião!» E aí é que ficámos realmente às escuras.

— Verdadeiramente! — confirmou Lebánnen. — Porque começou a chover, ali no meio das árvores. — Fez um sorriso.

— Eu pensara que nunca voltaria a ouvir o som da chuva a cair. Para mim, foi uma grande alegria.

— Pois. Os nove de nós molhados — comentou Chave-do--Vento — mas um de nós feliz.

Tenar riu-se. Não podia impedir-se de gostar do homem. Se ele era tão circunspecto para com ela, só lhe convinha pagar--lhe na mesma moeda. Mas para com Lebánnen, e na presença de Lebánnen, só se podia usar de candura.

— Então a vossa «mulher em Gont» não posso ser eu, dado que não vos conduzirei ao Gavião.

— Sempre fui de opinião — declarou o Mago com aparente, talvez real, candura da sua parte — que não podias ser tu, Senhora. Por um lado, ele teria certamente dito o teu nome, na visão. Muito poucos são os que ostentam abertamente o seu nome-verdadeiro! Mas fui encarregado pelo Concílio de Roke de te perguntar se sabes de alguma mulher nesta ilha que pudesse ser aquela que buscamos — irmã ou mãe de um homem de poder, ou mesmo sua mestra, porque há bruxas muito sábias à sua maneira. Talvez Óguion conhecesse uma mulher assim. Dizia-se que não havia vivalma nesta ilha que ele não conhecesse, por muito que vivesse sozinho e vagueasse pelos lugares bravios. Quem dera que estivesse ainda vivo para nos ajudar!

Tenar pensara já na pescadora da história de Óguion. Mas essa mulher era velha quando o Mago a conhecera, muitos anos antes, e agora já devia ter morrido. Se bem que os dragões, pensou, vivessem vidas muito longas, segundo se dizia.

Por instantes não falou e depois apenas disse:

— Não conheço ninguém assim.

Conseguia sentir a impaciência controlada do Mago para com ela. Que estará a esconder? O que poderá ela querer?, estava ele sem dúvida a pensar. E tentou perceber qual o motivo por que não conseguia dizer-lhe. Era a surdez dele que a silenciava. Não podia sequer dizer-lhe que ele estava surdo.

— Portanto — retomou ela finalmente —, não há arquimago em Terramar. Mas há um Rei.

— No qual bem se fundam a nossa esperança e a nossa confiança — adiantou o Mago com um calor que parecia bem nele. Lebánnen, observando e escutando, sorriu.

— Nestes últimos anos — disse Tenar, hesitante —, têm sido muitas as preocupações, muitas as desgraças. A minha... a pequenina... Coisas assim têm-se tornado demasiado comuns. E tenho ouvido homens e mulheres de poder falarem da diminuição, ou da mudança, do seu poder.

— Aquele que o meu Arquimago e Senhor derrotou na terra árida, esse Cob, causou incalculável dano e ruína. Teremos de reparar a nossa arte, de sanar os nossos feiticeiros e a nossa feitiçaria durante muito tempo ainda — atalhou o Mago em tom decisivo.

— Pergunto-me se não haverá algo mais a fazer além de reparar e sanar — contrapôs ela — embora isso também, claro... Mas pergunto-me ainda, poderá dar-se que... que alguém como esse Cob só pudesse ter um tal poder porque as coisas se estivessem já a alterar e... e que uma grande mudança se tenha estado a dar, se tenha dado? E que é por virtude dessa mudança que temos de novo um rei em Terramar? E talvez um Rei em vez de um Arquimago?

Chave-do-Vento olhou para ela como se estivesse a ver uma nuvem de tempestade muito distante, no mais longínquo horizonte. Chegou mesmo a erguer a mão direita numa sugestão, um esboço inicial, de uma encantação de prender o vento, mas de imediato a baixou. Sorriu.

— Não temas, minha Senhora — falou ele tranquilizadoramente. — Roke e a Arte da Magia perdurarão. O nosso tesouro está bem guardado!

— Diz isso a Keilessine — lançou ela, subitamente incapaz de suportar por mais tempo a extrema inconsciência do seu desrespeito. Isso obrigou-o a fixar os olhos nela. Ouvira o nome do dragão. Mas isso não o fizera ouvi-la a ela. E como poderia ele, que nunca escutara uma mulher desde que a mãe lhe cantara a sua última canção de embalar, ouvi-la?

— Na verdade — lembrou Lebánnen —, Keilessine foi até Roke que se diz estar absolutamente defendido de dragões. E não foi por qualquer encantação do meu Senhor, pois já então não havia magia nele... Mas eu não creio, Mestre Chave-do--Vento, que a Senhora Tenar temesse por si própria.

O Mago fez um esforço sincero para se penitenciar pela sua ofensa, dizendo:

— Perdoa-me, Senhora. Falei contigo como com uma mulher comum.

Tenar quase soltou uma risada. Estava capaz de o abanar. Mas limitou-se a retorquir, em tom indiferente:

— Os meus temores são temores comuns.

Mas era inútil. Ele não conseguia ouvi-la.

Porém o jovem Rei permanecia silencioso, escutando.

Um grumete, lá em cima no mundo balouçante e entontecedor de mastros e velas e cordame, bradou em voz clara e melodiosa:

— Cidade em frente, ao virar da ponta!

E, passado um minuto, também os que estavam no convés puderam ver o pequeno amontoado de telhados de ardósia, as espirais de fumo azulado, os vidros de algumas janelas reflectindo o Sol que declinava a oeste e os molhes de Foz-do-Val na sua baía de uma água azul-acetinada.

— Levo-o eu para o porto, meu Senhor, ou desejas tu fazê-lo? — inquiriu o calmo mestre do navio, ao que Chave-do-Vento replicou:

— Governa-o tu, mestre. Não estou nada interessado em ter de me haver com semelhante aglomerado de destroços!

E acenou com a mão para o lado das dezenas de barcos de pesca que atafulhavam a baía. E assim o navio do Rei, qual um cisne entre patinhos, foi velejando em ziguezague, saudado por cada barco por que passavam.

Tenar olhou ao longo das docas, mas não avistou qualquer outro navio de mar alto.

— Tenho um filho que é marinheiro — confidenciou a Lebánnen. — Pensei que o navio dele pudesse ter voltado.

— Qual é o navio?

— Ele era terceiro imediato a bordo do *Gaivota de Eskel*, mas isso já foi há mais de dois anos. Pode ter mudado de navio. É um homem irrequieto. — Tenar sorriu. — A primeira vez que te vi, pensei que fosses o meu filho. Não são nada parecidos a não ser por serem altos, magros e jovens. Mas eu estava confusa, assustada... Temores comuns.

O Mago fora para o posto do mestre, à proa, de modo que ela e Lebánnen estavam sozinhos.

— Há demasiado temor comum — comentou ele.

Era a única oportunidade que ia ter de falar com ele a sós, e as palavras saíram-lhe apressadas e inseguras.

— Eu queria dizer — só que não valia a pena — mas não poderá ser que haja uma mulher em Gont, não sei quem, não faço ideia, mas pode ser que haja, ou venha a haver, talvez, uma mulher e que eles procuram — que precisem — dela. Será impossível?

Ele escutava. Ele não era surdo. Mas enrugou a testa, concentrado, como se tentasse entender uma língua desconhecida. E disse apenas, quase inaudivelmente:

— É possível.

Uma pescadora no seu frágil barquito bradou cá para cima: «De onde?» e o rapaz no cordame gritou em resposta, como um galo a cantar: «Da Cidade do Rei!»

— Qual é o nome deste navio? — quis saber Tenar. — O meu filho vai com certeza perguntar-me em que navio viajei.

— *Golfinho* — respondeu Lebánnen, sorrindo-lhe.

Meu filho, meu rei, meu querido rapaz, pensou ela. Como eu gostava de ficar contigo ao pé de mim!

— Tenho de ir buscar a minha pequenina — disse em voz alta.

— E como é que vais para casa?

— A pé. São só poucas milhas, subindo o vale.

Apontou para lá da cidade, para o interior, onde se alargava Vale-do-Meio, iluminado pelo sol, entre os dois braços da montanha, como num regaço.

— A aldeia fica junto ao rio e a minha quinta a meia milha da aldeia. É um belo recanto do teu reino.

— Mas ficarás segura?

— Sim, sim. Vou passar a noite com a minha filha aqui, em Foz-do-Val. E na aldeia é tudo gente em quem se pode confiar. Não estarei sozinha.

Os olhares de ambos cruzaram-se por um momento, mas nenhum deles pronunciou o nome em que estavam a pensar.

— Será que voltarão aqui, de Roke? — perguntou ela. — Em busca da «mulher em Gont»... ou dele?

— Dele, não. Isso, se o voltarem a propor, proibi-lo-ei — disse Lebánnen, sem se dar conta de quanto lhe dissera com aquela única última palavra. — Mas quanto à sua busca de um novo arquimago, ou da mulher na visão do Mestre das Configurações, isso pode trazê-los até aqui. E talvez até junto de ti.

— Serão bem-vindos na Quinta-do-Carvalho — afirmou Tenar. — Embora não tanto como o serias tu.

— Virei quando puder — prometeu ele, um pouco solenemente. E logo, um pouco melancolicamente, acrescentou: — Se puder!

11

EM CASA

A maior parte dos habitantes de Foz-do-Val veio às docas ver o navio vindo de Havnor, ao saberem que o Rei estava a bordo, o novo Rei, o jovem Rei de que falavam as novas canções. É certo que ainda não conheciam as novas canções, mas sabiam as antigas, e o velho Relli trouxe a sua harpa e cantou um trecho do *Feito de Morred*, dado que um Rei de Terramar teria certamente de ser herdeiro de Morred. Daí a pouco o próprio Rei surgiu no convés, tão jovem e alto e belo quanto se podia desejar, e com ele um mago de Roke, e uma mulher e uma criança pequena vestindo velhos mantos e com um aspecto pouco melhor que o de mendigas, mas ele tratou-as como se fossem uma rainha e uma princesa, de modo que se calhar era isso mesmo que elas eram.

— Talvez seja a mãe dele — alvitrou Péla, tentando olhar por cima das cabeças dos homens à sua frente.

Mas então a sua amiga Maçã agarrou-lhe no braço e disse numa espécie de guincho segredado:

— É... é a mãe!

— A mãe de quem? — perguntou Péla.

E Maçã respondeu:

— A minha. E aquela é a Therru.

Mas não tentou passar pelo meio da multidão, nem mesmo quando um dos oficiais do navio veio a terra convidar o velho Relli a ir a bordo tocar para o Rei. Esperou com os outros. Viu o Rei receber os notáveis de Foz-do-Val e ouviu Relli cantar para ele. Observou-o enquanto se despedia dos seus convidados, pois o navio ia fazer-se de novo ao largo, diziam as pessoas, antes de cair a noite, e retomar o seu rumo para casa, para Havnor. As últimas pessoas a atravessar a prancha foram Therru e Tenar. O Rei deu a cada uma o abraço formal, face com face, ajoelhando para abraçar Therru. E «Ah!» fez a multidão apinhada na doca.

O Sol estava a pôr-se numa névoa de ouro, lançando um grande rasto dourado através da baía, quando as duas vieram para terra, descendo a prancha com o seu corrimão. Tenar carregava um pesado embrulho e uma mochila. O rosto de Therru estava inclinado e oculto pelo seu cabelo. A prancha foi recolhida, os marinheiros saltaram para o cordame, os oficiais gritaram ordens e o navio chamado *Golfinho* tomou o seu rumo. Foi então que, finalmente, Maçã abriu caminho entre a multidão.

— Olá, mãe! — disse ela.

E Tenar respondeu:

— Olá, filha.

Beijaram-se, Maçã pegou em Therru ao colo e comentou:

— Como tu cresceste! Estás com o dobro do tamanho. Anda, vem para casa comigo.

Mas, nessa noite, Maçã mostrou-se um pouco tímida com a mãe, na agradável casa do jovem mercador seu marido. Mirou-a por várias vezes, com uma expressão pensativa, quase desconfiada.

— Sabes, mãe. Nunca significou grande coisa para mim — disse ela à porta do quarto de Tenar — tudo isso... a Runa da Paz... e tu teres trazido o Anel para Havnor. Era exactamente como uma das canções. Há mil anos atrás! Mas foste mesmo tu, não foste?

— Foi uma rapariga de Atuan, há mil anos atrás. E agora dá-me a impressão de que era capaz de dormir outros mil.

— Então, vai. Vai para a cama

E Maçã voltou-se para sair. Mas ainda se virou para trás, de lâmpada na mão, e disse:

— Minha beija-reis.

— Ora vai-te lá daqui — riu-se Tenar.

Maçã e o marido conseguiram convencer Tenar a ficar durante uns dois dias mas, passados estes, ela determinou que ia para a quinta sem mais demoras, de modo que Maçã foi com ela e Therru ao longo da margem do plácido e prateado Kaheda. O Verão ia dando lugar ao Outono. O sol estava ainda quente, mas o vento era fresco. A folhagem das árvores tinha um aspecto cansado e poeirento. Os campos estavam ceifados ou a ceifar.

Maçã comentou o facto de Therru estar muito mais forte e caminhar agora com passos tão firmes.

— Só queria que a tivesses visto em Re Albi — disse Tenar — antes...

E interrompeu-se. Tinha decidido não afligir a filha com tudo aquilo.

— O que foi que aconteceu? — perguntou Maçã, tão evidentemente decidida a saber que Tenar cedeu e, em voz baixa, respondeu:

— Foi um *deles*.

Therru ia alguns metros à frente delas, as pernas compridas a surgirem sob o vestido que lhe estava já curto, apanhando amoras nas sebes por onde iam passando.

— O pai? — perguntou Maçã, enojada só de o pensar.

— A Cotovia disse-me que aquele que parece ser o pai diz chamar-se Merlúcio. Este é mais novo. Chama-se Jeitoso. Ele andava... andava lá por Re Albi. E depois, por pouca sorte, ainda fomos topar com ele em Porto de Gont. Mas o Rei mandou-o embora. E agora eu estou aqui e ele ficou lá, e acabou-se.

— Mas a Therru ainda vinha assustada — contrapôs Maçã, com alguma severidade.

Tenar acenou que sim.

— E por que é que foste para Porto de Gont?

— Oh, bem, esse tal Jeitoso estava a trabalhar para um homem... um feiticeiro da mansão do Senhor de Re Albi, que deu para não gostar de mim...

Tentou lembrar-se do nome de usar do feiticeiro mas não conseguiu. Só conseguia pensar em *Tuaho*, uma palavra karguiana que designava uma árvore qualquer, mas era incapaz de se lembrar de que árvore fosse.

— E então?

— Bem, então, pareceu-me que o melhor era voltar para casa.

— Mas por que é que esse feiticeiro não gostava de ti?

— Principalmente, por eu ser mulher.

— Ora! — exclamou Maçã. — Um bode velho.

— Neste caso, era mais era um bode novo.

— Pior ainda. Bem, que eu saiba, ninguém daqui tem visto os pais, se é isso que eles são. Mas se ainda estiverem por aí, não me agrada nada que fiques sozinha na casa da quinta.

É muito agradável ter uma filha a fazer de mãe e comportar-se a mãe como se fosse a filha. Impacientemente, Tenar respondeu:
— Vou ficar perfeitamente bem!
— Ao menos podias arranjar um cão.
— Já pensei nisso. Talvez alguém na aldeia tenha um cachorro. Perguntamos à Cotovia quando lá pararmos.
— Não é um cachorrinho, mãe. Um cão!
— Mas tem de ser novo. Um com que a Therru possa brincar — rogou ela.
— Ah, pois! Um cãozinho bem simpático que venha lamber a cara aos ladrões — ironizou Maçã, dando largas passadas, roliça e de olhos cinzentos, rindo-se da mãe.

Chegaram à aldeia por volta do meio-dia. Cotovia acolheu Tenar e Therru com uma festa de abraços e beijos, um não mais acabar de perguntas e muitas coisas para comer. O calmo marido de Cotovia e vários outros aldeãos passaram por ali a cumprimentar Tenar. E ela sentiu a felicidade do regresso ao lar.

Cotovia e os dois mais novos dos seus sete filhos, um rapaz e uma rapariga, acompanharam-nas até à quinta. Claro que as crianças já conheciam Therru desde que Cotovia a tinha trazido para casa e estavam habituadas a ela, se bem que dois meses de separação as tenham posto tímidas a princípio. Com elas, mesmo com Cotovia, a criança permaneceu retraída, passiva, como nos maus dias do passado.

— Está esgotada, confusa com tanta viagem. Isto passa-lhe. Tem estado a desenvolver-se tão bem — comentou Tenar para Cotovia.

Mas Maçã não deixou que as coisas ficassem por ali com tanta facilidade.

— Foi um *deles*, dos tais, que apareceu e a aterrorizou e à mãe também — revelou Maçã.

E pouco a pouco, entre elas, a filha e a amiga arrancaram toda a história a Tenar nessa tarde, enquanto iam abrindo a casa, fria, abafadiça e cheia de pó, limpando tudo, arejando as roupas de cama, abanando as cabeças perante cebolas grelladas, arranjando qualquer coisa de comer na despensa e preparando uma boa panela de sopa para a ceia. O que conseguiram tirar dela veio a uma palavra de cada vez. Tenar parecia não ser capaz de contar o que o feiticeiro tinha feito. Um feitiço, dizia ela vagamente, ou então que havia mandado o Jeitoso atrás delas. Mas quando chegou à altura de falar do Rei, as palavras saíram em catadupa.

— E então ali estava ele — o Rei! — como a lâmina de uma espada... E o Jeitoso a agachar-se e a encolher-se em frente dele... E eu pensei que ele era o Centelha! Pensei, pensei mesmo, por um instante, porque estava tão... tão fora de mim...

— Ora bem — comentou Maçã. — Assim está tudo certo porque a Péla julgou que eras a mãe dele. Quando estávamos nas docas a ver-te chegar pela baía dentro em toda a tua glória. Ela beijou-o, não queres tu ver, Tia Cotovia. Beijou o Rei, sem mais aquelas. Até julguei que a seguir ia beijar também aquele Mago. Mas não beijou.

— Era o que mais faltava, olha que ideia. Qual Mago? — quis saber Cotovia, com a cabeça metida num guarda-louça. — Onde é que está a caixa da farinha, Goha?

— Tens a mão em cima dela. Era um mago de Roke, vinha à procura de um novo arquimago.

— Aqui?

— E porque não? — contrariou Maçã. — O último que houve era de Gont, pois não era? Mas não perderam muito tempo à procura. Voltaram logo direitos a Havnor, assim que se viram livres da mãe.

— Que maneiras de falar...

— Vinha à procura de uma mulher, disse ele — contou-lhes Tenar. — «Uma mulher em Gont.» Mas não parecia lá muito contente com isso.

— Um feiticeiro à procura de uma mulher? Ora aí está uma novidade — comentou Cotovia. — Julguei que isto era capaz de já estar com gorgulho, mas afinal não. Vou cozer um pão ou dois, que acham? Onde está o azeite?

— Tenho de ir buscar algum ao panelo, no quarto frio. Ah, olá, Gengibre! Cá estás tu! Como é que vais? E como está o Arroio-claro? Como é que têm andado as coisas? Conseguiste vender os cordeiros?

Foram nove à mesa para a ceia. Na suave luz amarelada do entardecer, na cozinha de chão de pedra, sentados à mesa comprida, Therru começou a levantar um pouco a cabeça e falou algumas vezes com as outras crianças. Mas ainda se retraía um pouco e, quando escureceu lá fora, sentou-se de maneira a poder vigiar a janela com o olho são.

Foi só depois de Cotovia ter voltado para casa ao crepúsculo, de Maçã estar a cantar para adormecer Therru e de ela própria estar a lavar a louça com Gengibre, que Tenar perguntou por Gued. Sem saber bem porquê, não quisera fazê-lo enquanto Cotovia e Maçã a podiam ouvir. Talvez porque, assim, não teria de dar tantas explicações. Esquecera-se de todo de mencionar que ele estivera em Re Albi. E não queria falar mais em Re Albi. O seu espírito parecia escurecer quando tentava pensar nisso.

— Apareceu por aqui um homem no mês passado, mandado por mim? Para dar uma ajuda no trabalho?

— Oh, tinha-me esquecido de todo! — exclamou Gengibre. — O Falcão, queres tu dizer? Aquele que tem as cicatrizes na cara?

— Sim, esse — confirmou Tenar. — O Falcão.

— Ah, pois, bom, deve estar lá para a Montanha das Nascentes Quentes, acima de Lissu, lá no alto com as ovelhas, as do Serrilha, acho eu. Ele chega aqui e conta como tu o mandaste, e não havia aqui nem pinga de trabalho para ele fazer, estás a ver, comigo e com o Arroio-claro a tomarmos conta dos animais e eu a ocupar-me da queijaria, mais o Arrufo e a Verdizel a ajudar quando a gente precisava, ainda me fartei de puxar pela cabeça a ver se lhe arranjava alguma coisa, mas então o Arroio-claro disse: «Vai perguntar ao homem do Serrilha, o feitor do Lavrador Serrilha lá em cima ao pé de Kahedanane, se precisam de guardadores de rebanhos nas pastagens altas.» Foi isto que ele disse e esse tal Falcão foi e fez isso e aceitaram-no e foi-se embora no dia a seguir. «Vai perguntar ao homem do Serrilha» foi o que o Arroio-claro lhe disse e foi o que ele fez e arranjou logo trabalho. De maneira que deve estar de volta com os rebanhos no Outono, mais que certo. De lá das pastagens altas, acima de Lissu, no Planalto Comprido. Penso que tenha sido para as cabras que o quiseram. Um homem de boas falas. Ovelhas ou cabras, já não me lembro quais. Espero que não haja problema contigo por não termos ficado com ele aqui, Goha, mas é verdade verdadinha que não havia nem pinga de trabalho para ele, com eu e o Arroio-claro e ainda o Arrufo e a Verdizel que até já tinham recolhido o linho. E ele disse que tinha sido cabreiro lá no sítio donde vinha, do outro lado da montanha, um lugar qualquer acima de Foz-do-Ar, disse ele, apesar que também disse que nunca tinha guardado ovelhas. Talvez tenham sido cabras que lhe tenham dado a guardar lá em cima.

— Talvez — disse Tenar.

Estava muito aliviada e muito desapontada. Quisera sabê-lo a salvo e bem, mas também quisera encontrá-lo ali.

Mas era suficiente, disse a si própria, estar simplesmente em casa... E talvez fosse melhor que ele não estivesse ali, que nada de tudo aquilo estivesse ali, todas as dores e sonhos e feitiçarias e terrores de Re Albi deixados para trás, para sempre. Ela estava ali, agora, e era a sua casa, aquelas paredes e aquele chão de pedra, aquelas janelas de pequenas vidraças, fora das quais os carvalhos se erguiam escuros sob a luz das estrelas, aqueles quartos arrumados e silenciosos. Nessa noite, ficou algum tempo acordada. A filha dormia no quarto ao lado com Therru, e Tenar estava deitada na sua própria cama, na cama do seu marido. Sozinha.

Adormeceu. Acordou. Não recordava sonho algum.

Após alguns dias na quinta, pouco pensava já no Verão passado no Overfell. Fora há muito tempo e muito longe. E apesar da insistência de Gengibre em que não havia pinga de trabalho para fazer na quinta, encontrou muita coisa que precisava de ser feita. Tudo o que ficara por fazer durante o Verão e tudo o que precisava de ser feito na altura da colheita, nos campos e na queijaria. Trabalhava do nascer do dia até ao cair da noite, e se por acaso tinha uma hora livre para se poder sentar, fiava, ou cosia para Therru. O vestido vermelho ficara finalmente pronto, e um lindo vestido que era, com um avental branco para os dias especiais e outro cor de laranja para os dias normais.

— Olha que bonita que ficaste! — comentou Tenar com o seu orgulho de costureira, da primeira vez que Therru o experimentou.

Therru desviou a cara para o lado.

— Tu és bonita — disse Tenar, com uma inflexão diferente.

— Ouve o que te digo, Therru. Anda cá. Tu tens cicatrizes, cicatrizes muito feias, porque te fizeram uma coisa feia, uma coisa má. As pessoas vêem as cicatrizes. Mas também te vêem a ti e tu não és as cicatrizes. Tu não és feia. Tu não és má. Tu és Therru, e linda. Tu és Therru que pode trabalhar, e correr, e dançar, linda como tudo, de vestido vermelho.

A criança escutava, o lado ileso, macio, do seu rosto tão inexpressivo como o lado rígido, mascarado pela cicatriz.

Olhou para baixo, para as mãos de Tenar, e acabou por lhes tocar com os seus pequenos dedos.

— É um vestido muito bonito — disse ela, na sua rouca e débil voz.

Quando Tenar se viu sozinha, dobrando as sobras do tecido vermelho, vieram-lhe aos olhos lágrimas amargas. Sentiu-se censurada. Estivera certa ao fazer o vestido e dissera a verdade à criança. Mas não era suficiente, o certo e a verdade. Havia uma falha, um vácuo, um abismo, para lá do certo e do verdadeiro. O amor, o seu amor por Therru e o de Therru por ela, lançava uma ponte por sobre essa falha, uma ponte frágil como teia de aranha, mas o amor não fechava a falha nem a preenchia. Nada o podia fazer. E a criança sabia isso melhor que ela.

O dia do equinócio chegou, um sol brilhante de Outono a arder por entre a bruma. O primeiro bronze tingia as folhas das árvores. Enquanto esfregava nateiras na queijaria com a janela e a porta abertas ao ar puro, Tenar lembrou que o seu jovem Rei ia ser coroado nesse mesmo dia em Havnor. Os senhores e as damas caminhariam solenes nas suas roupas azuis, verdes e carmesins, mas ele, pensou também, ele vestiria de branco. Subiria os degraus até à Torre da Espada, os degraus que ela e Gued tinham subido. A coroa de Morred seria colocada na sua cabeça. Voltar-se-ia ao som das trombetas, sentar-se-ia naquele trono que permanecera vazio durante tantos anos e olharia o seu reino com aqueles olhos escuros que tinham conhecido o que era a dor, o que era o medo. «Governa bem, governa por muito tempo», pensou, «pobre rapaz!» E pensou ainda: «Devia ter sido Gued a colocar-lhe a coroa na cabeça. Devia ter ido.»

Mas Gued andava a guardar as ovelhas do lavrador rico, ou talvez fossem cabras, lá no cimo, nas pastagens altas. Ia um Outono agradável, seco e dourado, e não trariam os rebanhos para baixo antes que a neve começasse a cair lá nos cumes.

Sempre que ia à aldeia, Tenar tinha por norma passar pela casa de Hera, ao fim da Rua da Azenha. Ter conhecido Caruma em Re Albi fizera-a desejar conhecer Hera melhor, se alguma vez conseguisse ultrapassar a suspeita e o ciúme da bruxa. Sentia falta de Caruma, embora, ali, tivesse Cotovia. Aprendera com ela e acabara por lhe ter afecto, e Caruma dera, tanto a ela como a Therru, algo de que ambas precisavam. A sua esperança era encontrar ali quem a substituísse. Mas Hera, embora sendo muito mais limpa e segura que a Tia Caruma, não tinha a menor intenção de abandonar a sua aversão por Tenar. Tratava as suas ofertas de amizade com o desprezo que, Tenar admitia-o, talvez merecessem. «Tu segues o teu caminho e eu sigo o meu», era o que a bruxa lhe dizia de todas as formas, menos por palavras. E Tenar obedecia, embora continuasse a tratar Hera com manifesto respeito sempre que se encontravam. Ela tinha, pensava, depreciado a outra mulher demasiadas vezes e por demasiado tempo, e devia-lhe uma reparação. Estando evidentemente de acordo, a bruxa aceitava o que lhe era devido com inabalável desagrado.

A meio do Outono, o mágico Faia subiu o vale, chamado por um lavrador rico para o tratar da gota. Como geralmente fazia, deixou-se ficar pelas aldeias de Vale-do-Meio e passou uma tarde na Quinta do Carvalho, para ver como ia Therru e conversar com Tenar. Estava interessado em tudo o que ela pudesse contar-lhe acerca dos últimos dias de vida de Óguion. Ele próprio fora pupilo de um pupilo de Óguion e era um devoto admirador do Mago de Gont. Tenar descobriu que não lhe era tão difícil falar de Óguion como o era quando se tratava de outras pessoas de Re Albi e disse-lhe tudo o que podia. Depois de ela acabar, Faia perguntou, algo timidamente:

— E o arquimago? Apareceu?

— Sim — confirmou Tenar.

Faia, um homem de pele macia e aspecto calmo, dos seus quarenta anos, a tender um pouco para o gordo, com olheiras escuras a desmentir a suavidade do seu rosto, lançou-lhe um olhar e não fez mais perguntas.

— Veio depois da morte de Óguion. E foi-se embora — prosseguiu ela. E, pouco depois: — Agora já não é arquimago. Sabias disso?

Faia assentiu.

— E sabe-se alguma coisa acerca de escolherem um novo arquimago? — perguntou ela.

O mágico abanou a cabeça.

— Veio um navio das Enlades não há muito tempo, mas da tripulação não se ouviu nem palavra que não fosse acerca da coroação. Não falavam em mais nada! E parece que todos os auspícios e eventos deram certo. Se há algum valor na boa vontade dos magos, então este nosso jovem Rei é um homem rico... E, ao que parece, muito activo. Mesmo antes de eu ter saído de Foz-do-Val, chegou por terra uma ordem vinda de Porto de Gont, para os nobres e os mercadores, juntamente com o alto magistrado e o seu conselho, se reunirem e tomarem medidas para que os beleguins do distrito sejam homens bem conceituados e responsáveis, pois agora são representantes oficiais do Rei, obrigados a cumprir a sua vontade e fazer respeitar a sua lei. Bem, já podes imaginar como o Senhor Heno terá acolhido isto!

Heno era um notório patrono de piratas que de há muito tinha no bolso a maior parte dos beleguins e xerifes-do-mar de Gont do Sul.

— Mas havia homens dispostos a enfrentar Heno — continuou o mágico — na medida em que contavam com o apoio do Rei. E logo ali demitiram todo o grupo antigo e nomearam quinze novos beleguins, homens decentes, a serem pagos dos fundos públicos. Heno saiu dali para fora a esbravejar contra tudo e todos. É uma nova era! Não que venha tudo ao mesmo tempo, é claro, mas vem vindo. Quem dera que Mestre Óguion tivesse vivido para o ver.

— Mas viveu — adiantou Tenar. — Ao morrer, sorriu e disse: «Tudo mudado...»

Faia escutou-a ao seu jeito moderado, acenando lentamente a cabeça e repetindo:

— Tudo mudado. — E, pouco depois, mudando de assunto, comentou: — A pequenina está a ir muito bem.

— Bastante bem... Mas às vezes penso que não o suficiente.

— Senhora dona Goha — disse o mágico —, se eu ou qualquer mágico ou bruxa ou, se me é permitido dizê-lo, feiticeiro tivesse ficado com ela e usado todo o poder de curar da Arte Mágica nela, durante todos estes meses desde que ela sofreu o que sofreu, não estaria melhor do que está. Talvez até não tão bem. Tu fizeste *tudo* o que podia ser feito, senhora. Conseguiste um prodígio.

Tenar ficou sensibilizada com o seu sincero louvor e, no entanto, também lhe causou tristeza e explicou-lhe porquê.

— Não é suficiente. Não posso curá-la. Ela está... O que pode ela fazer? O que vai ser dela?

Passou o fio que tinha estado a fiar para a canela do fuso e desabafou:

— Tenho medo.

— Por ela — disse Faia, entre pergunta e afirmação.

— Tenho medo porque o medo dela atrai a si, o que o causou. Tenho medo porque...

Mas não conseguia encontrar palavras para exprimir o que queria. Por fim, disse:

— Se ela viver sempre com medo, acabará por fazer mal. É disso que tenho medo.

O mágico ponderou o que ela dissera e acabou por adiantar ao seu jeito hesitante:

— Tenho pensado que talvez, se ela tiver o dom, como eu julgo que tenha, ela possa ser um pouco instruída na Arte. E, como bruxa, o seu... o seu aspecto já não seria tanto contra ela... possivelmente.

Pigarreou e acrescentou ainda:

— Há bruxas que fazem trabalho muito digno de louvor.

Tenar passou entre os dedos um pouco do fio que fiara para lhe verificar a uniformidade e a resistência.

— Óguion disse-me que a ensinasse — informou. — «Ensina-lhe tudo» foi o que ele disse. E logo a seguir: «Roke não.» Não sei o que ele queria dizer.

Para Faia não havia ali dificuldade.

— Ele queria dizer que o que se aprende em Roke — as Grandes Artes — não seria próprio para uma rapariga — explicou. — Sobretudo uma com tantas deficiências. Mas se disse que lhe ensinasses tudo menos esse conhecimento, dir-se-ia que também ele pensava que o caminho para ela podia muito bem ser o das bruxas.

Voltou a ponderar a questão, mais animado agora que tinha o peso da opinião de Óguion pelo seu lado, e acabou por aconselhar:

— Dentro de um ou dois anos, quando ela estiver mais forte e tiver crescido um bocado, podias pensar em pedir a Hera que começasse a ensinar-lhe alguma coisa. Nada demasiado, claro, mesmo desse tipo de coisas, antes de ela ter recebido o seu nome-verdadeiro.

Tenar sentiu uma imediata e forte resistência face àquela sugestão. Não disse nada, mas Faia era um homem de sensibilidade e logo adiantou:

— Hera é rígida. Mas aquilo que sabe, pratica-o honestamente. O que já não se pode dizer de todas as bruxas. Sabes o que se costuma dizer, *Fraco como magia de mulher, falso como magia de mulher!* Mas tenho conhecido bruxas com o verdadeiro poder de curar. Curar diz bem com uma mulher. É natural nelas. E talvez a criança se deixe atrair para esse aspecto, já que ela própria foi tão maltratada.

A bondade dele era, pensou Tenar, inocente.

Agradeceu-lhe, afirmando que ia pensar com todo o cuidado no que ele lhe dissera. E fê-lo realmente.

Antes de chegar o fim do mês, já as aldeias de Vale-do-Meio tinham reunido no Celeiro Redondo de Sodeva para nomear os seus próprios beleguins e agentes da segurança, definindo também um imposto sobre eles próprios a fim de pagarem esses funcionários. Eram essas as ordens do Rei, trazidas para os magistrados e anciãos das aldeias e prontamente obedecidas, pois continuava a haver tantos mendigos profissionais e ladrões nas estradas como dantes, e os aldeãos e lavradores estavam ansiosos por conseguir ordem e segurança. Corriam boatos desagradáveis, como o de que o Senhor Heno formara um Conselho de Patifes e andava a arregimentar tudo o que havia de pior na região para ir em bandos partir as cabeças dos beleguins do Rei. Mas a maior parte das pessoas dizia «Eles que tentem!» e voltavam para casa dizendo uns aos outros que agora já um homem honesto podia dormir descansado na sua cama, e que o que ainda ia mal se havia de compor, embora os impostos fossem um disparate e que iam ser pobres toda a vida a tentar pagá-los.

Tenar gostou de saber de tudo isto por Cotovia, mas não lhe deu muita atenção. Andava a trabalhar imenso. E, desde que voltara a casa, decidira, sem quase dar por isso, que não deixaria a lembrança de Jeitoso ou de qualquer rufião da mesma espécie governar a sua vida nem a de Therru. Não podia ter a criança consigo o tempo todo, o que renovaria os seus terrores, recordando-lhe constantemente aquilo que ela não podia recordar e viver normalmente. A criança tinha de ser livre e saber-se livre, para crescer feliz.

Pouco a pouco, fora perdendo o seu aspecto encolhido, atemorizado, e agora andava por toda a quinta e seus atalhos, e até pela aldeia, sozinha. Tenar não lhe dirigia qualquer advertência para que tomasse cuidado, mesmo quando tinha de se forçar para não o fazer. Therru estava segura na quinta, segura na aldeia, ninguém iria fazer-lhe mal e isto tinha de ser considerado como inquestionável. E a verdade era que Tenar não o questionava muitas vezes. Com ela própria, Gengibre e Arroio-claro por ali, e Verdizel e Arrufo na casa baixa, mais a família de Cotovia espalhada pela aldeia, no suave Outono de Vale-do-Meio, que mal poderia atingir a criança?

E também havia de arranjar um cão, logo que soubesse de um que lhe agradasse. Um dos grandes cães-pastores cinzentos de Gont, com as suas inteligentes cabeças encaracoladas.

De vez em quando pensava, como fizera em Re Albi: «Tenho de começar a ensinar a criança! Foi o que Óguion disse.» Mas, fosse como fosse, parecia que não era possível ensinar-lhe nada a não ser os trabalhos da quinta e histórias, à tardinha, quando as noites começaram a crescer e elas a sentarem-se junto ao lume da cozinha, depois da ceia e antes de irem para a cama. Talvez Faia tivesse razão e Therru devesse ser mandada para uma bruxa, a aprender o que as bruxas sabem. Era melhor do que pô-la como aprendiza de um tecelão, como Tenar tinha pensado fazer. Mas também não muito melhor. E ela não havia ainda crescido o bastante e era muito ignorante para a idade, dado que não lhe tinham ensinado nada antes de vir para a Quinta do Carvalho. Então, fora como um animalzinho, mal conhecendo a fala humana e sem quaisquer talentos humanos. Mas aprendia depressa e era duas vezes mais obediente e trabalhadora que as indisciplinadas filhas e os preguiçosos e brincalhões filhos de Cotovia. Era capaz de limpar, servir à mesa e fiar, de cozinhar um pouco, de coser qualquer coisa, olhar pela criação, recolher as vacas e fazer um excelente trabalho na queijaria. Uma quinteira como deve ser, chamava-lhe o velho Arrufo, um tanto adulador. Tenar também o vira fazer o sinal para afastar a má sorte, sub-repticiamente, quando Therru passava por ele. Como a maioria das pessoas, Arrufo acreditava que cada um é o que lhe acontece. Os ricos e poderosos têm de ter alguma virtude, e aqueles a quem foi feito mal têm de ser maus e podem ser punidos com toda a justiça.

E neste caso, de pouco valeria que Therru viesse a tornar-se a quinteira mais próspera de Gont. Nem mesmo a prosperidade poderia diminuir a marca visível do que lhe fora feito. E por isso Faia pensara em que ela se fizesse bruxa, aceitando e tirando partido do que a marcava. Seria isso o que Óguion tivera em mente ao dizer «Roke não», ao dizer «Hão-de temê-la»? Isso era tudo?

Certo dia, em que uma coincidência bem preparada as reuniu numa rua da aldeia, Tenar disse a Hera:

— Há uma pergunta que eu te queria fazer, Senhora Hera. Um assunto da tua profissão.

A bruxa mirou-a com o seu olhar mordaz.

— Da minha profissão, dizes?

Tenar acenou que sim, com firmeza.

— Vem então daí — concedeu Hera com um encolher de ombros, abrindo caminho pela Rua da Azenha abaixo até à sua pequena casa.

Não era um antro de ignomínia e galinhas, como a casa de Caruma, mas não deixava de ser uma casa de bruxa, com as traves cobertas de molhos de ervas secas ou a secar, o lume contido por um monte de cinzas e reduzido a uma pequena brasa piscando como um olho vermelho, um gato preto, ágil e gordo, com bigodes brancos, a dormir em cima de uma prateleira e, por toda a parte, uma profusão de caixinhas, boiões, jarros, tabuleiros e garrafas bem tapadas, tudo aromático, com cheiros que tanto podiam ser acres, como doces, como estranhos.

— E o que posso fazer por ti, senhora dona Goha? — perguntou Hera, muito secamente, logo que entraram.

— Diz-me, por favor, se achas que a minha pupila, Therru, tem algum dom para a tua arte — se há nela algum poder.

— Ela? Claro que sim! — retorquiu a bruxa.

Tenar ficou um pouco desorientada pela prontidão e tom desdenhoso da resposta.

— Bom — disse ela. — Faia pareceu pensar que sim.

— Ora, isso até um morcego cego e às escuras era capaz de ver — ironizou Hera. — Era só isso?

— Não. Queria o teu conselho. Depois de ter feito a minha pergunta, podes dizer-me quanto é a resposta. Justo?

— Justo.

— Devo pôr a Therru como aprendiz de bruxa, quando for um pouco mais velha?

Hera manteve-se em silêncio por algum tempo, julgava Tenar que a decidir do preço. Mas, em vez disso, respondeu à pergunta, afirmando:

— Eu não a aceitava.

— Porquê?

— Porque tinha medo — respondeu a bruxa, lançando um súbito e feroz olhar a Tenar.

— Medo? Medo de quê?

— Dela! Ela o que é?

— Uma criança. Uma criança de quem abusaram.

— Isso não é tudo o que ela é.

Uma raiva surda se apoderou de Tenar e, em tom duro, perguntou:

— Mas será então que uma aprendiz de bruxa tem de ser virgem?

Hera olhou-a fixamente e, passado um momento, respondeu:

— Não foi isso que eu quis dizer.

— Então foi o quê?

— Que não sei o que ela é. Que, quando ela olha para mim com aquele olho que vê e o outro que não, não sei o que ela está a ver. Vejo-te andar por aí com ela como se fosse uma criança qualquer e fico a pensar: «O que é que elas são? Qual é a força daquela mulher, porque não é nenhuma idiota, para segurar um fogo pela mão, para fiar linho com um furacão?»

Dizem, senhora, que em criança tu própria viveste com os Mais Antigos, com os Tenebrosos, com os das Profundas, e que foste rainha e serva desses poderes. Talvez seja por isso que não temes esta. Que poder é ela, não sei, não o direi. Mas que está para além do meu ensino, isso sei. E também do de Faia, ou de qualquer bruxa ou feiticeiro que eu alguma vez tenha conhecido! Dou-te o meu conselho, senhora, sem preço a pagar. E é este: Tem cuidado. Tem cuidado com ela, no dia em que encontrar o seu poder! E é tudo!

— Aceita os meus agradecimentos, Senhora Hera — disse Tenar, com todo o formalismo da Sacerdotisa dos Túmulos de Atuan, e saiu do calor da sala para o vento rarefeito e penetrante do final do Outono.

Continuava encolerizada. Ninguém a queria ajudar, pensou. Sabia que a tarefa estava acima das suas possibilidades, não precisavam de lho dizer — mas ninguém a queria ajudar. Óguion morrera, a velha Caruma era só palavreado, Hera dava avisos, Faia punha-se de parte e Gued — aquele que poderia realmente ter ajudado —, Gued fugira. Fugira como um cão batido, e nunca lhe mandara sinal ou palavra, nunca tivera um pensamento para ela ou para Therru, só para a sua preciosa e pessoal vergonha. Essa é que era a sua filha, a sua criança de peito. Era tudo com que se interessava. Nunca se preocupara com ela, nem pensara nela, só no poder — o poder dela, o poder dele, como os podia usar, como tirar deles mais poder. Unindo as partes do Anel quebrado, repondo a Runa, colocando um Rei no trono. E quando o seu poder se fora, continuou a não haver mais nada em que pudesse pensar senão que se tinha ido, que o perdera, deixando-o apenas como ele próprio, e a sua vergonha, e o seu vazio.

Não estás a ser leal, disse Goha para Tenar.
Leal? disse Tenar. E ele foi leal?
Sim, volveu Goha. Foi. Ou tentou ser.
Ora muito bem. Então ele que seja leal com as cabras que anda a guardar. Eu não tenho nada com isso, finalizou Tenar, caminhando esforçadamente para casa, no meio do vento e da primeira, esparsa e fria chuva.

— Talvez neve, esta noite — disse-lhe o rendeiro Arrufo ao encontrá-la na estrada ao lado dos prados do Kaheda.

— Neve, tão cedo? Espero bem que não.
— Gelo, pelo menos, isso de certeza.
E gelou assim que o Sol se pôs. Os charcos da chuva e as gamelas da água para os animais, primeiro com uma película esbranquiçada em cima, depois opacas de gelo. Os juncos junto ao Kaheda parados, presos no gelo. E o próprio vento aquietado, como que gelado, incapaz de se mover.

Junto ao lume — um lume bem mais agradável que o de Hera, pois era o de uma velha macieira que fora derrubada no pomar, na Primavera passada — Tenar e Therru sentaram-se a fiar e a conversar depois de levantada a mesa da ceia.

— Conta-me a história dos fantasmas do gato — pediu Therru na sua voz rouca, enquanto fazia girar a roda para transformar uma massa de lã de cabra, escura e sedosa, num novelo de fio.

— Essa é uma história para o Verão.

Therru pôs a cabeça de lado.

— No Inverno, as histórias deviam ser as grandes histórias. No Inverno, aprende-se *A Criação de Éa*, para a podermos cantar na altura da Longa Dança, quando chega o Verão. No Inverno, aprende-se o Cântico do Inverno e o *Feito do Jovem Rei*, e assim, no festival do Regresso do Sol, quando o Sol declina para norte para trazer a Primavera, os podermos também cantar.

— Eu não consigo cantar — contrapôs Therru.

Tenar estava a enrolar o fio da canela da roda de fiar numa bola, com mãos precisas e ritmadas.

— Não é só a voz que canta — afirmou. — O espírito canta. E a voz mais bonita do mundo de nada serve, se o espírito não conhecer as canções.

Soltou a ponta final do fio que fora a primeira a ser fiada.

— Tu tens força, Therru, e a força que é ignorante é perigosa.

— Como os que não queriam aprender — interpôs Therru.

— Os bravios.

Tenar não entendeu o que ela queria dizer e olhou-a interrogativamente.

— Aqueles que ficaram no Ocidente — explicou Therru.

— Ah! Os dragões. Na canção da Mulher de Kemei. Sim. Exactamente. E então com qual é que vamos começar? Como as ilhas foram erguidas do mar ou como o Rei Morred rechaçou os Navios Negros?

— As ilhas — sussurrou Therru.

Tenar tivera a esperança de que ela escolhesse antes o *Feito do Jovem Rei* porque via os traços de Lebánnen no rosto de Morred. Mas a escolha da criança era a certa.

— Muito bem — assentiu. Deitou um olhar aos grandes Livros do Conhecimento de Óguion que estavam em cima da prateleira do fogão, encorajando-se com o pensamento de que, se esquecesse alguma coisa, encontraria ali as palavras. Depois tomou fôlego e começou.

Quando chegou a hora de se deitar, Therru já sabia como Segoy erguera a primeira das ilhas das profundezas do Tempo. E, em vez de lhe cantar como era costume, Tenar sentou-se na beira da cama, depois de lhe aconchegar a roupa, e recitaram juntas, suavemente, a primeira estrofe do canto da Criação.

Tenar levou a pequena lâmpada de azeite de volta para a cozinha, escutando o silêncio absoluto. A geada atara o mundo, encerrara-o. Não se via uma estrela. O negrume comprimia-se contra a única janela da cozinha. O frio jazia sobre o chão de pedra.

Foi de novo para junto do fogo, pois não tinha sono ainda. As grandiosas palavras da canção tinham-lhe agitado o espírito, além de que havia ainda nela zanga e desassossego da conversa com Hera. Pegou no atiçador para despertar um pouco de lume do tronco maior. Ao bater no tronco, ouviu como que um eco do ruído, nas traseiras da casa.

Endireitou-se e ficou à escuta.

E uma vez mais, suave, abafado, um baque ou pancada — fora da casa — seria na janela da queijaria?

Ainda com o atiçador na mão, Tenar atravessou a entrada escura até à porta que dava para o quarto frio. Para lá do quarto frio era a queijaria. A casa fora construída de encontro a uma colina e essas divisões entravam ambas pela encosta como caves, mas ficavam ao nível do resto da casa. O quarto frio só tinha fendas de arejamento, mas a queijaria tinha uma porta e uma janela, esta última baixa e larga como a da cozinha, na sua única parede que dava para o exterior. Junto à porta do quarto frio, Tenar ouviu essa janela a ser arrombada, talvez com um pé-de-cabra, e o segredar de vozes masculinas.

Pederneira fora um dono de casa metódico. Todas as portas da sua casa, menos uma, tinham um ferrolho de cada lado, uma longa e resistente vara de ferro forjado que deslizava em corrediças. Todos eram mantidos limpos e oleados. Nunca estava nenhum corrido.

Ela fez deslizar o ferrolho da porta do quarto frio. Entrou no seu lugar sem um ruído, adaptando-se estreitamente ao canhão de ferro na ombreira da porta.

Ouviu abrir-se a porta exterior da queijaria. Um deles finalmente pensara em experimentá-la, antes de arrombarem a janela, e vira que não estava fechada por dentro. Depois houve um silêncio, tão longo que ela ouviu o bater do coração ressoar-lhe nos ouvidos, tão fortemente que temeu não conseguir ouvir qualquer outro som para além dele. Sentia as pernas a tremer, a tremer, o frio do chão a introduzir-se sob as suas saias como uma mão.

— Está aberta — segredou uma voz de homem junto dela, e o coração saltou-lhe no peito com um baque doloroso. Pôs a mão no ferrolho, pensando que não estivesse corrido, que o tivesse aberto em vez de o fechar. Estivera quase a fazê-lo deslizar para trás, quando ouviu a porta entre a queijaria e o quarto frio a abrir-se. Ela conhecia aquele ranger da dobradiça de cima. E conhecia também a voz que falara, mas com uma forma diferente de conhecer. «É uma despensa», soou a voz de Jeitoso e logo, ao mesmo tempo que a porta a que estava encostada era abanada contra o ferrolho, «Esta está fechada.» A porta voltou a abanar. Uma fina réstea de luz, como a lâmina de uma faca, atravessou a fenda entre a porta e a ombreira. Tocou-lhe no peito e ela recuou como se a tivesse golpeado. A porta abanou uma vez mais, mas não muito. Era sólida, solidamente implantada nos seus gonzos, e o ferrolho era firme.

Ouviu-os falar baixo do outro lado da porta. Sabia que estavam a planear dar a volta e tentar a frente da casa. E encontrou-se junto da porta da frente, a correr rapidamente o ferrolho, sem bem saber como chegara ali. Talvez aquilo fosse um pesadelo. Já tinha tido um sonho assim, em que tentavam entrar na casa, em que enfiavam facas finas pelas fendas das portas. As portas — haveria outra porta por onde pudessem entrar? E as janelas — as portadas das janelas dos quartos de cama... A sua respiração vinha tão entrecortada que pensou não conseguir chegar ao quarto de Therru, mas já ali estava e empurrou as pesadas portadas de madeira por sobre o vidro. Os gonzos estavam perros e as portadas fecharam-se com um estrondo. Agora eles sabiam. Agora vinham aí. E viriam para a janela seguinte, a do seu quarto. Chegariam lá antes que ela conseguisse fechar as portadas. E chegaram.

Viu os rostos, manchas indistintas movendo-se na escuridão do exterior, ao tentar soltar o gancho da portada esquerda. Estava preso. Não conseguia fazê-lo mover-se. Uma mão tocou a vidraça, achatando-se em branco contra esta.

— Lá está ela.
— Deixa-nos entrar. Não te vamos fazer mal.
— Só queremos falar contigo.
— Ele só quer ver a menina dele.

Conseguiu soltar a portada e tapar a janela. Mas, se partissem o vidro, era fácil abrir as portadas pelo lado de fora. O fecho não passava de um gancho que, se fosse forçado, facilmente saltaria da madeira.

— Deixa-nos entrar que não te fazemos mal — insistiu uma das vozes.

Ouviu os pés deles no solo gelado, fazendo estalar as folhas caídas. Estaria Therru acordada? O estrondo das portadas a fecharem-se podia tê-la acordado, mas ela não fizera o mínimo ruído. Tenar deixou-se ficar na porta de comunicação entre o seu quarto e o de Therru. Estava escuro como breu, silencioso. Tinha medo de tocar na criança e a acordar. Tinha de ficar no quarto com ela. Tinha de lutar por ela. Estivera com o atiçador na mão, onde o pusera? Largara-o para fechar as portadas. Não conseguia encontrá-lo. Procurou-o às apalpadelas no negrume do quarto que parecia não ter paredes.

A porta da frente, que dava para a cozinha, estremeceu ruidosamente nos gonzos, abanada na sua moldura.

Se pudesse encontrar o atiçador, manter-se-ia ali, poderia combatê-los.

— Por aqui! — chamou um deles, e Tenar percebeu o que ele achara. Estava a olhar para a janela da cozinha, larga, sem portadas e fácil de alcançar.

Caminhou, pareceu-lhe que muito lentamente, às apalpadelas, até à porta do quarto. Era agora o quarto de Therru. Fora o quarto dos seus filhos. O quarto das crianças. E era por isso que a porta não tinha fecho na parte de dentro. Para que as crianças não pudessem fechar-se lá dentro e assustarem-se por não poderem abrir.

Do outro lado da colina, para lá do pomar, Arroio-claro e Gengibre deviam estar a dormir na sua casita. Se ela chamasse, talvez Gengibre a ouvisse. Ou se abrisse a janela e gritasse... ou se acordasse Therru e saíssem as duas pela janela e corressem pelo pomar... Mas os homens estavam ali, mesmo ali, à espera.

Aquilo já ia além do que ela podia aguentar. O terror gelado que a paralisara quebrou-se e, numa raiva, correu à cozinha que aos seus olhos era toda uma luz vermelha, deitou mão à faca comprida e afiada que estava na tábua de picar, puxou para trás o ferrolho e, abrindo a porta, surgiu na entrada.

— Venham daí, então! — desafiou.

Ainda ela não acabara de falar, ouviu-se um uivo e um som de ar dificilmente aspirado, e um homem gritou:

— Cuidado!

E logo um outro:

— Aqui, aqui!

Houve então um silêncio.

A luz da porta aberta passava sobre o gelo negro das poças, cintilava nos ramos negros dos carvalhos e nas folhas prateadas caídas no chão. A visão de Tenar clareou e ela distinguiu alguma coisa que rastejava em direcção a ela pelo caminho de acesso à casa, uma massa ou volume indistinto a rastejar para ela, soltando um lamento agudo e soluçante. Para lá da zona de luz, uma sombra negra correu precipitadamente, longas lâminas brilharam.

— Tenar!

— Pára onde estás — ordenou ela, erguendo a faca.

— Tenar! Sou eu, Falcão, Gavião!

— Fica aí — insistiu ela.

A sombra negra deixou-se ficar parada junto à massa negra que jazia no caminho. A luz da porta iluminou esbatidamente um corpo, um rosto, uma forquilha de dentes compridos, segura na vertical, como um bordão de feiticeiro, pensou ela.

— És tu? — perguntou.

Ele estava agora ajoelhado junto à coisa negra no chão.

— Acho que o matei — disse.

Olhou por cima do ombro, pôs-se de pé. Não havia sinal nem som dos outros homens.

— Onde estão eles? — perguntou Tenar.

— Fugiram. Dá-me uma ajuda.

Ela tinha a faca numa das mãos. Com a outra, agarrou num braço do homem que jazia em monte no caminho. Gued segurou-o por debaixo do ombro e, unindo esforços, arrastaram-no por cima da soleira da porta e para dentro da casa. Ficou estendido no chão de pedra da cozinha e o sangue corria-lhe do peito e da barriga como água de um cântaro. Tinha o lábio de cima repuxado, descobrindo os dentes, e só se lhe via o branco dos olhos.

— Fecha a porta — indicou Gued. E ela fechou a porta.

— A roupa branca está no armário — informou ela e ele foi buscar um lençol que rasgou em tiras e ela enrolou em várias voltas ao redor da barriga e do peito do homem, onde três dos quatro dentes da forquilha tinham penetrado com toda a força, abrindo três fontes de sangue que espirravam e gotejavam enquanto Gued segurava o tronco do homem para que Tenar pudesse ligá-lo.

— Que fazes tu aqui? Vieste com eles?

— Vim. Só que eles não sabiam. Mas não podes fazer muito mais que isso, Tenar.

Deixou descair o corpo do homem e sentou-se no chão, respirando com dificuldade, limpando o suor da cara com as costas da mão ensanguentada.

— Acho que o matei — disse de novo.

— Talvez sim.

Tenar olhava as manchas de um vermelho brilhante a alastrarem lentamente no linho grosso que envolvia o peito, magro e cabeludo, do homem. Levantou-se e cambaleou, sentindo-se muito tonta.

— Põe-te ao pé do lume — aconselhou. — Deves estar gelado.

Ainda não sabia como podia tê-lo reconhecido na escuridão lá de fora. Talvez pela voz. Vestia um grosso casacão de Inverno feito de pele de carneiro, com o lado do couro para fora e um capuz de pastor, em lã tricotada, enterrado na cabeça. Tinha o rosto marcado de rugas e tisnado pelas intempéries, o cabelo, cinzento de aço, comprido. Cheirava a lenha queimada, a geada, a carneiros. Estava transido de frio, com o corpo todo a tremer. Tenar insistiu:

— Põe-te ao pé do lume. Deita-lhe mais lenha.

Ele assim fez. Tenar encheu a chaleira e fê-la rodar no seu braço de ferro para cima do fogo.

Tinha sangue na saia e serviu-se de um bocado de tecido branco encharcado em água para o limpar. Depois passou o pano a Gued para que tirasse o sangue das mãos.

— Que queres tu dizer — perguntou — com isso de teres vindo com eles mas eles não saberem?

— Eu vinha para baixo. Da montanha. Na estrada que vem das nascentes do Kaheda. — Falava numa voz átona, como se lhe faltasse a respiração, e as tremuras do frio tornavam-lhe a dicção pouco clara. — Ouvi homens falar atrás de mim e desviei-me para o lado, para dentro do bosque. Não me apetecia falar-lhes. Não sei. Havia qualquer coisa neles. Metiam-me medo.

Ela acenou impacientemente a cabeça e sentou-se do outro lado da lareira, inclinando-se para o ouvir melhor, com as mãos cerradas no regaço. Sentia a saia, encharcada, fria de encontro às pernas.

— Iam a passar por mim, quando ouvi um dizer «Quinta do Carvalho». Então comecei a segui-los. Um deles não parava de falar. Acerca da criança.

— E que dizia ele?

Gued manteve o silêncio por um momento. Por fim, respondeu:

— Que ia recuperá-la. E castigá-la, disse ele. E desforrar-se de ti. Por a teres roubado, dizia. E disse...

Mas aqui interrompeu-se. E Tenar insistiu.

— Que me ia castigar também?

— Eles falaram todos. Acerca... acerca disso.

— Aquele não é o Jeitoso. — E Tenar indicou com um trejeito de cabeça o homem que estava no chão. — Será o...

— Este disse que ela era dele. — Olhou também para o homem e depois de novo para o fogo. — Está a morrer. Devíamos ir pedir ajuda.

— Ele não morre — afiançou Tenar. — De manhã mando chamar a Hera. Os outros ainda andam aí por fora. Quantos eram eles?

— Dois.

— Se morrer, morre. Se viver, vive. Nem tu nem eu saímos daqui. — Pôs-se de pé, num espasmo de medo. — Trouxeste a forquilha para dentro, Gued?

Ele apontou-a, com os quatro longos dentes a brilharem, encostada à parede ao lado da porta.

Tenar voltou a sentar-se no banco da lareira, mas agora era ela que tremia, sacudida por calafrios da cabeça aos pés, como lhe acontecera a ele. Gued estendeu a mão do outro lado da lareira, a tocar-lhe o braço.

— Está tudo bem — sossegou-a.

— E se ainda estão aí fora?

— Eles fugiram.

— Mas podiam ter voltado.

— Dois contra dois? E nós temos a forquilha.

Ela baixou a voz até menos que um murmúrio para lhe dizer, atemorizada:

— O podão e as foices estão no celeiro que fica encostado à parede.

Mas ele abanou a cabeça.

— Eles fugiram. Eles viram-no... a ele... e tu à porta.

— O que é que fizeste?

— Ele atacou-me. De maneira que eu ataquei-o.

— Não é isso. Antes, na estrada.

— Eles apanharam frio, a andar. Começou a chover e eles estavam com frio e puseram-se a falar acerca de virem aqui. Antes disso, era só este que falava, acerca da criança e de ti, e de dar... de dar lições... — A voz faltou-lhe. — Tenho sede — queixou-se.

— Também eu. Mas a chaleira ainda não está a ferver. Continua.

Gued respirou fundo e tentou contar a sua história coerentemente.

— Os outros dois não lhe davam ouvidos. Se calhar já tinham ouvido tudo aquilo antes. Estavam cheios de pressa para continuar. Para chegar a Foz-do-Val. Como se viessem a fugir de alguém. A escaparem-se. Mas começou a arrefecer e ele continuava a falar da Quinta do Carvalho, até que o do boné de couro disse: «Ora bom, porque é que não vamos até lá, passar a noite com...»

— Com a viúva, sim. E depois?

Gued enterrou o rosto nas mãos. Ela esperou. Depois, ele olhou para o fogo e prosseguiu com voz mais firme.

— Aí perdi-lhes a pista por um bocado. A estrada desembocava na entrada do vale e eu não podia continuar no mesmo caminho que tinha vindo a seguir, entre as árvores, logo atrás deles. Tive de meter para o lado, a atravessar os campos, mantendo-me fora de vista. Eu aqui não conheço o terreno, só a estrada. Estava com medo de me perder indo através dos campos, de não dar com a casa, de passar por ela sem dar por isso. E estava a escurecer. Voltei à estrada e por um pouco não ia de encontro a eles, além na curva. Eles tinham visto passar o velhote, o teu rendeiro. Resolveram esperar até estar escuro e terem a certeza de que não vinha mais ninguém. Esperaram no celeiro. Eu fiquei cá fora. Só tinha a parede entre mim e eles.

— Deves ter ficado gelado — comentou Tenar sem emoção.

— Estava frio, sim. — Estendeu as mãos para o lume como se, só de pensar, tivessem arrefecido de novo. — Encontrei a forquilha junto ao alpendre. Quando saíram, eles deram a volta pela parte de trás da casa. Nessa altura podia ter vindo até à porta da frente para te avisar, e se calhar era o que devia ter feito, mas a única coisa em que conseguia pensar era em apanhá-los de surpresa. Achei que era a minha única vantagem, a única oportunidade... Pensei que a casa devia estar fechada e que eles iam ter de a arrombar. Mas depois ouvi-os a entrar, nas traseiras, além. Entrei — na queijaria — atrás deles. Só tive tempo de sair quando eles deram com a porta trancada. — Soltou um arremedo de gargalhada. — Passaram mesmo ao meu lado, no escuro. Podia ter-lhes passado uma rasteira... Um deles tinha uma pederneira e um fuzil, de maneira que acendia uma pequena mecha sempre que queriam ver alguma fechadura. Vieram para a frente. Ouvi-te a fechar as portadas. Fiquei a saber que tinhas dado por eles. Falaram em partir a janela onde te tinham visto. E depois o do boné viu a janela, aquela. — Apontou com um aceno de cabeça para a janela da cozinha, com o seu parapeito interior, largo e fundo.

— Ele disse: «Arranjem-me uma pedra que eu abro-a» e vieram

até onde ele estava e iam ajudá-lo a subir para o parapeito. De maneira que eu dei um berro e ele caiu e um deles — este — veio a correr direito a mim.

— Ah, ah — estertorou o homem que jazia no chão, como que a fazer a narrativa de Gued por ele. Gued levantou-se e foi debruçar-se sobre o homem.

— Parece-me que está a morrer.

— Não, não está — contrariou Tenar. Ainda não conseguira deixar completamente de tremer, mas agora era quase só uma tremura interior. A chaleira estava a apitar. Ela fez um bule de chá e pôs as mãos sobre a espessura arredondada da cerâmica enquanto o chá abria. Encheu duas chávenas e depois uma terceira a que juntou um pouco de água fria.

— Ainda está muito quente para beber — avisou. — Segura-a e espera mais um minuto. Entretanto, vou ver se o consigo fazer beber isto.

Sentou-se no chão junto à cabeça do homem, ergueu-a num braço, encostou-lhe a chávena do chá amornado à boca e entreabriu-lhe os dentes cerrados com a borda. O líquido morno correu-lhe para a boca e ele engoliu.

— Não vai morrer — voltou a afirmar Tenar. — Mas o chão parece gelo. Ajuda-me a pô-lo mais perto do lume.

Gued começou a tirar um tapete de um banco que corria ao longo da parede, entre a chaminé e a entrada.

— Não. Não uses isso que é um bom trabalho de tecelagem.

E Tenar foi até à arrumação de onde trouxe um manto usado, de feltro, que estendeu a servir de cama para o homem. Puseram-lhe em cima o corpo inerte e envolveram-no com as abas. As manchas vermelhas das ligaduras não tinham aumentado.

Tenar levantou-se e ficou ali parada.

— Therru — pronunciou de súbito.

Gued olhou em volta, mas a criança não estava ali. Tenar saiu apressadamente da cozinha.

O quarto das crianças — o quarto da criança — estava perfeitamente às escuras e em sossego. Ela apalpou o caminho até à cama e poisou a mão na curva quente do cobertor sobre o ombro de Therru.

— Therru?

A respiração da criança era calma. Não tinha acordado. Tenar conseguia sentir-lhe o calor do corpo, como uma radiação no frio do quarto.

Ao sair, Tenar passou a mão pela arca e tocou em metal frio, o atiçador que tinha pousado quando fechara as portadas. Levou-o de volta para a cozinha e pendurou-o no seu gancho, na chaminé. Deixou-se ficar de pé a olhar para baixo, para o lume.

— Eu não podia fazer nada — considerou ela. — Que é que devia ter feito? Fugido... fugido logo... gritado e pôr-me a correr para junto da Gengibre e do Arroio-claro? Eles não teriam tido tempo para fazer mal à Therru.

— Eles teriam ficado dentro de casa com ela, e tu lá fora, com o velhote e a mulher. Ou eles podiam pegar-lhe e fugir com ela. Tu fizeste o que podias. E o que fizeste foi bem feito. Na altura certa. A luz da casa, tu a saíres de faca em punho e eu ali — nessa altura conseguiram ver a forquilha — e este caído. Portanto, fugiram.

— Os que puderam — acrescentou Tenar.

Voltou-se e fez mover um tudo nada a perna do homem com a ponta do sapato, como se ele fosse um objecto que lhe despertasse um pouco a curiosidade e alguma repulsa também, como uma víbora morta.

— Tu — disse ainda. — *Tu* é que fizeste bem.

— Acho que ele nem sequer viu a forquilha. Veio direito a ela. Foi como... — Mas não disse como é que tinha sido. O que disse foi, para si próprio: — Bebe o teu chá — e serviu-se de mais do bule que estava em cima dos tijolos da lareira, para se manter quente. — Está bom. — E para Tenar: — Senta-te — o que ela fez.

— Quando ainda era rapaz — contou daí a um bocado —, os karguianos atacaram a minha aldeia. Tinham lanças — compridas, com penas presas à haste...

Ela assentiu com um aceno de cabeça e precisou:

— Guerreiros dos Irmãos-Deuses.

— Eu fiz um... um feitiço com o nevoeiro. Para os confundir. Mas continuaram a atacar, alguns deles. Vi um correr direito a uma forquilha — como este. Só que entrou por ele dentro, dessa vez. Abaixo da cintura.

— Deste numa costela — alvitrou Tenar.

Ele fez que sim.

— Mas foi o único erro que cometeste — acrescentou ela. Tinha os dentes a bater. Bebeu o chá. Depois perguntou: — Gued, e se eles voltam?

— Não voltam.

— Podiam deitar fogo à casa.

— A esta casa? — E Gued olhou em volta, para as grossas paredes de pedra.

— O celeiro do feno...

— Eles não vão voltar — persistiu Gued.

— Pois não.

Seguravam cuidadosamente as chávenas, aquecendo as mãos no seu calor.

— Ela esteve sempre a dormir.

— Ainda bem que assim foi.

— Mas vai vê-lo... aqui... de manhã.

Olharam um para o outro.

— Se eu o tivesse morto... se ele morresse! — enraiveceu-se Gued. — Podia levá-lo lá para fora e enterrá-lo...

— Faz isso.

Ele limitou-se a abanar furiosamente a cabeça.

— O que é que tem? Por que é que não podemos fazer isso? Porquê? — perguntou Tenar.

— Não sei.

— Assim que houver luz...

— Eu levo-o para fora de casa. Levo-o num carro de mão. O velhote pode ajudar-me.

— Não, ele já não tem força para levantar nada. Eu ajudo-te.

— Seja lá como for que o consiga fazer, vou levá-lo para a aldeia. Há lá alguém que saiba curar?

— Há uma bruxa, Hera.

De repente, Tenar sentiu-se abissalmente, infinitamente fatigada. Mal podia segurar a chávena na mão.

— Tens aí mais chá — indicou com a língua entaramelada.

Ele voltou a encher a chávena.

O fogo dançou nos olhos dela. As chamas ondularam, altearam-se, amorteceram, voltaram a brilhar contra a pedra cheia de fuligem, contra o céu escuro, contra o céu pálido, os abismos da tarde, as profundezas de ar e luz para além do mundo. Chamas amarelas, laranja, vermelho-alaranjado, línguas de fogo vermelhas, línguas-fogo, as palavras que ela não sabia pronunciar.

— Tenar.

— Nós chamamos à estrela Tehanu — disse ela.

— Tenar, minha querida. Anda. Anda comigo.

Não estavam junto ao lume. Estavam no escuro — na escura entrada. A passagem escura. Já ali tinham estado antes, guiando--se um ao outro, um seguindo o outro, na escuridão debaixo da terra.

— Este é o caminho — disse ela.

12

INVERNO

Estava a acordar, sem querer acordar. Um cinzento-pálido espreitava pela janela em raios finos, através das portadas. Porque estariam as portadas fechadas? Levantou-se às pressas e atravessou o corredor até à cozinha. Não havia ninguém sentado à lareira, ninguém estendido no chão. Não havia sinal de nada nem de ninguém. À excepção do bule e de três chávenas na bancada.

Therru levantou-se por volta do nascer do Sol e tomaram o pequeno-almoço como de costume. Ao levantar a mesa, a rapariga perguntou:

— O que é que aconteceu?

E levantou o canto de um pano molhado que estava dentro da selha das lavagens, na queijaria. A água da selha estava nublada com um vermelho acastanhado.

— Ah, foi o meu período que veio mais cedo — disse Tenar, com um sobressalto face à mentira logo que a pronunciou.

Therru ficou por um momento parada, as narinas frementes e a cabeça imóvel, como um animal a apanhar um cheiro. Depois voltou a largar o pano para dentro de água e foi dar de comer às galinhas.

Tenar sentia-se doente. Doíam-lhe os ossos todos. O tempo ainda estava frio e deixou-se ficar dentro de casa o mais possível. Tentou que Therru fizesse o mesmo, mas quando o Sol surgiu, com um vento vivo e penetrante, Therru quis ir gozá-lo.

— Mas fica no pomar com a Gengibre — recomendou Tenar.

Therru saiu sem dar resposta.

O lado queimado e deformado do seu rosto ficara rígido pela destruição de músculos e pela espessura da pele das cicatrizes, mas à medida que estas foram envelhecendo e que Tenar aprendeu, pela longa habituação, a não desviar os olhos como de uma deformidade mas a ver ali uma face, esse lado passou a ter expressões próprias. Quando Therru se assustava, o lado queimado e escurecido «fechava-se», como o exprimia Tenar em pensamento, comprimindo-se, endurecendo. Quando estava emocionada ou interessada, até a órbita cega parecia fixar as coisas, enquanto as cicatrizes se avermelhavam e ficavam quentes ao toque. Naquele momento, ao sair, havia nela um aspecto estranho, como se o seu rosto não fosse minimamente humano, mas o de um animal, alguma estranha e bravia criatura de pele córnea, com um olho brilhante, silenciosa, escapando-se.

E Tenar soube que, tal como ela mentira a Therru pela primeira vez, também pela primeira vez Therru lhe ia desobedecer. A primeira, mas não a última.

Sentou-se junto à lareira com um suspiro de fadiga e ficou por algum tempo sem nada fazer.

Houve um tamborilar na porta. Arroio-claro e Gued — não, Falcão, era como tinha de lhe chamar — e Falcão estavam à entrada. O velho Arroio-claro era todo falatório e importância, e Gued, escuro e calmo e volumoso, no seu sujo casacão de pele de carneiro.

— Entrem — convidou ela. — Bebam um chá. Então que novidades trazem?

— Tentaram fugir, para Foz-do-Val, mas os homens de Kahedanane, os beleguins, vieram p'ra baixo e foi no telheiro do Cerejo que deram co'eles — anunciou Arroio-claro, sacudindo o punho cerrado.

— Ele fugiu? — perguntou Tenar, aterrorizada.

— Isso foram os outros dois — sossegou-a Gued. — Ele não.

— Vês tu — retomou o velhote —, eles encontraram o corpo no matadouro velho no Outeiro Redondo, desfeito à pancada ó que parece, lá naquele antigo matadouro, ó pé de Kahedanane, de modos que uns dez ou doze anomearam-se beleguins logo ali e vieram 'trás deles. E vai daí qu'houve uma busca nas aldeias todas a noute passada e esta manhã, mal luziu o b'raco, foram a dar co'eles no telheiro do Cerejo. Até que estavem meios gelados.

— Mas então ele morreu? — perguntou Tenar, desnorteada.

Gued tinha-se libertado do casacão e estava agora sentado na cadeira empalhada, junto à porta, a desatar as polainas de couro.

— *Ele* está vivo — precisou na sua voz calma. — Está com a Hera. Levei-o para lá esta manhã no carro do estrume. Havia gente pelas estradas antes de nascer o dia, à caça de todos três. Mataram uma mulher lá em cima, nos montes.

— Que mulher? — sussurrou Tenar.

Tinha os olhos postos em Gued. Ele acenou ligeiramente, numa confirmação.

Mas Arroio-claro queria ser ele a contar a história e retomou em altas vozes:

— Eu falei com alguns dos de lá em cima e contarem-me que todos quatro tinham andado por lá e a acampar e na vagabundage à volta de Kahedanane, e a mulher costumava ir à aldeia a pedir e sempre toda numa desgraceira, cheia de queimaduras e marcas de pancada p'lo corpo todo. Eles mandavam-na, os homens quer d'zer, mandavam-na assim a pedir e depois voltava prò pé deles e ela dizia às pessoas que se não levasse nada lhe batiam ainda mais e as pessoas parguntavam-le então p'ra que é que voltas? Mas se ela nã voltasse, dizia ela, eles iam atrás dela e inda era pior de modos que ela voltava sempre. E por fim eles foram longe de mais e acabaram por a matar à pancada. E vai e deixaram-l'o corpo no açougue velho onde ainda se sente o fedor, tás vendo, se calhar a pensarem que tapava o qu'eles tinham feito. E vierem p'ra baixo a noute passada. E porque é que nã gritastes nem chamastes, Goha? O Falcão diz qu'eles andarem aqui a cheiricar em volta da casa, acando ele os atacou. Com certeza qu'eu tinha ouvido, ou ao menos a Gengibre, que tem o ouvido más fino qu'eu. Já le contastes?

Tenar abanou a cabeça.

— Atão vou-le já contar eu — disse o velhote, encantado por ser o primeiro a levar as novidades e avançou com o seu andar pesado pelo pátio fora. A meio caminho, ainda se voltou para trás e gritou para Gued:

— Olha que nunca teria pensado que pudesses fazer alguma cousa de jeito co'uma ferquilha!

Deu uma palmada na perna, soltou uma gargalhada e seguiu caminho.

Gued libertou-se das pesadas polainas, tirou os sapatos enlameados, colocando-os na soleira da porta, e foi para junto do lume em palmilhas de meia. Calças, justilho e camisa eram de lã de cabra, de fabrico caseiro, e a sua imagem era a de um cabreiro gontiano, de rosto circunspecto, nariz de ave de rapina e olhos escuros, límpidos.

— Não tarda que não apareça gente por aí — avisou ele.
— Para te contarem tudo o que houve e voltarem a ouvir o que aconteceu aqui. Têm os dois que fugiram presos numa adega onde não há vinho, com quinze ou vinte homens a guardá-los e vinte ou trinta rapazes a tentar dar uma espreitadela...

Bocejou, sacudiu os ombros e os braços para os descontrair e, com uma olhadela para Tenar, pediu licença para se sentar à lareira. Ela apontou para o assento e comentou num murmúrio:

— Deves estar esgotado.
— Dormi aqui um bocado, na noite passada. Não conseguia manter-me acordado.

Voltou a bocejar. Ergueu os olhos para ela, sondando, tentando ver como ela estava.

— Era a mãe da Therru — disse Tenar. A sua voz continuava a não subir acima de um murmúrio.

Ele concordou com um movimento de cabeça. Estava sentado um pouco inclinado para a frente, com os braços sobre os joelhos, como Pederneira costumava fazer, fitando o fogo. Eles eram muito parecidos e inteiramente diferentes, tão diferentes como uma pedra enterrada e uma ave pairando nos ares. O coração dela estava dorido, e os seus ossos estavam doridos, e a sua mente sentia-se desnorteada entre presságios e dor, entre medo recordado e um perturbado alívio.

— O nosso homem tem-no a bruxa — disse ele. — Atado para o caso de lhe voltarem as forças. Com os buracos do corpo cheios de teia de aranha e feitiços de estancar o sangue. Hera diz que ele vai recuperar o suficiente para ser enforcado.

— Enforcado?
— Isso é com os Tribunais do Rei, agora que se reúnem de novo. Enforcado ou condenado a trabalhos forçados.

Ela sacudiu a cabeça, enrugando a testa.

— Tu não irias deixá-lo ir simplesmente embora, pois não, Tenar? — perguntou ele com suavidade, observando-a.

— Não.
— Eles têm de ser castigados — continuou ele, sempre a observá-la atentamente.

— «Castigados». Foi isso o que *ele* disse, não foi? Castigar a criança. Ela é má. Tem de ser castigada. E castigar-me a mim por a ter trazido comigo. Por ser... — Fez um esforço para continuar a falar. — Eu não quero castigos!... Isto nunca devia ter acontecido... Quem dera que o tivesses morto!

— Fiz o melhor que pude — foi a resposta dele.

Passado um bom bocado, ela riu-se, embora nervosamente, e comentou:

— Não há dúvida que fizeste.

— Imagina só como teria sido fácil quando eu era feiticeiro — disse Gued, olhando de novo para o lume. — Era só lançar-lhes uma encantação de prender, lá em cima na estrada, antes mesmo de darem por mim. Podia tê-los trazido por aí abaixo à minha frente até Foz-do-Val como um rebanho de carneiros. Ou aqui, a noite passada, imagina só o fogo-de-artifício que eu podia ter lançado! Nem iam saber o que lhes tinha caído em cima.

— Continuam a não saber — contrapôs ela.

Olhou-a de relance e, nos seus olhos, havia um mínimo mas irreprimível brilho de triunfo.

— Pois não — concordou. — Não sabem.

— Coisa de jeito com uma forquilha — murmurou ela.

Ele bocejou tremendamente e ela propôs:

— Por que é que não vais lá para dentro e não dormes um sono? No segundo quarto do corredor. A não ser que prefiras receber visitas. Vejo a Cotovia e a Margarida a aproximarem-se, mais algumas das crianças.

Levantara-se, ao ouvir vozes, para espreitar pela janela.

— Não, não. Vou fazer como disseste primeiro — redarguiu ele e esgueirou-se dali.

Cotovia e o marido, Margarida, mulher do ferreiro, e outros amigos da aldeia foram aparecendo ao longo de todo o dia para contar e para lhes ser contado tudo, tal como Gued previra. Mas Tenar verificou que a companhia lhe dava novo alento, afastando-a da presença constante do terror da noite anterior, pouco a pouco, até ela conseguir olhar para tudo isso como algo que acontecera e não como algo que estava a acontecer, que teria de lhe estar sempre a acontecer.

Era também isso o que Therru teria de aprender a fazer, pensou, mas não relativamente a uma noite. A toda a sua vida.

Depois de os outros partirem, disse a Cotovia:

— O que me deixa furiosa comigo mesma é ter sido tão estúpida.

— Eu bem te avisei que devias manter as portas trancadas.

— Não... Talvez... É precisamente isso.

— Eu sei — disse Cotovia.

— Mas, queria eu dizer, quando eles estavam aqui. Eu podia ter corrido lá para fora a chamar a Gengibre e o marido... talvez até pudesse ter levado a Therru. Ou ido ao celeiro eu mesma buscar a forquilha. Ou o podão das macieiras. Tem um cabo de sete pés e uma lâmina afiada que nem uma navalha de barba. Eu mantenho-o como o Pederneira o tinha. Por que foi que não fiz isso? Por que foi que não fiz uma coisa qualquer? Por que é que só tratei de me trancar cá dentro... quando isso nem valia a pena tentar? Se ele... Se o Falcão não tivesse aparecido... O que eu fiz foi meter-me com a Therru dentro de uma ratoeira. Por fim acabei por ir até à porta com a faca de carniceiro e gritei-lhes. Estava meia doida. Mas isso não os teria assustado.

— Olha que não sei — contrapôs Cotovia. — Foi um disparate, mas talvez... Não sei. O que havias tu de fazer senão fechar as portas? Porque é como se passássemos a vida a fechar as portas. É a casa em que vivemos.

Olharam em volta para as paredes de pedra, o chão de pedra, a chaminé de pedra, a janela ensolarada da cozinha da Quinta do Carvalho, a casa do Lavrador Pederneira.

— Essa rapariga, essa mulher que mataram — disse Cotovia olhando argutamente para Tenar. — Era a mesma, não era?

Tenar acenou que sim.

— Um deles disse-me que ela estava grávida — acrescentou Cotovia. — De quatro ou cinco meses.

Ficaram ambas em silêncio por algum tempo.

— Presa na ratoeira — disse Tenar.

Cotovia endireitou as costas, as mãos pousadas na saia que lhe cobria as coxas fortes, o belo rosto fixo numa expressão obstinada.

— Medo — pronunciou. — De que temos nós tanto medo? Por que é que os deixamos dizer-nos que estamos amedrontadas?

E de que é que *eles têm* medo? — Pegou na meia que tinha estado a passajar, revirou-a nas mãos, ficou um bocado calada e finalmente disse: — Porque terão eles medo de nós?

Tenar continuou a fiar e não respondeu.

Nesse momento, Therru entrou a correr e Cotovia acolheu--a ternamente.

— Cá está o meu favo de mel! Vem cá, vem dar-me um abraço minha doçura!

Therru abraçou-a à pressa e, olhando de Cotovia para Tenar, com a sua voz áspera e inexpressiva, perguntou:

— Quem são os homens que apanharam?

Tenar parou de girar a roca e falou lentamente.

— Um era o Jeitoso. Outro, um homem a quem chamam Guedelhas. Àquele que ficou ferido, chamam-lhe Merlúcio. — Mantinha os olhos fitos no rosto de Therru. Viu o fogo, a cicatriz a avermelhar. — A mulher que mataram tinha o nome de Sena, creio.

— Senini — murmurou a criança.

Tenar fez que sim com a cabeça.

— Mataram-na mesmo morta?

Ela voltou a acenar.

— O Girino disse que tinham estado *aqui*.

Uma vez mais, Tenar fez um aceno de cabeça.

A criança olhou ao redor da cozinha, como as mulheres tinham feito. Mas o seu olhar era uma extrema recusa, não vendo as paredes.

— Vais matá-los?

— Talvez sejam enforcados.

— Mortos?

— Sim.

Therru acenou por sua vez a cabeça, quase indiferentemente. Voltou a sair, indo reunir-se aos filhos de Cotovia, na casa do poço.

As duas mulheres nada disseram. Continuaram uma a fiar, a outra a passajar, silenciosas, junto ao fogo, na casa de Pederneira.

Passado muito tempo, Cotovia perguntou:

— E que foi feito desse tal, do pastor, que os seguiu até cá? Falcão, foi como disseste que se chamava, não foi?

— Está a dormir ali dentro — respondeu Tenar, com um movimento de cabeça para a parte de trás da casa.

— Ah! — fez Cotovia.
A roda girava com o seu ruído constante.
— Já o conhecia antes da noite passada.
— Ah. Lá em cima, em Re Albi, foi?
Tenar fez que sim. A roda girava.
— Para seguir aqueles três e atacá-los no escuro com uma forquilha, sempre é preciso um bocado de coragem, ora não? Já não é novo, ou quê?
— Não. — E, após uma pausa, continuou: — Tinha estado doente e precisava de trabalho. De maneira que o mandei pela montanha até cá, com um recado para o Arroio-claro o empregar aqui. Mas como o Arroio-claro acha que ainda pode fazer tudo sozinho, mandou-o lá para o alto, acima das Nascentes, para o pastoreio de Verão. Era daí que ele vinha.
— Estás então a pensar em ficar com ele aqui?
— Se ele quiser... — respondeu Tenar.

Da aldeia veio outro grupo até à Quinta do Carvalho, querendo ouvir a história de Goha e contar o papel que tinham tido na captura dos assassinos, olhar para a forquilha e comparar os quatro longos dentes com as três manchas vermelhas nas ligaduras do homem chamado Merlúcio e voltar a falar de tudo isto outra vez. Tenar ficou satisfeita ao ver chegar o anoitecer. Chamou Therru para dentro e fechou a porta.
Levantou a mão para correr o trinco. Depois baixou a mão e forçou-se a voltar costas, sem o correr.
— O Gavião está no teu quarto — informou Therru, voltando à cozinha com ovos que fora buscar ao quarto frio.
— Era para te dizer que ele cá estava. Desculpa.
— Eu conheço-o — redarguiu Therru, lavando a cara e as mãos na copa. E, quando Gued apareceu, de olhos inchados e desalinhado, foi direita a ele e estendeu-lhe os braços.
— Therru — disse ele, pegando nela e abraçando-a. Ela estreitou-o brevemente e logo se soltou.
— Já sei o princípio da *Criação* — anunciou-lhe.
— E és capaz de o cantar para eu ouvir?
E, voltando a olhar Tenar num pedido de permissão, sentou-se no seu lugar à lareira.
— Só consigo recitar.

Ele fez que sim e ficou à espera, o rosto bastante sério. E a criança recitou:

> *Vem o construir do destruir,*
> *E o findar do iniciar,*
> *Quem o poderá saber seguramente?*
> *Apenas conhecemos a porta entre ambos*
> *onde ao partir entramos.*
> *Entre todos os seres p'ra sempre regressando,*
> *o mais antigo, o Guardião da Porta, Segoy.*

A voz da criança era qual uma escova de metal passando por metal, como folhas secas, como o sibilar de um fogo ardente. Recitou até ao fim da primeira estrofe:

> *E rompendo a espuma, luminosa, Éa surgiu.*

Gued acenou uma breve mas firme aprovação.
— Bem — disse ele.
— Na noite passada — lembrou Tenar. — Foi na noite passada que ela aprendeu isso. Parece que foi há um ano.
— Posso aprender mais — gabou-se Therru.
— E hás-de aprender — afirmou Gued.
— Agora vai acabar de limpar a abóbora, se faz favor — disse Tenar. E a criança obedeceu.
— Então e eu que faço? — perguntou Gued. Tenar fez uma pausa, olhando para ele.
— Preciso daquela chaleira cheia e a aquecer.
Gued assentiu e levou a chaleira até à bomba da água.
Fizeram e comeram a sua ceia, e depois levantaram a mesa.
— Recita outra vez a Criação até onde sabes — disse Gued para Therru, já à lareira — e depois continuamos a partir daí.
Ela recitou a segunda estrofe uma vez com ele, outra vez com Tenar e uma vez sozinha.
— Cama — ordenou Tenar.
— Tu não contaste ao Gavião acerca do Rei.

— Conta-lhe então tu — condescendeu Tenar, divertida com aquele pretexto para adiar a ida para a cama.

Therru voltou-se para Gued. O seu rosto, marcado e liso, com vista e cego, estava concentrado, cheio de fogo.

— O Rei veio num barco. Ele tinha uma espada. Deu-me o golfinho de osso. O navio dele voava, mas eu estava doente, porque o Jeitoso me tinha tocado. Mas o Rei tocou-me ali e a marca foi-se embora.

E mostrou o braço, redondo e fino. Tenar olhou-a com espanto. Tinha esquecido a marca dos dedos.

— Um dia hei-de voar até onde ele vive — afirmou Therru a Gued. Ele assentiu com uma inclinação de cabeça. — Hei-de, sim. Tu conhece-lo?

— Conheço, sim. Fui com ele numa viagem muito comprida.

— Onde?

— Onde o Sol não nasce e as estrelas não se põem. E de volta desse lugar.

— E voaste?

Gued abanou a cabeça.

— Só consigo andar — disse.

A criança considerou o que ele dissera e depois, como se convencida, deu as boas-noites e foi para o quarto. Tenar foi com ela, mas Therru não queria que lhe cantasse para adormecer.

— Eu posso dizer a *Criação* às escuras — disse. — *As duas estrofes.* — Tenar regressou à cozinha e voltou a sentar-se do outro lado da lareira, em frente de Gued.

— O que ela está a mudar! — comentou. — Não consigo acompanhá-la. Já estou velha para criar uma criança. E ela... Ela obedece-me, mas é só porque quer.

— Essa é a única justificação para a obediência — observou Gued.

— Mas quando ela resolve, lá na cabeça dela, desobedecer-me, o que hei-de eu fazer? Há nela qualquer coisa de bravio. Umas vezes, ela é a minha Therru, outras, é uma coisa diferente, fora de alcance. Perguntei à Hera se podia considerar ensiná-la. Foi uma sugestão do Faia. A Hera disse que não. «Porque não?», perguntei eu. E a resposta foi: «Tenho medo dela!»... Mas tu não tens medo dela. Nem ela de ti. Tu e Lebánnen são os dois únicos homens que ela deixou que lhe tocassem. *Eu* deixei que...

que o Jeitoso... Não consigo falar acerca disso. Ah, estou tão cansada! Já não entendo coisa nenhuma...

Gued pôs um cavaco com um nó no lume para que este ardesse baixo e lentamente, e ficaram ambos a observar o ondular das chamas.

— Gostava que ficasses cá, Gued — disse ela. — Se quiseres.

Ele não respondeu de imediato. E ela adiantou:

— Se calhar estás a pensar em seguir para Havnor...

— Não, não — interrompeu ele. — Não tenho nenhum sítio para onde ir. Estava à procura de trabalho.

— Bem, aqui há muito que fazer. Arroio-claro não quer admiti-lo, mas a artrite deu praticamente cabo dele para tudo menos a jardinagem. Tenho sentido falta de ajuda desde que voltei. Vontade tive eu de dizer ao velho casmurro o que pensava dele por te ter mandado daquela maneira lá para cima, para a montanha, mas nem valia a pena. Ele não ouve.

— Foi uma boa coisa para mim — contrapôs Gued. — Deu-me o tempo de que precisava.

— Andaste a guardar ovelhas?

— Cabras. Lá mesmo onde acaba a erva. Tinham um rapaz para fazer isso, mas adoeceu e o Serrilha aceitou-me e mandou-me para lá logo no primeiro dia. Eles mantêm as cabras no alto e até tarde, para a lanugem ficar espessa. Neste último mês fiquei com a montanha praticamente só para mim. O Serrilha mandou-me aquele casacão e provisões, e que eu ficasse com o rebanho tão alto e tanto tempo quanto pudesse. Foi o que fiz. Era óptimo, lá em cima.

— Solitário — insinuou ela.

Ele fez que sim, com um meio sorriso.

— Tu sempre viveste sozinho.

— Sim, sempre.

Ela silenciou. Gued olhou-a.

— Gostava de trabalhar aqui — admitiu ele.

— Então fica combinado.

E, pouco depois, acrescentou:

— Pelo menos, durante o Inverno.

Nessa noite, a geada era maior. O mundo deles estava perfeitamente silencioso à excepção do sussurro do fogo. O silêncio era como uma presença entre eles. Ela ergueu a cabeça e fitou-o.

— Bom — disse —, em que cama hei-de dormir hoje, Gued? Na da criança ou na tua?

Ele inspirou. Falou baixo.

— Na minha, se assim quiseres.

— Quero.

O silêncio dominava-o. Tenar via o esforço que ele fazia para se libertar.

— Se fores paciente para comigo — acabou por murmurar.

— Tenho sido paciente contigo desde há vinte e cinco anos — lembrou ela. Olhou-o e começou a rir. — Vá, anda lá, meu querido. Mais vale tarde que nunca! Não passo de uma mulher de idade... Mas nada se perde, nada jamais se perde. Foste tu que me ensinaste isso.

Ela ergueu-se e ele imitou-a. Ela estendeu as mãos para ele e ele tomou-as nas suas. Abraçaram-se e o abraço tornou-se mais apertado. Agarraram-se um ao outro tão fortemente, tão cativadamente, que deixaram de saber de tudo que não fosse um e outro. Deixou de ter importância decidir em que cama dormiriam. Porque ficaram toda essa noite nas pedras da lareira e aí ela ensinou a Gued o mistério que nem o mais sábio dos homens lhe podia ensinar.

Uma única vez ele voltou a atear o fogo e tirou a boa peça de tecelagem do banco corrido. Desta vez, Tenar não levantou qualquer objecção. O manto dela e o casaco dele de pele de carneiro serviram-lhes de cobertores.

Voltaram a acordar de madrugada. Uma leve luz prateada cobria os ramos escuros, meio secos, dos carvalhos fora da janela. Tenar esticou o corpo o mais possível para sentir o calor dele junto a ela. Pouco depois, murmurou:

— Ele esteve deitado aqui. Merlúcio. Mesmo debaixo de nós.

Gued emitiu um débil som de protesto.

— Agora, sim, és um verdadeiro homem. Primeiro, encheste outro homem de furos e, segundo, deitaste-te com uma mulher. Se calhar é essa a ordem certa.

— Chiu! — murmurou ele, voltando-se para ela, deitando-lhe a cabeça no ombro. — Poupa-me.

— Não, Gued. Pobre homem! Em mim não encontras piedade, só justiça. Não fui treinada no sentido da piedade. O amor é a única graça que tenho. Ah, Gued, não me temas! Eras um homem a primeira vez que te vi! Não é uma arma nem

uma mulher que podem fazer um homem, nem a magia tão-
-pouco, nem qualquer outro poder. Nada a não ser ele próprio.
 Ficaram lado a lado em doce e morno silêncio.
 — Dizes-me uma coisa?
 Ele murmurou um assentimento ensonado.
 — Como foi que aconteceu ouvires o que eles estavam a
dizer, o Merlúcio e o Jeitoso e o outro? Como aconteceu esta-
res precisamente ali, precisamente naquela altura?
 Ele soergueu-se sobre um cotovelo de modo a poder olhar o
rosto dela. E o seu próprio rosto estava tão aberto e vulnerável
na sua tranquilidade e realização e ternura que ela teve forçosa-
mente de erguer a mão e tocar-lhe o canto da boca, ali onde o
tinha beijado pela primeira vez, meses atrás, o que fez com que
ele voltasse a tomá-la nos braços e a conversação não pudesse
continuar por palavras.

 Houve formalidades a cumprir. A principal foi dizer a Arroio-
-claro e aos outros rendeiros da Quinta do Carvalho que ela tinha
substituído o «antigo amo» por um trabalhador assalariado. Tenar
fê-lo prontamente e sem-cerimónias. Não podiam fazer nada
a esse respeito, nem o facto implicava qualquer ameaça para eles.
A posse por uma viúva da propriedade do marido dependia de
não existir nenhum herdeiro ou requerente homem. O filho
de Pederneira, o marinheiro, era o herdeiro e a viúva de Pederneira limitava-se a gerir a quinta para ele. Se ela morresse, essa
função passaria para Arroio-claro. Se Centelha nunca reclamasse
a herança, esta iria para um primo afastado de Pederneira, que
vivia em Kahedanane. Os dois casais a quem a terra não pertencia
mas tinham uma parte vitalícia no trabalho e nos lucros da quinta,
como era o costume em Gont, não podiam ser desalojados por
qualquer homem com quem a viúva se ligasse, mesmo que pelo
casamento. Porém, Tenar não deixara de temer que eles levassem
a mal a sua falta de fidelidade a Pederneira, a quem, de qualquer
modo, conheciam há mais tempo que a ela. Para seu alívio, não
levantaram qualquer objecção. O «Falcão» tinha conquistado a sua
aprovação com um bote de forquilha. Além disso, era mais que
sensato que uma mulher quisesse um homem na casa para a prote-
ger. Se o metia na cama, ora, os apetites das viúvas eram prover-
biais. E, além de tudo o mais, ela era estrangeira.

Idêntica foi a atitude dos aldeãos. Houve um bocado de segredinhos e risos à socapa, mas pouco mais. Ao que parecia, ser respeitável era mais fácil do que a Tia Caruma pensara. Ou talvez fosse porque mercadorias em segunda mão tinham pouco valor.

Tenar sentiu-se tão suja e diminuída pela sua aceitação como se teria sentido pela desaprovação. Só Cotovia a livrou da vergonha não fazendo juízo algum e não se servindo de quaisquer palavras — homem, mulher, viúva, estrangeira — no lugar daquilo que tinha perante si, mas simplesmente olhando, observando-a a ela e ao Falcão com interesse, curiosidade, inveja e generosidade.

Porque Cotovia não via o Falcão através das palavras pastor, trabalhador assalariado, homem da viúva, mas olhava, sim, para ele próprio, vendo muito que a confundia. A sua dignidade e simplicidade não eram maiores que as de outros homens que ela conhecera, mas havia uma diferença de qualidade. Havia nele uma dimensão, não de altura ou volume, certamente, mas de alma e mente. E disse a Hera:

— Aquele homem não viveu toda a vida no meio das cabras. Sabe mais do mundo do que sabe de uma quinta.

— Eu diria — aventou a bruxa — que ele é um mágico que foi amaldiçoado ou de alguma maneira perdeu o poder. Acontece.

— Ah! — fez Cotovia.

Mas a palavra «arquimago» era demasiado grande e importante para a trazer de longínquas pompas e distantes palácios e a aplicar ao homem dos olhos escuros e cabelo grisalho que vivia na Quinta do Carvalho, e ela nunca o fez. Se o tivesse feito, com certeza não poderia sentir-se tão à vontade com ele como sentia. Mesmo a ideia de ele ter sido um mágico a constrangeu um pouco, com a palavra a atravessar-se na imagem do homem, até o tornar a ver em carne e osso. Estava em cima de uma das velhas macieiras do pomar a cortar ramos mortos e, quando ela chegou à quinta, gritou-lhe um cumprimento de boas-vindas. O nome assentava-lhe bem, empoleirado ali em cima, e acenou-lhe um adeus, dirigiu-lhe um sorriso, enquanto seguia caminho.

Tenar não esquecera a pergunta que fizera a Gued em cima das pedras da lareira, debaixo do casacão de pele de carneiro.

Voltou a fazê-la, alguns dias, ou seriam meses, depois — o tempo para eles corria muito fácil e doce na casa de pedra, na quinta envolvida pelo vento.

— Nunca me chegaste a dizer como aconteceu ouvires os homens a falar na estrada.

— Mas acho que sim, que te contei. Eu tinha ido para o lado, a esconder-me, quando ouvi homens atrás de mim.

— Porquê?

— Bom, estava sozinho e sabia que andavam por aí bandos de pouca confiança.

— Sim, claro... Mas depois, quando iam mesmo a passar à tua frente, o Merlúcio estava a falar da Therru?

— Acho que o que ele disse foi «Quinta do Carvalho».

— Pois, é tudo perfeitamente possível. Só que parece tão a propósito.

Sabendo que Tenar não duvidava dele, Gued deitou-se para trás e ficou à espera.

— É mesmo o género de coisa que acontece a um feiticeiro.

— E a outros.

— Talvez.

— Minha querida, não estás a tentar... reinvestir-me?

— Não. Não, de maneira nenhuma. Seria isso uma coisa sensata para eu fazer? Se fosses um feiticeiro, estavas aqui?

Estavam deitados na grande cama de carvalho, bem tapados com peles de ovelha e cobertas de penas, pois o quarto não tinha lareira e a noite era de forte geada sobre um solo coberto de neve.

— Mas o que eu quero saber é isto. Haverá outra coisa além do que tu chamas poder — que venha antes, talvez? Ou alguma coisa de que o poder seja só uma das maneiras de a usar? Como isto. Óguion disse certa vez que, antes de teres qualquer conhecimento ou aprendizado como feiticeiro, eras um mago. Mago de nascença, foi o que ele disse. De maneira que eu imaginei que, para ter poder, a pessoa precisa primeiro de ter lugar para ele. Um vazio a encher. E quanto maior for esse vazio, mais poder o pode encher. Mas se o poder nunca fosse alcançado, ou fosse retirado, ou entregue, isso ainda existiria.

— Esse vazio — precisou ele.

— Vazio é uma palavra para isso. E talvez não seja a palavra certa.

— Potencialidade? — propôs ele, e sacudiu a cabeça. — O que é capaz de ser... de se tornar.

— Eu acho que tu estavas ali na estrada, precisamente ali e precisamente então, por causa disso — porque é isso o que te acontece. Não é que o tivesses feito acontecer. Não o causaste. Não foi por causa do teu «poder». Aconteceu-te a ti. Por causa do teu... vazio...

Passados uns momentos ele disse:

— Isso não está longe do que me foi ensinado em rapaz, em Roke. Que a verdadeira magia consiste em fazer apenas o que se tem de fazer. Mas isto iria mais longe. Não fazer, mas ser feito fazer...

— Não creio que seja bem isso. É mais a origem do que é, realmente, fazer. Não vieste salvar-me a vida? Não trespassaste o Merlúcio com uma forquilha? Isso foi realmente «fazer», fazer o que tinhas de fazer...

Gued considerou o assunto por mais um pouco e finalmente perguntou-lhe:

— Isso é sabedoria que te ensinaram quando eras Sacerdotisa dos Túmulos?

— Não. — Retesou-se ligeiramente, com o olhar perdido no escuro. — A Arha ensinaram que, para ser poderosa, ela tinha de sacrificar. Sacrificar-se a ela e a outros. Uma negociata: dá que já recebes. E não posso dizer que isso não seja verdade. Mas a minha alma não pode viver nesse lugar tão estreito — isto por aquilo, dente por dente, a morte pela vida. Há uma liberdade para além disso. Para além de pagamento, de retribuição, de compensação — para lá de todos os negócios e saldos, há liberdade.

— *A porta entre ambos* — citou ele suavemente.

Nessa noite, Tenar sonhou. Sonhou que via a porta da *Criação de Éa*. Era uma pequena janela de um vidro deformado, nublado, grosso, uma janela que se abria muito em baixo, na parede ocidental de uma velha casa sobre o mar. A janela estava fechada. Fora aferrolhada. Ela queria abri-la, mas havia uma palavra ou uma chave, algo que ela esquecera, uma palavra, uma chave, um nome, sem o qual não podia abri-la. Procurou-o em salas de pedra que se foram tornando mais pequenas e mais escuras até que deu por Gued com ela nos braços, tentando acordá-la e sossegá-la, dizendo:

— Está tudo bem, querido amor, vai ficar tudo bem!

— Não consigo libertar-me! — soluçou ela, abraçando-se a ele.

Gued acalmou-a, acariciando-lhe o cabelo. Depois voltaram a deitar-se para trás e ele sussurrou:

— Olha!

A lua cheia subira no céu. O seu brilho branco sobre a neve reflectia-se dentro do quarto, porque Tenar, apesar do frio, não queria as portadas fechadas. Todo ao redor deles, o ar estava luminoso. Estavam deitados na sombra, mas era como se o tecto fosse meramente um véu entre eles e a infindável, prateada e tranquila profundidade de luz.

Foi um Inverno de grandes nevões em Gont e muito longo. A colheita fora boa. Havia alimento para pessoas e animais, e pouca coisa a fazer para além de comer e manter o calor.

Therru já sabia a *Criação de Éa* de fio a pavio. Recitou o Cântico do Inverno e o *Feito do Jovem Rei* no dia do Regresso do Sol. Sabia haver-se com a massa de uma empada, fiar com a roda e fazer sopa. Sabia o nome e utilidade de todas as plantas que despontavam acima da neve, além de muitos outros conhecimentos, vegetais e verbais, que Gued armazenara na cabeça durante a curta aprendizagem com Óguion e os longos anos na Escola de Roke. Mas não tirara da prateleira os livros das Runas e do Conhecimento, nem ensinara à criança qualquer palavra da Língua da Criação.

Ele e Tenar conversaram acerca disso e ela contou-lhe como ensinara a Therru uma única palavra, *tolk,* e depois parara porque não lhe tinha parecido certo, embora não soubesse dizer porquê.

— Pensei que talvez fosse porque eu nunca tinha falado realmente essa língua, nem a usei em magia. E que talvez ela a viesse a aprender com alguém que a falasse verdadeiramente.

— Não há homem que o faça.

— Nem mulher que faça sequer metade.

— O que eu quis dizer é que só os dragões a falam como sua língua nativa.

— Aprendem-na?

Surpreendido pela pergunta, Gued levou tempo a responder, evidentemente chamando ao espírito tudo o que lhe haviam dito e que sabia acerca de dragões.

— Não sei — acabou por admitir. — Que sabemos nós acerca deles? Dar-se-á o caso de ensinarem como nós fazemos, a mãe à criança, os mais velhos aos mais novos? Ou serão como os animais, ensinando algumas coisas, mas nascendo já a saber a maior parte do que sabem? Nem isso sabemos. Mas a minha sugestão é que o dragão e a fala do dragão são um. Um único ser.

— E não falam outra língua?

Gued fez que não com a cabeça.

— Eles não aprendem — acrescentou. — Eles são.

Therru atravessou a cozinha. Uma das suas tarefas era manter o caixote da lenha cheio e estava atarefada com isso, bem agasalhada com um casaco curto de pele de borrego, cuja bainha já tivera de ser deitada abaixo, e um boné do mesmo material, numa correria para trás e para diante, entre a casa da lenha e a cozinha. Largou a sua carga no caixote junto ao canto da chaminé e desandou outra vez.

— O que é aquilo que ela canta? — perguntou Gued.

— A Therru?

— Sim, quando está sozinha.

— Mas ela nunca canta. Não consegue.

— Lá à maneira dela. «Mais a oeste que o Oeste...»

— Ah! — exclamou Tenar. — Essa história! O Óguion nunca te falou da Mulher de Kemei?

— Não, conta-me — interessou-se ele.

Ela foi-lhe contando a história enquanto fiava e o zunir e ciciar da roda acompanhava as palavras da narrativa. Chegada ao fim, disse ainda:

— Quando o Mestre Chave-do-Vento me disse que vinha em busca de «uma mulher em Gont», pensei nela. Mas já devia ter morrido, com certeza. E, seja lá como for, como era que uma pescadora que era um dragão ia ser um arquimago?

— Bem, o Configurador não disse que uma mulher de Gont ia ser arquimago — contrapôs Gued. Estava a remendar um par de bragas com um grande rasgão, sentado no peitoril da janela, para aproveitar ao máximo a escassa luz que o dia, muito escuro, oferecia. Estava-se um mês após o Regresso do Sol e o tempo continuava o mais frio que já se vira.

— Então que foi que ele disse? — quis saber Tenar.

— «Uma mulher em Gont». Foi o que tu me disseste.

— Mas eles estavam a querer saber quem ia ser o próximo arquimago.

— E não obtiveram resposta a essa pergunta.

— *Infindáveis são as discussões dos magos* — disse Tenar, algo secamente.

Gued cortou o fio com os dentes e enrolou o que sobrara à volta de dois dedos.

— É verdade — admitiu depois — que em Roke aprendi a jogar um pouco com as palavras. Mas isto, acho, não é um jogo de palavras. «Uma mulher em Gont» não pode vir a ser arquimago. Nenhuma mulher pode ser arquimago. Destruiria o que era ao tornar-se tal. Os Magos de Roke são homens — o seu poder é o poder dos homens, o seu saber é o saber dos homens. Tanto a virilidade como a magia estão construídas sobre a mesma rocha. O poder pertence aos homens. Se as mulheres tivessem poder, o que seriam os homens senão mulheres que não podem gerar crianças? E o que seriam as mulheres senão homens que o podem?

— Ah! — fez Tenar. E logo, com uma certa astúcia, perguntou: — E não tem havido rainhas? Não eram mulheres de poder?

— Uma rainha não passa de um rei-fêmea — retorquiu Gued.

Ela bufou desdenhosamente. E ele retomou:

— Quero eu dizer que são os homens que lhe dão poder. Deixam que ela use o poder que é deles. Mas não é dela, pois não? Não é por ser mulher que ela é poderosa, é apesar disso.

Ela acabou por fazer um aceno de concordância. Espreguiçou-se, endireitando as costas de sobre a roda de fiar.

— Qual é então o poder de uma mulher? — perguntou.

— Não creio que o saibamos.

— Quando é que uma mulher tem poder por ser uma mulher? Com os filhos, penso eu. Durante algum tempo...

— Em sua casa, talvez.

Ela olhou ao redor da cozinha.

— Mas as portas estão fechadas — disse. — As portas estão aferrolhadas.

— Porque tu és valiosa.

— Oh, sim. Somos preciosas. Desde que continuemos a não ter poder... Lembro-me da primeira vez que aprendi isso! Kossil ameaçou-me... a mim, a Única Sacerdotisa dos Túmulos. E compreendi a minha impotência. Eu tinha a honra, mas não o poder. O poder tinha-o ela, recebido do Rei-Deus, do homem. Ah, o que me enraiveceu! E assustou-me, também... Eu e a Cotovia falámos uma vez acerca disto. E ela disse: «Porque terão os homens *medo* das mulheres?»

— Se a força de alguém é apenas a fraqueza de outros, esse alguém vive no medo — comentou Gued.

— Sim, mas as mulheres parecem temer a sua própria força, ter medo de si próprias.

— Alguma vez são ensinadas a confiar em si próprias? — perguntou Gued. E, enquanto falava, Therru voltou a entrar, ocupando-se do seu trabalho. O olhar dele e o de Tenar cruzaram-se.

— Não — respondeu ela. — O que nos ensinam não é confiança. — Observou a criança a empilhar a lenha no caixote. — Se ao menos o poder fosse confiança — continuou. — Gosto dessa palavra. Se não fossem todas essas combinações, cada uma acima de outra, de reis e senhores, de magos e donos. Parece-me tudo tão desnecessário. O verdadeiro poder, a verdadeira liberdade, deviam basear-se na confiança, não no poder.

— Como as crianças confiam nos pais — disse Gued.

Ficaram ambos em silêncio por algum tempo.

— Tal como as coisas vão — continuou ele por fim — até a confiança corrompe. Os homens de Roke confiam em si próprios e uns nos outros. O seu poder é puro, nada macula a sua pureza e por isso tomam essa pureza por sabedoria. Não conseguem imaginar que possam fazer algo errado.

Tenar ergueu os olhos para ele. Gued nunca antes falara assim de Roke, de maneira tão desapegada, livre de Roke.

— Talvez eles precisem lá de algumas mulheres para lhes indicar essa possibilidade — aventou, e ele riu-se.

Ela fez de novo girar a roda.

— Continuo a não perceber por que razão, se há rainhas-fêmeas, não há-de haver arquimagos-fêmeas.

Therru ficara a escutá-los.

— *Neve quente, água seca* — disse Gued, citando um ditado gontiano. — O poder dos reis é-lhes dado por outros homens. O poder de um mago é dele próprio — é ele próprio.

— E é um poder masculino. Porque nem sequer sabemos o que é o poder de uma mulher. Está bem. Já percebi. Mas, seja lá como for, porque não conseguem eles dar com um Arquimago, um arquimago-macho?

Gued examinou a bainha esfiapada das bragas.

— Bom — respondeu —, se o Configurador não estava a responder à pergunta deles, então estava a responder a uma que não tinham feito. Talvez o que eles tenham de conseguir seja fazê-la.

— É adivinha? — perguntou Therru.

— É — respondeu-lhe Tenar. — Mas não conhecemos a adivinha. Só sabemos qual é a resposta. E a resposta é: Uma mulher em Gont.

— Há montes delas — disse Therru, depois de pensar um bocado. E, aparentemente satisfeita com o que dissera, saiu para ir buscar a próxima carga de lenha.

Gued ficou a vê-la sair. Depois disse:

— Tudo mudado... Tudo... Por vezes penso, Tenar... fico a imaginar se a subida ao trono de Lebánnen não será apenas um início. Uma porta que se abre... E ele o guardião da porta. Não para a atravessar.

— Ele parece tão jovem — considerou Tenar, ternamente.

— Tão jovem como Morred quando enfrentou os Navios Negros. Tão jovem como eu era quando... — Interrompeu-se, olhando pela janela para os campos cinzentos, gelados, por entre as árvores despidas de folhas. — Ou como tu, Tenar, naquele lugar de treva... O que é a juventude, ou a idade? Eu não sei. Por vezes sinto-me como se tivesse vivido durante mil anos. Outras vezes sinto que a minha vida tem sido como o voo de uma andorinha visto por uma fenda numa parede. Morri e voltei a nascer, tanto na terra árida como aqui, sob a luz do sol, mais que uma vez. E a *Criação* diz-nos que todos nós regressámos e regressamos para todo o sempre à nascente, e que a nascente é incessante. *Só na morte a vida...* Pensei nisso quando estava lá em cima, na montanha, com as cabras, e um dia continuava para sempre e no entanto não passava tempo algum até chegar a noite, e era de novo a manhã... Aprendi a sabedoria das cabras. E assim pensei: «Para que serve esta minha dor? Que homem estou eu a prantear? Gued, o Arquimago? Porque há-de estar Falcão, o cabreiro, doente de vergonha e dor por ele? Que fiz eu para ter de sentir vergonha?»

— Nada! — disse Tenar. — Nada, nunca!

— Oh, sim — contrapôs Gued. — Toda a grandeza do homem se funda sobre a vergonha, é feita dela. E por isso o cabreiro Falcão chorava pelo arquimago Gued. E olhava também pelas cabras, tão bem quanto seria de esperar de um rapaz da sua idade...

Passado um pouco, Tenar sorriu. Um pouco envergonhada, contou:

— A Caruma disse que tu tinhas uns quinze anos.

— Deve andar por aí, sim. Óguion deu-me o nome no Outono e, no Verão seguinte, parti para Roke... Quem era esse rapaz? Um vazio... Uma liberdade.

— Quem é Therru, Gued?

Ele ficou silencioso até ao ponto de ela pensar que não ia obter resposta, mas por fim acabou por dizer:

— Sendo como é... que liberdade pode haver para ela?

— Então, nós somos a nossa liberdade?

— Penso que sim.

— Tu parecias, com o teu poder, tão livre como um homem pode ser. Mas a que custo? O que era que te fazia livre? E eu... eu fui feita, moldada como barro, pela vontade de mulheres que serviam os Antigos Poderes, ou que serviam os homens que criaram todos os serviços e maneiras de fazer e lugares, sei eu lá agora como era. Depois caminhei livre, contigo, por um momento, e com Óguion. Mas não era a *minha* liberdade. Só que me deu a escolha. E escolhi. Escolhi moldar-me a mim própria como barro para o uso de uma quinta e um lavrador e os nossos filhos. Fiz de mim um recipiente. Conheço-lhe a forma. Mas não o barro. A vida arrastou-me numa dança. Conheço as danças. Mas não sei quem é aquele que dança.

— E ela — disse Gued após longo silêncio —, se alguma vez vier a dançar...

— A essa, temê-la-ão — segredou Tenar.

Depois a criança voltou a entrar e a conversa derivou para a massa do pão que estava a levedar na masseira, junto ao fogão. E assim foram conversando, calma e longamente, passando de uma coisa para outra e dando-lhe a volta e regressando a ela, durante metade do dia breve, fiando e cosendo as suas vidas, ligando-as com palavras, revendo muitas vezes os anos e os factos e as acções e os pensamentos que não tinham compartilhado. E uma vez mais regressavam ao silêncio, trabalhando e pensando e sonhando, e a criança silenciosa estava com eles.

Assim passou o Inverno, até que a altura de nascerem os cordeiros os alcançou e o trabalho tornou-se pesado por algum tempo, enquanto os dias cresciam e se tornavam mais luminosos. Depois vieram as andorinhas das ilhas sob o sol, da Estrema Sul, onde a estrela Gobárdon brilha na constelação do Acabar. Mas tudo o que as andorinhas diziam entre si era acerca do início.

13

O AMO

Tal como as andorinhas, os navios começaram a voar entre as ilhas com o regresso da Primavera. Nas aldeias havia falatório, ecoando o de Foz-do-Val, sobre os navios do Rei que assaltavam os assaltantes, levando piratas bem colocados à ruína, confiscando-lhes os navios e as riquezas. O próprio Senhor Heno enviou três dos seus navios, os melhores e mais rápidos, capitaneados pelo lobo-do-mar e mágico Tally, que era temido por todos os navios mercantes desde Soléa às Andrades. A sua missão era preparar uma emboscada aos navios do Rei ao largo de Oranéa e destruí-los. Mas foi um dos navios do Rei que veio até à Baía de Foz-do-Val com Tally a bordo, a ferros, e com ordens para escoltar o Senhor Heno até Porto de Gont, onde seria julgado por pirataria e assassínio. Heno barricou-se na sua mansão de pedra nas colinas atrás de Foz-do-Val, mas não mandou acender o fogo na lareira pois estava um tempo quente de Primavera. E foi assim que cinco ou seis soldados do Rei lhe entraram em casa pela chaminé, depois do que toda a força militar o levou, acorrentado, pelas ruas de Foz-do-Val e o entregou à justiça.

Ao saber disto, Gued afirmou com afecto e orgulho:

— Tudo o que um rei pode fazer, ele o fará e bem.

Jeitoso e Guedelhas tinham sido prontamente conduzidos pela estrada do Norte para Porto de Gont e, logo que os seus ferimentos sararam o suficiente, Merlúcio foi levado até lá de barco, a fim de ser julgado por assassinato pelos tribunais do Rei. A notícia da condenação de todos eles às galés causou muita satisfação e grande soma de cumprimentos entre as pessoas de Vale-do--Meio, a que Tenar, e Therrru a seu lado, assistiram em silêncio.

Vieram outros navios trazendo outros homens, igualmente enviados pelo Rei, nem todos populares entre os habitantes de vilas e aldeias da rústica Gont: xerifes reais, enviados para verificar o sistema de beleguins e agentes de segurança, e para ouvir as queixas e agravos da gente comum; relatores de impostos e cobradores de impostos; nobres visitantes para os pequenos Senhores de Gont, vindos a inquirir delicadamente quanto à sua fidelidade à Coroa em Havnor; e homens de feitiçaria que andavam por aqui e por ali, parecendo fazer pouco e dizer ainda menos.

— Acho que, afinal, andam à cata de um novo arquimago — opinou Tenar.

— Ou à procura de abusos da arte — contrapôs Gued.
— Feitiçaria que tenha seguido por mau caminho.

Tenar ia para dizer: «Então deviam procurar na mansão senhorial de Re Albi!» mas embaraçou-se-lhe a língua nas palavras. Que ia eu a dizer? pensou. Alguma vez falei a Gued acerca de... Estou a ficar esquecida. O que era aquilo que eu ia dizer a Gued? Ah, já sei. Que era melhor consertar a cancela da pastagem de baixo, antes que as vacas fujam.

Havia sempre qualquer coisa, melhor, dúzias de coisas a ocupar-lhe o espírito, assuntos da quinta. «Contigo, nunca é só uma coisa», dissera-lhe Óguion. Mesmo com Gued para a ajudar, todos os seus pensamentos, todos os seus dias, eram para o cuidar da quinta. Ele partilhava do trabalho da casa como Pederneira nunca fizera. Mas esse fora um lavrador, o que Gued não era. Aprendia depressa, mas havia muito que aprender. Trabalhavam. Tinham agora pouco tempo para conversar. Ao fim do dia, havia a ceia juntos, iam para a cama juntos, dormiam e acordavam ao raiar do dia, e voltavam ao trabalho, à volta, sempre à volta, como a roda de uma azenha, erguendo-se cheia e vazando, os dias passando como a água límpida a cair.

— Olá, mãe — disse o jovem magro que estava junto à cancela da quinta.

Tenar pensou que fosse o filho mais velho de Cotovia e retorquiu:

— Então que te traz por cá, rapaz?

Depois voltou a cabeça a olhá-lo, por entre as galinhas cacarejantes e os gansos que desfilavam em parada.

— Centelha! — gritou. E, deitando a correr para ele, dispersou a criação em todas as direcções.

— Ora, ora — disse ele. — Não te ponhas com coisas.

Deixou que ela o beijasse e lhe fizesse uma festa na cara. Entrou e foi sentar-se na cozinha, à mesa.

— Já comeste? Viste a Maçã?
— Comia qualquer coisa.
Tenar rebuscou na bem provida despensa.
— Em que navio estás tu? Ainda no *Gaivota?*
— Não. — Fez uma pausa. — Esse desfez-se.
Ela voltou-se, horrorizada.
— Naufragou?
— Não — retorquiu ele com um sorriso mal-humorado.
— A tripulação é que se desfez, cada um para seu lado. Os homens do Rei tomaram o navio.
— Mas... não era um navio pirata...
— Pois não.
— Então porquê?
— Disseram que o capitão levava mercadorias de que eles precisavam — respondeu, de má vontade.
Estava tão magro como sempre fora, mas parecia mais velho, a pele muito bronzeada, o cabelo escorrido, com um rosto longo e estreito como o de Pederneira, mas ainda mais afilado, mais duro.
— Onde está o pai? — perguntou.
Tenar ficou muito quieta.
— Não passaste pela casa da tua irmã.
— Não — confirmou ele num tom indiferente.
— O Pederneira morreu há já três anos. De um ataque de coração. Estava nos campos... no caminho que vem dos redis das ovelhas parideiras. Foi o Arroio-claro quem o encontrou. Já lá vão três anos.
Houve um silêncio. Ele não sabia o que havia de dizer, ou nada tinha para dizer.
Tenar pôs-lhe comida à frente e ele começou a comer tão esfomeadamente que, de imediato, lhe serviu mais.
— Quando foi a última vez que comeste?
Centelha encolheu os ombros e continuou a comer.
Ela foi sentar-se em frente dele, do outro lado da mesa. O sol do final da Primavera escorria pela janela baixa, por sobre a mesa, e ia pôr um brilho no guarda-fogo de bronze da lareira.
Finalmente, ele arredou o prato.
— Então e quem é que tem tomado conta da quinta? — quis ele saber.

— Em que pode isso interessar-te, filho? — perguntou Tenar, em tom calmo mas com secura.

— É minha — redarguiu ele num tom bastante semelhante ao dela.

Tenar deixou decorrer um minuto em silêncio. Depois levantou-se, tirou-lhe os pratos da frente e pronunciou:

— É tua, sim.

— Podes ficar, é claro — disse ele de um modo desajeitado, talvez tentando fazer graça. Mas ele não era homem que fizesse graças. — O velho Arroio-claro ainda anda por aí?

— Ainda cá estão todos. E um homem chamado Falcão e uma criança que eu recolhi. Aqui. Na casa. Vais ter de dormir no quarto do sótão. Eu ponho a escada. — Voltou a encará-lo. — E então, vens passar uma temporada?

— Sou capaz disso.

Assim respondera Centelha às suas perguntas durante vinte anos, negando-lhe o direito de as fazer na medida em que nunca respondia sim ou não, mantendo uma liberdade que se baseava na ignorância em que a mantinha. Uma bem pobre e estreita liberdade, pensou ela.

— Meu pobre filho — compadeceu-se ela. — A tua tripulação desfeita, o teu pai falecido, estranhos em casa e tudo isto num dia só. Vais precisar de algum tempo para te acostumares. Lamento, filho, lamento. Mas estou contente por te ter por cá. Pensei tantas vezes em ti, nos mares, nas tempestades, em pleno Inverno.

Centelha nada disse porque nada tinha para oferecer e era incapaz de aceitar. Empurrou a cadeira para trás e estava a levantar-se quando Therru entrou. Estacou, meio erguido, de olhos arregalados para a criança.

— Que é que lhe aconteceu? — perguntou.

— Foi queimada. Aqui está o meu filho, Therru, aquele de quem te tenho falado, o marinheiro, Centelha. Therru é tua irmã, Centelha.

— Irmã!

— Sim, por adopção.

— Irmã! — voltou ele a proferir e olhou em volta como se tomasse a cozinha por testemunha. Depois fitou fixamente a mãe.

Ela fitou-o do mesmo modo.

Centelha saiu, afastando-se o mais possível de Therru, que permanecia imóvel. Bateu com a porta atrás de si.

Tenar tentou dizer alguma coisa a Therru, mas não conseguiu.

— Não chores — rogou a criança que não chorava, vindo até junto dela, tocando-lhe no braço. — Ele magoou-te?

— Oh, Therru! Deixa-me pegar em ti!

E sentou-se à mesa com Therru no colo e nos braços, embora a rapariga estivesse a ficar demasiado crescida para estar ao colo, além de que nunca conseguira ajeitar-se a fazê-lo facilmente. Mas Tenar pegou-lhe e chorou, e Therru baixou o rosto marcado de cicatrizes para o dela, até ficar também molhado de lágrimas.

Gued e Centelha regressaram ao lusco-fusco, vindos de lados opostos da quinta. Era evidente que Centelha tinha falado com Arroio-claro e avaliado a situação, e era também evidente que Gued estava a tentar fazer o mesmo. Pouco se disse à ceia e mesmo esse pouco com grandes cautelas. Centelha não se queixou de não recuperar o seu antigo quarto e subiu rapidamente, como marinheiro que era, a escada de mão até ao quarto do sótão. Aparentemente, ficou satisfeito com a cama que a mãe ali lhe fizera, pois só voltou para baixo já a manhã ia adiantada.

Nessa altura quis o pequeno-almoço e esperava que lhe fosse servido. O pai sempre fora servido pela mãe, a mulher, a filha. Seria ele menos que o pai? Iria ela provar-lhe que assim era? Tenar serviu-lhe a refeição e levantou depois a mesa, após o que voltou para o pomar, onde ela, Therru e Gengibre andavam a queimar uma praga de lagartas que ameaçava destruir os frutos acabados de formar.

Centelha foi ter com Arroio-claro e Arrufo. E, à medida que os dias foram passando, era com eles que passava a maior parte do tempo. Os trabalhos pesados, a requerer força de músculo, e também os de mais perícia, com as colheitas e as ovelhas, eram todos feitos por Gued, Gengibre e Tenar, enquanto os dois velhotes, que ali tinham passado toda a vida, os homens do pai de Centelha, o levavam consigo e lhe explicavam como tomavam conta de tudo, e acreditavam que o faziam realmente, compartilhando com ele essa crença.

Tenar passou a sentir-se infeliz dentro de casa. Só lá fora, a trabalhar na quinta, tinha algum alívio da raiva, da vergonha que a presença de Centelha lhe trouxera.

— Chegou a minha vez — disse amargamente a Gued, no escuro do quarto que a luz das estrelas vinha aclarar um pouco.
— A minha vez de perder aquilo em que tinha mais orgulho.
— E o que perdeste tu?
— O meu filho. O filho que eu não soube criar como um homem. Falhei. Falhei para com ele.

Mordeu o lábio, abrindo os olhos secos para o escuro.

Gued não tentou argumentar com ela, nem persuadi-la a esquecer a sua dor. Em vez disso, perguntou:
— Achas que ele vai ficar?
— Acho. Ele está com medo de tentar voltar de novo ao mar. Não me disse a verdade, pelo menos toda a verdade, acerca do navio. Era segundo-imediato. Penso que estivesse envolvido no transporte de coisas roubadas. Uma espécie de pirataria em segunda mão. Não me interessa. Os marinheiros de Gont são todos meios piratas. Mas ele mente acerca disso. Mente. E tem ciúmes de ti. É um homem desonesto e invejoso.
— Eu diria antes, assustado — contrapôs Gued. — Não maldoso. E a quinta é dele.
— Então que fique com ela! E possa ela ser tão generosa para ele como...
— Não, querido amor — atalhou Gued, sustendo-a a um tempo com a voz e as mãos. — Não fales... não digas as más palavras!

Havia nele tanta urgência, uma tão apaixonada sinceridade, que a ira de Tenar se transformou de imediato no amor de onde nascia e ela clamou:
— Eu não ia amaldiçoá-lo, nem a este lugar! Não era essa a minha intenção! É só que me causa tanta pena, tanta vergonha! Lamento tanto, Gued!
— Não, não, não. Minha querida, não me importa o que o rapaz possa pensar de mim. Mas ele é tão rude contigo.
— E com a Therru. Ele trata-a como... Ele disse, ele disse-me: «O que foi que ela fez para ficar assim?» O que foi que *ela fez*...

Gued afagou-lhe o cabelo, como tantas vezes fazia, com uma carícia leve, lenta, repetida, que a ambos conciliava o sono, com terno prazer.

— Eu podia ir outra vez guardar cabras — aventou ele finalmente. — Ia tornar as coisas mais fáceis para ti, aqui. Só no trabalho é que não.

— Antes queria ir contigo.

Ele continuou a afagar-lhe o cabelo, parecendo considerar a sugestão.

— Suponho que fosse possível — acabou por concluir. — Havia lá para cima umas duas famílias a guardar ovelhas, acima de Lissu. Mas depois vem o Inverno...

— Talvez algum lavrador nos desse trabalho. Eu conheço as tarefas... e ovelhas... E tu és bom com as cabras... e aprendes tudo depressa...

— Sim, útil. Com forquilhas — murmurou Gued arrancando-lhe uma risada meio soluçada.

Na manhã seguinte, Centelha levantou-se a tempo de tomar o pequeno-almoço com eles, porque ia à pesca com o velho Arrufo. Levantou-se da mesa, dizendo com um ar algo mais simpático que o habitual:

— Vou trazer um montão de peixe para a ceia.

Durante a noite, Tenar tomara algumas resoluções, de modo que lhe disse:

— Espera aí. Tu podes levantar a mesa, Centelha. Leva os pratos para a pia da louça e deita-lhes água por cima. Depois lavam-se com a louça da ceia.

Ele fitou-a um momento e depois redarguiu, pondo o boné na cabeça:

— Isso é trabalho de mulheres.

— É o trabalho de quem quer que coma nesta cozinha.

— Meu, não — respondeu ele terminantemente e saiu.

Tenar foi atrás dele até à soleira da porta e perguntou:

— Quer dizer que é do Falcão, mas não é teu?

Centelha limitou-se a um aceno afirmativo de cabeça, continuando a atravessar o pátio.

— É tarde de mais — disse ela, voltando à cozinha. — Falhei, falhei. — Sentia as rugas na cara, tensas, aos lados da boca, entre os olhos. — Podemos deitar água numa pedra — disse ainda — mas nunca a veremos crescer.

— É preciso começar quando eles ainda são jovens e tenros — interpôs Gued. — Assim como eu.

Mas desta vez ela não conseguiu rir.

Voltaram para casa ao fim do dia de trabalho e viram um homem a falar com Centelha ao portão da frente.

— É aquele homem de Re Albi, não é? — perguntou Gued que tinha muito bons olhos.

— Anda embora, Therru — chamou Tenar, pois a criança estacara de repente. — Qual homem? — Ela era bastante míope e semicerrou os olhos para olhar para o outro lado do pátio. — Ah, é aquele, como é que se chama, o comerciante de ovelhas. Townsend. Que virá ele aqui fazer outra vez, esse corvo de mau agouro!

Todo o dia tinha estado de mau humor e Gued e Therru, muito sensatamente, nada disseram.

Ela dirigiu-se para junto dos dois homens.

— Vieste pelas borregas, Townsend? Estás um ano atrasado. Mas ainda temos algumas deste ano no redil.

— É o que aqui o amo me tem estado a dizer — respondeu o homem.

— Ah, tem? — disse Tenar.

O rosto de Centelha tornou-se ainda mais escuro perante o tom em que a mãe falara.

— Então não vou ficar aqui a interromper-te a ti e ao amo — continuou ela e ia a virar as costas, quando Townsend falou.

— Tenho uma mensagem para ti, Goha.

— Às três é de vez.

— A bruxa velha, sabes, a velha Tia Caruma, está muito mal. Como eu vinha cá abaixo a Vale-do-Meio, disse-me: «Diz à Senhora Dona Goha que eu gostava de a ver antes de morrer, se ela tiver alguma possibilidade de vir até cá.»

Corvo, corvo de mau agouro, pensou Tenar, olhando com ódio o portador das más notícias.

— Ela está doente? — perguntou.

— Doente a acabar — confirmou Townsend com uma espécie de sorriso afectado que talvez pretendesse transmitir comiseração. — Adoeceu no Inverno e tem estado a piorar muito depressa, e foi por isso que me disse para te dizer que queria muito ver-te, antes de morrer.

— Obrigada por me teres trazido a mensagem — agradeceu Tenar sobriamente e, voltando costas, dirigiu-se para casa, enquanto Townsend seguia com Centelha para os redis.

Enquanto tratavam do jantar, Tenar disse para Gued e para Therru:

— Tenho de ir.

— Claro — apoiou Gued. — Vamos todos três, se quiseres.

— Eras capaz disso? — E, pela primeira vez nesse dia, o seu rosto iluminou-se, a nuvem de temporal levantou. — Ah, isso é... isso é muito bom... Eu não te queria pedir, pensei que talvez... Therru, gostavas de voltar àquela casa pequena, à casa de Óguion, por algum tempo?

Therru pôs-se muito quieta a pensar. E por fim disse:

— Podia ver o meu pessegueiro.

— Sim, e a Urze, e a Beberrica e a Tia Caruma... pobre Caruma! Ah, tenho tido vontade, tenho tido vontade de voltar lá, mas não me parecia bem. Havia a quinta para tomar conta... e tudo o resto...

Parecia-lhe haver outra razão para não ter lá voltado, uma razão que não a deixara pensar em voltar, e nem soubera, até àquele momento, como desejava fazê-lo. Mas fosse a razão qual fosse, desapareceu como uma sombra, uma palavra esquecida.

— Terá alguém tomado conta dela, é só o que eu me pergunto. Ou mandado vir algum curandeiro. Ela era a única que sabia curar no Overfell, mas há gente cá em baixo, em Porto de Gont, que a podiam ajudar, tenho a certeza. Ah, pobre Caruma! Quero mesmo ir... Hoje, já é tarde, mas amanhã, amanhã cedo. E o amo que trate do seu pequeno-almoço!

— Há-de aprender — conciliou Gued.

— Não, não há-de. O que ele há-de é arranjar alguma idiota de alguma mulher que lho faça. Ora! — Lançou um olhar ao redor da cozinha, o rosto animado e feroz. — Faz-me raiva deixar-lhe os vinte anos que levei a esfregar aquela mesa. Só espero que ela a aprecie!

Centelha trouxe Townsend para jantar, mas o homem não quis passar ali a noite, embora tal lhe fosse obviamente oferecido de acordo com as leis da hospitalidade. Teria de ter cedido uma das duas camas e a ideia não agradava a Tenar. Assim, ficou satisfeita de o ver ir ter com os seus anfitriões na aldeia, no crepúsculo azulado daquele anoitecer de Primavera.

— Amanhã, logo de manhã, partimos para Re Albi, filho — anunciou ela a Centelha. — O Falcão, a Therru e eu.

Ele olhou-a, algo assustado.

— Vais-te assim embora, sem mais?

— Como tu foste. E como vieste — disse-lhe a mãe. — E agora escuta, Centelha. Esta é a caixa do dinheiro do teu pai. Tem dentro sete peças de marfim, e aquelas velhas notas de crédito do velho Bridgeman, mas nunca as vai pagar, não tem com quê. Estas quatro peças das Andrades recebeu-as o teu pai da venda de peles de ovelha ao fornecedor de navios de Foz-do-Vale durante quatro anos seguidos, ainda tu eras um rapazito. E estas três de Havnor são o que Tholy nos deu pela quinta da Enseada Alta. Eu é que convenci o teu pai a comprar essa quinta, e o ajudei a arranjá-la e a vendê-la. Fico com essas três peças porque as ganhei. O resto, tal como a quinta, é teu. Tu és o amo.

O jovem alto e magro quedou-se de olhos fitos no cofre do dinheiro.

— Fica com todas. Eu não as quero — disse ele em voz baixa.

— Não preciso. Mas agradeço-te da mesma maneira, meu filho. Guarda as quatro peças. Quando te casares, diz à tua mulher que são a minha prenda para ela.

Voltou a arrumar o cofre no sítio atrás do grande prato que estava na prateleira de cima do guarda-louça, onde Pederneira sempre o guardara, e depois indicou à criança.

— Therru, vai agora arranjar as tuas coisas, porque vamos sair muito cedo.

— E quando é que voltas? — perguntou Centelha. E o tom da sua voz recordou a Tenar a criança frágil e inquieta que ele fora. Mas limitou-se a dizer:

— Não sei, meu querido. Se precisares de mim, eu venho.

Atarefou-se a tirar para fora os sapatos de viagem e as mochilas, e entretanto disse:

— Centelha. Há uma coisa que podias fazer por mim.

Ele tinha-se sentado no assento da lareira, com um ar inseguro e taciturno.

— O quê? — perguntou.

— Vai até Foz-do-Val a casa da tua irmã. Diz-lhe que eu tive de voltar ao Overfell. E diz-lhe que, se precisar de mim, é só mandar recado.

Ele assentiu com um aceno de cabeça. Ficou a observar Gued que já empacotara os seus poucos pertences com a perícia e a rapidez de alguém que muito viajara, e estava agora a arrumar os pratos para deixar a cozinha como devia ser. Feito isto, sentou--se do outro lado da lareira, em frente de Centelha e enfiou uma corda nova pelos olhais da sua mochila, a fim de poder fechá-la em cima.

— Há um nó que se usa para isso — comentou Centelha.
— O nó de marinheiro.

Silenciosamente, Gued estendeu-lhe a mochila e ficou a observar enquanto Centelha, também em silêncio, mostrava como fazer o nó.

— Desliza para cima, estás a ver? — indicou ele. E Gued fez um aceno afirmativo

Deixaram a quinta no escuro e frio do amanhecer. A luz do sol chega tarde ao lado ocidental da Montanha de Gont e foi só o caminhar que pôde mantê-los quentes, até que o Sol deu a volta à grande massa do pico sul e brilhou sobre as suas costas.

Therru andava agora duas vezes mais depressa do que no Verão anterior mas, mesmo assim, ainda tinham pela frente dois dias de viagem. Já a tarde ia adiantada, Tenar perguntou:

— Vamos tentar chegar às Nascentes do Carvalho hoje? Há lá uma espécie de estalagem. Foi onde bebemos um copo de leite. Lembras-te, Therru?

Gued tinha o olhar fito na falda da montanha, com uma expressão distante.

— Há um lugar que eu conheço...
— Óptimo — disse Tenar.

Pouco antes de chegarem à volta da estrada de onde se avistava Porto de Gont pela primeira vez, Gued desviou-se para a floresta que cobria as íngremes encostas acima da estrada. O sol poente lançava raios de um ouro avermelhado a trespassar a escuridão entre os troncos e sob os ramos. Subiram meia milha ou perto disso, sem que Tenar descortinasse caminho algum, e desembocaram numa espécie de degrau no flanco da montanha, um prado abrigado do vento pelo penhasco atrás dele e as árvores ao redor. Dali, era possível avistar os cumes da montanha para norte e, por entre as copas dos grandes abetos, tinha-se uma vista clara do mar a ocidente. Ali, tudo era silencioso, excepto quando o vento soprava os abetos. Uma cotovia da montanha cantou longa e docemente, muito alto na luz do sol, antes de se deixar cair na direcção do seu ninho, oculto no meio da erva virgem de pegadas.

Todos três comeram o seu pão e o seu queijo. Viram a escuridão vir subindo pela montanha a partir do mar. Fizeram a sua cama de mantos e dormiram, Therru junto de Tenar, esta junto de Gued. Noite alta, Tenar acordou. Um mocho piava ali perto, uma nota doce e repetida como um sino, e muito longe para cima na montanha a companheira respondia, como o fantasma de um sino. Tenar pensou: «Vou ver as estrelas a porem-se no mar» mas voltou imediatamente a adormecer, com o coração em paz.

Despertou no cinzento da manhã e deu com Gued sentado ao seu lado, com o manto à volta dos ombros, a olhar para a abertura a oeste. O seu rosto escuro estava perfeitamente imóvel, cheio de silêncio, tal como ela o vira uma vez, há muito tempo, na praia de Atuan. Mas os seus olhos não estavam deprimidos, como então. Ele olhava o ilimitado Ocidente. E, olhando com ele, Tenar viu chegar o dia, a majestade de rosa e ouro reflectindo-se claramente pelo céu fora.

Ele voltou-se para ela e Tenar disse-lhe:

— Amei-te desde o primeiro momento em que te vi.

— Dadora de vida — pronunciou ele e inclinou-se, beijando-lhe o seio e a boca. Ela apertou-o a si por um momento. Depois levantaram-se, acordaram Therru e seguiram o seu caminho. Porém, ao entrarem nas árvores, Tenar olhou uma vez mais para trás, para o pequeno prado, como se o encarregasse de se manter fiel à sua felicidade ali.

No primeiro dia da sua viagem, o fito era viajar. Mas naquele, o segundo, chegariam a Re Albi. E por isso a mente de Tenar estava constantemente virada para a Tia Caruma, perguntando-se o que lhe teria acontecido e se estaria realmente a morrer. Porém, à medida que o dia e o caminho iam passando, a sua mente conseguia cada vez menos manter o pensamento em Caruma ou em qualquer outra coisa. Estava cansada. Não lhe agradava caminhar de novo daquela maneira em direcção a uma morte. Passaram nas Nascentes do Carvalho, desceram à garganta e voltaram a subir do outro lado. Chegados ao último trecho de estrada, longo e a subir, até ao Overfell, as pernas pesavam-lhe e a sua mente estava estupidificada e confusa, agarrando-se a uma palavra ou imagem até perderem o sentido — o aparador com os pratos na casa de Óguion, ou as palavras *golfinho de osso* suscitadas por olhar o saco de ervas dos brinquedos de Therru, e que se repetiam incessantemente.

Gued caminhava a passos largos no seu andar fácil de velho caminheiro e Therru avançava esforçadamente mesmo ao seu lado, a mesma Therru que esgotara as forças nesta longa subida havia menos de um ano, e que tivera de ser levada nos braços. Mas isso fora depois de um dia mais longo de caminho. E quando a criança estava ainda a recuperar do seu castigo.

Ela estava a ficar velha, demasiado velha para andar tanto, tão depressa. Era tão difícil, a subida. Uma mulher de idade devia era ficar em casa, ao canto da lareira. O golfinho de osso, o golfinho de osso. No saco. O saco atado. Atado, o feitiço de atar. O homem de osso e o animal de osso. Ali iam eles à sua frente. Estavam à espera dela. Ela era lenta. Estava cansada. Com um grande esforço, conseguiu percorrer o último trecho da encosta e alcançou-os onde a estrada desembocava ao nível do Overfell. Para a esquerda estavam os telhados de Re Albi, descendo em direcção à beira do penhasco. Para a direita, a estrada subia em direcção à mansão senhorial.

— Por aqui — disse Tenar.

— Não — contrariou a criança, apontando para a esquerda, para a aldeia.

— Por aqui — insistiu Tenar, começando a avançar pelo caminho da direita. Gued foi com ela.

Caminhavam entre os nogueirais e os campos de erva. Era uma tarde quente do princípio do Verão. Perto e longe, pássaros cantavam nas nogueiras. E ele veio caminhando da grande casa em direcção a eles, aquele cujo nome ela não conseguia recordar.

— Bem-vindos sejam! — cumprimentou e estacou, sorrindo para eles.

Eles pararam.

— Que grandes personalidades vieram honrar com a sua presença a casa do Senhor de Re Albi — tornou ele. Tuaho. Não, não era esse o seu nome. O golfinho de osso, o animal de osso, a criança de osso.

— Meu Senhor Arquimago!
Ele fez uma profunda vénia a que Gued correspondeu.
— E a minha Senhora Tenar de Atuan!
Inclinou-se mais profundamente ainda perante ela e Tenar deixou-se cair de joelhos na estrada. A sua cabeça foi descaindo, até ela pousar as mãos no caminho, e inclinou-se ainda mais, até a sua própria boca tocar o pó da estrada.
— Agora, rasteja! — ordenou ele. E ela começou a rastejar na sua direcção.
— Pára! — disse ele. E ela parou.
— Consegues falar? — perguntou. Ela nada disse, pois não havia palavras que pudessem chegar à sua boca, mas Gued respondeu na sua voz natural:
— Sim.
— Onde está o monstro?
— Não sei.
— Pensei que a bruxa iria trazer com ela o seu familiar. Em vez disso, trouxe-te a ti. O Senhor Arquimago Gavião. Que excelente substituto! Tudo o que posso fazer a bruxas e monstros é limpar o mundo da sua presença. Mas contigo, que em tempos foste um homem, posso falar. Pelo menos, és dotado de um discurso racional. E capaz de compreender o que é castigo. Julgaste que estavas a salvo, suponho, com o teu rei no trono e o meu amo, o nosso amo, destruído. Pensaste que havias de fazer a tua vontade e destruíste a promessa de vida eterna, não foi?
— Não — respondeu a voz de Gued.
Ela não podia vê-los. Apenas conseguia ver o pó da estrada, sentir-lhe o sabor na boca. Ouviu Gued falar. E ele disse:
— Na morte há vida.
— Quá-quá-quá, a citar as Canções, Mestre de Roke... mestre-escola! Que coisa mais engraçada de ver, o grande arquimago todo ataviado como um cabreiro e sem uma nica de magia dentro... nem uma só palavra de poder. És capaz de tecer uma encantação, arquimago? Só uma pequenina, só um feitiçozinho de ilusão? Não? Nem uma palavra? O meu amo derrotou-te. Agora já o sabes? Tu não prevaleceste sobre ele. O seu poder vive! Eu era capaz de te manter vivo aqui por algum tempo para veres esse poder, o meu poder. Para veres o velho que eu guardo da morte — e até podia servir-me da tua vida para isso se precisasse — e

veres esse metediço do teu rei a fazer figura de idiota, com os seus senhores afectados e os seus estúpidos feiticeiros, à procura de uma mulher! Uma mulher para nos governar! Mas o governo está aqui, a mestria está aqui, aqui, nesta casa. Todo este ano tenho estado a reunir outros ao meu redor, homens que sabem reconhecer o verdadeiro poder. Alguns deles de Roke, apanhados mesmo debaixo do nariz dos mestres-escolas. E de Havnor, de debaixo do nariz do chamado Filho de Morred, que quer que uma mulher o governe, o nosso rei que pensa estar tão seguro que ostenta o seu nome-verdadeiro abertamente. Sabes o meu nome, arquimago? Lembras-te de mim, há quatro anos, quando tu eras o grande Mestre dos Mestres e eu um modesto estudante de Roke?

— O teu nome era Choupo — pronunciou a voz paciente.

— E o meu nome-verdadeiro?

— Não sei o teu nome-verdadeiro.

— O quê? Não sabes? Não consegues descobri-lo? Os magos não conhecem todos os nomes?

— Eu não sou um mago.

— Oh, diz isso outra vez.

— Eu não sou um mago.

— Gosto de te ouvir dizê-lo. Repete.

— Eu não sou um mago.

— Mas eu sou!

— Sim.

— Diz tudo!

— Tu és um mago.

— Ah! Isto é melhor do que eu podia ter esperado! Fui à pesca da enguia e apanhei a baleia! Anda daí, então, anda conhecer os meus amigos. Tu podes andar. Ela pode rastejar.

E assim subiram a estrada em direcção à mansão do Senhor de Re Albi e entraram, com Tenar de mãos e joelhos na estrada, e depois nos degraus de pedra até à porta e finalmente no mármore do pavimento de salas e corredores.

Dentro da mansão estava escuro. Com a escuridão entrou também uma escuridão na mente de Tenar, pelo que foi compreendendo cada vez menos o que se dizia. Só algumas palavras e vozes lhe chegavam claramente. O que Gued dizia ela compreendia e, quando ele falava, pensava no seu nome e, dentro do seu espírito, agarrava-se desesperadamente a ele. Mas ele falava raramente e apenas em resposta àquele cujo nome não era Tuaho. Esse falava com ela de vez em quando, chamando-lhe Cadela. «Este é o meu novo animal de estimação», dizia ele para outros homens, vários dos quais se encontravam ali na escuridão onde as velas faziam sombras. «Querem ver como está bem ensinada? Deita-te, Cadela!» E ela deitava-se de costas e os homens riam.

— Ela tinha uma cria — disse ele — que eu tinha planeado acabar de castigar, porque a deixaram só meio queimada. Mas, em vez disso, trouxe-me um pássaro que tinha caçado, um gavião. Amanhã, vamos ensiná-lo a voar.

Outras vozes diziam outras palavras, mas ela já não conseguia entender palavras.

Ataram-lhe qualquer coisa à volta do pescoço e foi obrigada a rastejar por mais degraus acima, até uma divisão que cheirava a urina, a carne podre e a flores. Vozes falavam. Uma mão fria como pedra bateu-lhe debilmente na cabeça, ao mesmo tempo que alguém ria «Éh-éh-éh» como uma porta velha a ranger nos gonzos. Depois deram-lhe pontapés e forçaram-na a rastejar ao longo de corredores. Não conseguia rastejar suficientemente depressa, por isso davam-lhe pontapés nos seios e na boca. Depois houve uma porta que bateu, e silêncio, e escuridão. Ouviu alguém chorar e pensou que fosse a criança, a sua criança. Desejou que a criança não chorasse. Por fim, o choro cessou.

14

TEHANU

A criança virou à esquerda e caminhou por um bocado, antes de olhar para trás, deixando que a sebe florida a ocultasse. Aquele que se chamava Choupo, cujo nome era Érisene e a quem ela via como uma escuridão bifurcada e serpenteante, atara-lhe a mãe e o pai, com uma correia na boca a ela e outra correia no coração a ele, e estava a conduzi-los a ambos para o lugar onde se ocultava. O cheiro daquele sítio era doentio para ela, mas seguiu-o por um bocado a ver o que ele faria. Levou--os para dentro e fechou a porta atrás deles. Era uma porta de pedra. Não podia lá entrar.

Precisava de voar, mas não podia voar. Ela não era um dos alados.

Correu tão depressa quanto pôde, através dos campos, para lá da casa da Tia Caruma, da casa de Óguion e da casa das cabras, até pisar a passagem ao longo do penhasco e até à beira do penhasco, onde não devia ir porque só conseguia vê-lo com um dos olhos. Foi muito cuidadosa. Olhou cuidadosamente com esse olho. A água estava lá muito em baixo e o Sol estava a pôr-se muito longe. Olhou para ocidente com o outro olho e chamou com a outra voz o nome que ouvira no sonho da mãe.

Não esperou por resposta. Deu meia volta e regressou pelo mesmo caminho, passando primeiro pela casa de Óguion a ver se o seu pessegueiro tinha crescido. A velha árvore lá estava, com muitos pêssegos pequenos e verdes, mas não havia nem sinal da plantinha. As cabras tinham-na comido. Ou morrera por ela não a ter regado. Ficou ali por um bocado a olhar para o solo, depois inspirou profundamente e atravessou os campos até à casa da Tia Caruma.

Galinhas que recolhiam ao poleiro cacarejaram e agitaram as asas, protestando contra a sua entrada. A pequena cabana estava escura e muito cheia de cheiros.

— Tia Caruma — chamou ela, na voz que usava para estas pessoas.
— Quem está aí?
A velhota estava na cama, escondida. Estava assustada e tentava fazer pedra à sua volta para manter toda a gente afastada, mas não resultava. Ela não era suficientemente forte.
— Quem é? Quem está aí? Oh, queridinha... oh, querida criança, minha pequenina queimada, minha linda, que fazes tu aqui? Onde está ela, onde está ela, a tua mãe, oh, ela está aqui? Ela veio? Não entres, não entres, queridinha, tenho uma maldição em cima, ele amaldiçoou esta velha, não te chegues a mim. Não te chegues a mim!
Pôs-se a chorar. A criança estendeu a mão e tocou-lhe.
— Estás fria — disse ela.
— Tu és como fogo, criança, a tua mão queima-me. Ah, não olhes para mim! Ele mandou a minha carne apodrecer e encarquilhar-se e apodrecer outra vez, mas não me deixa morrer... Ele disse que eu havia de te trazer aqui. Eu tentei morrer, tentei, mas ele segurou-me, segurou-me viva contra a minha vontade, não me vai deixar morrer, ah, deixa-me morrer!
— Tu não devias morrer — disse a criança, enrugando a testa.
— Criança — sussurrou a velha —, queridinha, chama-me pelo meu nome.
— Hatha — pronunciou a criança.
— Ah! Eu bem sabia... Liberta-me, queridinha!
— Tenho de esperar — replicou a criança. — Até que eles cheguem.
A bruxa deitou a cabeça na almofada, mais calma e respirando sem dor.
— Até que venha quem, queridinha? — perguntou num sussurro.
— A minha gente.
A mão grande e fria da bruxa estava pousada na dela como um feixe de pauzinhos secos. Segurou-lha firmemente. Hatha, a quem chamavam Caruma, adormeceu. E por fim a criança, sentada no chão ao lado da cama de rede, com uma galinha empoleirada ali perto, adormeceu também.

Quando a luz veio, apareceram homens. Ele disse «Levanta-te, Cadela! Levanta-te!» e ela levantou-se sobre as mãos e os joelhos. Ele riu-se, dizendo: «Tudo para cima! És uma cadela tão esperta, podes muito bem andar sobre as patas de trás, não podes? Isso, isso. Finge que és humana! Vamos ter de andar um bocado. Vem!» Ainda tinha a trela em volta do pescoço e ele deu-lhe um puxão. Ela seguiu-o.

— Toma, leva-a tu — ordenou ele. E agora era aquele, aquele que ela amava, mas não conseguia lembrar-se já do seu nome, quem segurava a trela.

Saíram todos do lugar escuro. Pedras escancararam-se para os deixar passar e voltaram a fechar-se atrás deles.

Ele ia sempre bem perto dela e daquele que segurava a trela. Vinham outros mais atrás, três ou quatro homens.

Os campos estavam cinzentos de orvalho. A montanha erguia-se escura contra um céu pálido. Pássaros começavam a cantar nos pomares e nas sebes, cada vez mais alto.

Chegaram à berma do mundo e caminharam ao longo dela durante algum tempo, até chegarem onde o chão era só rocha e a berma muito estreita. Havia um traço riscado na pedra e ela olhou-o.

— Ele pode empurrá-la — disse ele. — E depois o falcão pode voar, sozinho.

Ele desatou-lhe a trela do pescoço.

— Vai pôr-te na beira — mandou. Ela seguiu o traço feito na rocha até mesmo à borda. Abaixo dela havia o mar e nada mais. E o ar estendia-se à sua frente.

— Agora — explicou ele —, o Gavião vai empurrá-la. Mas, antes disso, talvez ela queira dizer alguma coisa. Ela tem tanto para dizer. Não há mulher que não tenha, sempre. Não há nada que nos queiras então dizer, Senhora Tenar?

Ela não podia falar, mas apontou para o céu, acima do mar.

— Albatroz — alvitrou ele.

Ela riu alto.

Nos abismos de luz, da porta do céu, o dragão voou, o fogo a fazer um rasto atrás do corpo serpenteante, coberto de malha de ferro. E Tenar falou então.

— Keilessine! — bradou ela e logo se voltou, agarrando o braço de Gued, puxando-o para baixo, para a rocha, ao mesmo tempo que o rugido do fogo passava sobre eles, com o ruído metálico da malha, o assobio do vento nas asas erguidas, o estrondo das garras como lâminas de gadanho a pousar sobre a rocha.

O vento soprava do mar. Um minúsculo cardo, que crescia numa fenda da rocha perto da mão de Tenar, balouçava, balouçava, sob o vento vindo do mar.

Gued estava ao seu lado. Estavam agachados lado a lado, com o mar atrás e o dragão à frente. Este olhou-os voltando a cabeça de lado com um olho oblongo e amarelo.

Gued falou numa voz rouca e hesitante, na língua do dragão. Tenar compreendeu as palavras que eram apenas: «Os nossos agradecimentos, ó Mais Antigo.»

Olhando para Tenar, Keilessine falou com a sua voz poderosa que era como uma vassoura de metal a varrer um gongo:

— *Aro Tehanu?*

— A criança — disse Tenar. — Therru!

Pôs-se de pé para deitar a correr, para procurar a sua criança. Viu-a vir ao longo da plataforma de rocha, entre montanha e mar, em direcção ao dragão.

— Não corras, Therru! — gritou, mas a criança vira-a e vinha a correr, a correr direita a ela. Agarraram-se uma à outra.

O dragão rodou a enorme cabeça, cor de ferrugem, para as fitar com ambos os olhos. As fossas nasais, grandes como caldeirões, brilhavam com o fogo interior e libertavam-se delas volutas de fumo. O calor do corpo do dragão sobrepunha-se ao frio vento marinho.

— Tehanu — pronunciou o dragão.

A criança voltou-se para o olhar.

— Keilessine — disse.

Então Gued, que permanecera de joelhos, levantou-se, embora pouco firme, agarrando-se ao braço de Tenar para se equilibrar. Riu-se e declarou:

— Agora já eu sei quem te chamou, ó Mais Antigo!

— Fui eu — atalhou a criança. — Não sabia que outra coisa poderia fazer, Segoy.

Continuava a olhar o dragão, falando na língua do dragão, as palavras da Criação.

— Fizeste bem, filhinha — disse o dragão. — Durante muito tempo te procurei.

— Vamos para lá agora? — perguntou a criança. — Onde estão os outros, no vento diferente?
— E deixarias estes?
— Não — respondeu a criança. — Eles não podem vir?
— Não, eles não podem vir. A vida deles é aqui.
— Ficarei com eles — decidiu ela, com um breve suspiro.
Keilessine virou a cabeça para o lado, a fim de soltar aquele imenso sopro de fornalha, que era riso ou desdém ou prazer ou ira: — «Hah!» Depois, voltando a olhar a criança, declarou:
— Isso é bom. Tu tens trabalho a fazer aqui.
— Eu sei — disse a criança.
— Voltarei para te vir buscar — acrescentou ainda Keilessine — quando for tempo. — E depois para Gued e Tenar: — Dou-vos a minha filha, como vós me dareis a vossa.
— Quando for tempo — precisou Tenar.
A grande cabeça de Keilessine inclinou-se muito ligeiramente e a longa boca, com os seus dentes como espadas, encurvou-se aos cantos.
Gued e Tenar desviaram-se para um lado, juntamente com Therru, enquanto o dragão se virava, arrastando a armadura sobre a plataforma de arenito, colocando cuidadosamente os seus pés armados de garras, encolhendo como um gato as ancas negras, até finalmente se lançar para cima. As asas raiadas ergueram-se, carmesins, na luz da manhã, a cauda semeada de aguilhões ressoou na rocha e ele alçou voo, e desapareceu — uma gaivota, uma andorinha, um pensamento.
Onde ele estivera, jaziam pedaços chamuscados de pano, de couro, de outras coisas.
— Vamos embora — propôs Gued.
Mas a mulher e a criança ficaram ainda a olhar essas coisas.
— São pessoas de osso — disse Therru. Voltou então costas e começou a caminhar, seguindo à frente do homem e da mulher ao longo do caminho estreito.
— A sua língua nativa — disse Gued. — A língua-mãe.
— Tehanu — disse Tenar. — O nome dela é Tehanu.
— O nome foi-lhe dado por aquele que deu todos os nomes.
— Ela foi Tehanu desde o princípio. Sempre, sempre foi Tehanu.

— Venham! — incitou a criança olhando para trás, para eles.
— A Tia Caruma está doente.

Conseguiram trazer Caruma para fora, para a luz e o ar, lavar-lhe as feridas do corpo e queimar os imundos lençóis em que estivera deitada, enquanto Therru lhe ia buscar roupa de cama limpa à casa de Óguion. Ao voltar, trazia também consigo Urze, a cabreira. Com a ajuda desta, puseram a velha bruxa confortavelmente na sua cama, com as suas galinhas. E Urze prometeu voltar com alguma coisa para todos comerem.

— Alguém terá de ir lá abaixo a Porto de Gont — lembrou Gued — chamar o feiticeiro. Para cuidar de Caruma, que pode ser curada. E para ir à mansão senhorial. O velho agora vai morrer. Mas o neto poderá viver ainda, se a casa for limpa...

Sentara-se na soleira da porta de Caruma. Encostou a cabeça para trás contra a ombreira, sob a luz do sol, e fechou os olhos.

— Por que fazemos o que fazemos? — interrogou-se.

Tenar estava a lavar a cara e as mãos numa bacia de água límpida que tirara da bomba. Depois de acabar, olhou em volta. Infinitamente esgotado, Gued adormecera, o rosto um pouco erguido a receber a luz do sol. Ela sentou-se ao seu lado no degrau e encostou a cabeça ao ombro dele. Fomos poupados?, pensou. Como é possível termos sido poupados?

Baixou os olhos para a mão de Gued, descontraída e aberta sobre o degrau de barro. Pensou no pequeno cardo que balouçava ao vento e na garra do dragão com as suas escamas de vermelho e ouro. Já quase adormecera, quando a criança veio sentar-se a seu lado.

— Tehanu — murmurou ela.

— A árvore pequena morreu — disse a criança.

Passado algum tempo, a mente cansada, sonolenta, de Tenar compreendeu o que ouvira e ela acordou o suficiente para dar uma resposta que tomou a forma de uma pergunta.

— Há pêssegos na árvore velha?

Falavam baixo para não acordarem o homem adormecido.

— Só pequenos e verdes.

— Hão-de amadurecer, depois da Longa Dança. Já falta pouco.

— Podemos plantar outra?

— Até mais que uma, se tu quiseres. A casa está em ordem?
— Está vazia.
— E se vivêssemos lá? — Soergueu-se um pouco mais e passou o braço ao redor dos ombros da criança. — Tenho dinheiro que chega para comprar um rebanho de cabras e a pastagem de Inverno de Turfa, se ainda estiver à venda. Gued sabe para onde as há-de levar lá em cima na montanha, na altura do Verão... Estou cá a pensar se a lã que penteámos ainda estará aí.

E, enquanto dizia estas palavras, pensava: «Deixámos lá os livros, os livros de Óguion! Na prateleira do fogão na Quinta do Carvalho — para o Centelha, pobre rapaz, que não é capaz de ler nem uma palavra do que neles está escrito!»

Mas isso não parecia ter qualquer importância. Sem dúvida que havia novas coisas a aprender. E, se Gued os quisesse, podia sempre mandar alguém buscar os livros. E a roda de fiar. Ou talvez ela própria pudesse ir até lá abaixo, chegado o Outono, a ver o filho, e visitar Cotovia, e ficar algum tempo com Maçã. Se queriam ter vegetais naquele Verão, iam ter de se pôr ao trabalho de voltar a plantar a horta de Óguion. Lembrou-se das fileiras de feijões e do aroma das flores de feijoeiro. Lembrou-se da pequena janela virada a ocidente.

— Acho que podemos viver bem, lá — disse.

Estrela do Mar

1. **Sexta-Feira ou a Vida Selvagem,** Michel Tournier
2. **Olá! Está aí alguém?,** Jostein Gaarder
3. **O Livro de Alice,** Alice Sturiale
4. **Um Lugar Mágico,** Susanna Tamaro
5. **Senhor Deus, Esta É a Ana,** Fynn
6. **O Cavaleiro Lua Cheia,** Susanna Tamaro
7. **Uma Mão Cheia de Nada Outra de Coisa Nenhuma,** Irene Lisboa
8. **Tobias e o Anjo,** Susanna Tamaro
9. **Harry Potter e a Pedra Filosofal,** J. K. Rowling
10. **O Palácio do Príncipe Sapo,** Jostein Gaarder
11. **Harry Potter e a Câmara dos Segredos,** J. K. Rowling
12. **O Rapaz do Rio,** Tim Bowler
13. **Harry Potter e o Prisioneiro de Azkaban,** J. K. Rowling
14. **O Segredo do Senhor Ninguém,** David Almond
15. **No Reino do Sonho,** Natália Bebiano
16. **O Polegar de Deus,** Louis Sachar
17. **Viagem a Um Mundo Fantástico,** Jostein Gaarder
18. **Jackpot – Um Rapaz Cheio de Sorte,** Peter Carey
19. **Harry Potter e o Cálice de Fogo,** J. K. Rowling
20. **Novo Mundo,** Gillian Gross
21. **O Crisântemo, o Golfinho e a Estrela,** Jacqueline Wilson
22. **O Cantor do Vento,** William Nicholson
23. **O Reino de Kensuke,** Michael Morpurgo
24. **O Rio das Framboesas,** Karen Wallace
25. **A Fuga de Xangri-La,** Michael Morpurgo
26. **A Escola de Feitiçaria,** Debra Doyle e James D. Macdonald
27. **O Pássaro da Neve,** Sue Welford
28. **O Segredo da Torre,** Debra Doyle e James D. Macdonald
29. **Os 5 Moklins – A Herança Moklin,** Bruno Matos
30. **Os Reinos do Norte,** Philip Pullman
31. **O Feiticeiro e a Sombra,** Ursula K. Le Guin
32. **Os Mutantes,** Kate Thompson
33. **O Grande Mago do Norte,** Eva Ibbotson
34. **Os 5 Moklins – O Herdeiro Perdido,** Bruno Matos
35. **A Estatueta Mágica,** Debra Doyle e James D. Macdonald
36. **Teodora e o Segredo da Esfinge,** Luísa Fortes da Cunha
37. **Os Túmulos de Atuan,** Ursula K. Le Guin
38. **A Torre dos Anjos,** Philip Pullman
39. **Conspiração no Palácio,** Debra Doyle e James D. Macdonald
40. **A Praia mais Longínqua,** Ursula K. Le Guin
41. **Molly Moon – O Fantástico Livro do Hipnotismo,** Georgia Byng
42. **Teodora e a Poção Secreta,** Luísa Fortes da Cunha
43. **Tehanu – O Nome da Estrela,** Ursula K. Le Guin